漢語方音

張琨　著

臺灣學生書局印行

序

　　張琨先生，河南開封人。1938年從清華大學中國語文學系畢業後，進入中央研究院歷史語言研究所工作，致力於中國西南方少數民族（尤其是苗瑤）語言的調查研究，寫出不少可以傳世的經典性論著，奠定了他在漢藏語言學的崇高聲望。1972年膺選爲中研院院士。

　　自1963年以來，由於接替趙元任先生在柏克萊加州大學中國語言學的教席的關係，張琨先生擴充研究領域，在漢語語音史和漢語方言學方面投下大量精力，做出了輝煌的成績。漢語語音史方面的貢獻已結集爲《漢語音韻史論文集》在海峽兩岸各出一版，影響廣被。在漢語方言學方面，張琨先生寫了近二十篇的論文，篇篇紮實，富於卓見，深具啓發性。如能彙編成冊，廣爲流傳，對日前欣欣向榮的漢語方言學研究必能起著領航的作用。可是如果總爲一集，洋洋大觀，美則美矣，終究不利於讀者翻閱。學生書局的沈敬庸先生憑著他多年的編輯經驗建議分爲三集出版。《漢語方音》就是這三集的第一集。

　　這本書收有張琨先生五篇重要的關於漢語方言語音現象的論文：漢語方言中聲母韻母之間的關係，漢語方言中鼻音韻尾的消失，切韵的前 *a 和後 *a 在現代方言中的演變，Tonal developments among Chinese dialects。漢語方言中的幾種音韻現象，從題目就可以知道，這五篇文章論述範圍涉及漢語方言音系中的聲母、韻母和聲調。更重要的是地理範圍遍及中國境內。這種宏觀的跨方言的比較研究，不僅有利於研究漢語方言地理學，對漢語語音史的探討也有很大的助益。視野遼濶，觀察入微，這是大師一貫的做學問的風格。這些篇章擲地有聲，在啓迪後學方面足以發韓振聵。

　　末了，我們要特別感謝學生書局慨允爲這本編排耗時的篇章出書；同時也寄望年輕一代的讀者在翻閱扉頁之時從字裏行間汲取大師的經驗和智慧。是爲序。

張光宇　　1992年4月10日於國立清華大學
語言學研究所　中國語文學系

漢語方音　目次

漢語方言中聲母韻母之間的關係

　　這篇文章本來是漢語方言鼻音韻尾的消失的第二章，爲了紀念趙元任先生，我特別提前發表，全文太長，留待集刊第五十四本。本文所討論的方言只限於那些部分或者全部丟掉鼻音韻尾的方言，一共包括二百多個縣市的方言（參考附錄方言表）。關於許多細節，請看即將發表的全文。

　　聲母的變化，介音的有無，和韻母的類別，其中有非常複雜的關係。比方說，重唇音 *p,*ph,*b,*m 聲母在切韻合口三等韻前邊都變成了輕唇音 f,v,w 了（「方」沒有合口介音）。可是自從變了輕唇音以後，介音 *iu 就丟掉了。「凡」「飯」讀開口 *an（在分 *an 和 *ɑn 的方言中，跟 *an 不一樣）。「分」讀開口 *en。「風」「馮」有兩種讀法：(1)元音不圓唇：新海連市、南京市、句容、太原、南江、蘭坪、雲龍、永勝讀 *en/ŋ，邳縣、徐州、濟南、安丘、靈寶、西安、臨潼、同官梁家原讀 *eŋ；(2)元音圓唇 *oŋ：這篇文章裏所討論的這些方言大多數都屬於這類。有些方言中 *oŋ 和 *eŋ 合流，請參看漢語方言鼻音韻尾消失第二節。

　　在有些方言中，在合口元音 *u 或者是介音 *u 前，有 *hu（喉擦音）和 *f（雙唇或唇齒擦音）互換的現象：或者是該讀 *hu 的字讀成 *f，或者是該讀 *f 的字讀成*hu。聲母 *hu 讀成 *f，韻母由合口變開口；聲母 *f 讀成 *hu，韻母由開口變合口。在下表中三十個方言點中，有兩個方言點，*fu 讀成 hu，在其他的廿八個方言點中，*hu 讀成 fu。在介音 *u 前，有種種可能的變化。

　　分前 *a 和後 *ɑ 的方言：（喉：喉擦音，清 h，濁 h̲。唇：雙唇或唇齒擦音）

「灰」「飛」	「昏」「分」	「還」「反」	「緩」「換」	「黃」「方」	「紅」「風」
*huei	*huen	*h̲uan	*huan	*h̲uaŋ	*h̲oŋ
*fei	*fen	*fan	*huan	*faŋ	*foŋ

喉	喉	喉	喉	喉	喉	雙峯
唇	喉	喉(?)	喉	喉	喉	新化
唇	唇	唇(?)	喉	喉	喉	沅江，洞口黃橋
唇	唇	唇(?)	喉	唇	喉／唇(?)	南縣
唇	唇	唇(?)	喉	唇	唇	劉陽
唇	唇	唇(?)	唇	喉	喉	安化
唇	唇	唇(?)	唇	喉	唇	咸寧，通山
唇	唇	唇(?)	唇	唇	喉／唇	湘潭，衡山(?)

例字／地名	虎	府	灰	飛	昏	分	還	反	緩	黃	方	紅	風
雙峯	həu	həu	hui	hui	huən	huən	huā	huā	huɛ̃	haŋ	haŋ	hən / haŋ	hən
新化	fu	fu附	fui	fui廢	huən	šyəŋ¹		huā	hɔ̃換	hɔ̃	hɔ̃	hən	huən
沅江	fu	fu附	fei	fei	fən	fən		fan	hoŋ	hɔŋ	hoŋ	hən	hən
洞口黃橋	fu湖	fu	fuai²	fyi	vuē魂	fuē		fuā	hō	hō	hō	hoŋ	hoŋ
南縣	fu	fu	fəi	fəi	fən	fən		fã	hō	fã	fã	hən	
劉陽	fu	fu	fei	fei	fʌn	fʌn		fã	hũ	foŋ	foŋ	fʌn	fʌn
安化	fu	fu服入	fei	fei	fən	fən		fã	fɤ	huā	hã	hən	hən
咸寧	fu	fu	fei	fei	fən	fən		fã	fõ	hoŋ	hoŋ	fʌŋ	fʌŋ
通山	fu	fu	fai	fai	fan	fan		fã	fõ	hoŋ	hoŋ	faŋ	faŋ
湘潭	fu	fu附	fei	fei	fən	fən		fã	fɔn	fɔn	fɔn	hən	fən
衡山	fu	fu婦	fai	fai	fʌŋ	fʌŋ		fã	faɪ喚	foŋ	foŋ	hʌŋ	

「灰」「飛」	「昏」「分」	「還」「反」	「黃」「方」	「緩」「換」	「紅」「風」
*huei	*huen	*huan	*huaŋ	*huan	*hoŋ
*fei	*fen	*fan	*faŋ	*huan	*foŋ

1. šy- 顎化的 hu-。
2. 「灰」切韻「灰」韻字，「飛」切韻「微」韻字。

唇	唇	唇	喉	喉	唇	湘陰
喉／唇	唇	唇（？）	喉	唇	喉／唇	湘鄉
唇	唇	唇	唇	喉	喉／唇	通道，長沙
唇	唇	唇（？）	唇	唇	唇	崇陽

例字\地名	虎	府	灰	飛	昏	分	還	反	黃	方	綏	紅	風
湘陰	fu	fu附	fei	fei	fən	fən	fan	fan	haŋ	haŋ	hon	foŋ	foŋ
湘鄉	fu	fu	huai	fi	fʌn	fʌn		fã	haũ	haũ	fẽ	hʌn	fʌn
通道	fu		fei	fei	fən	fən		fan	faŋ	faŋ	hon	hoŋ	foŋ
長沙	fu	fu	fei	fei	fən	fən	fã	fã	fã	fã	hõ	hoŋ	foŋ
崇陽	fu	fu	fi	fi	fən	fən		fã	faŋ	faŋ	fɤ	fən	fən

不分前 *a 和後 *ɑ 的方言：

「灰」「飛」 「昏」「分」 「綏」「反」 「黃」「方」 「紅」「風」

*huei　　*huen　　*huan　　*huaŋ　　*hoŋ
*fei　　　*fen　　　*fan　　　*faŋ　　　*foŋ

喉	喉	喉	喉	喉	道縣，大庸，桑植，鶴峯（faŋ:「防」「房」）
喉	喉	喉	喉	喉／唇	保清
唇	唇	唇	唇	喉	乾城，江華，城步（？）
唇	唇	唇	唇	喉／唇	芷江，龍山，永明，永順，常寧
唇	唇	唇	唇	唇	永綏

例字＼地名	虎	府	灰	飛	昏	分	緩	反	黃	方	紅	風
道縣	hu	hu 附	huei	huei	huē	huē	huā	huā	huā	huā	hoŋ	hoŋ
大庸	fu	fu	huei	huei	hueĭ	hueĭ	huan 換	huan	huaŋ	huaŋ	hoŋ	hoŋ
桑植	fu	fu	huəi	huəi	huən	huən	huā	huā	huã	huã	hoŋ	hoŋ
鶴峯	fu	fu	huei	huei	huē	huē	huan	huan	huaŋ	huaŋ		hoŋ
保靖	fu	fu	huei	huei	huɔ̃	huɔ̃	huā	huā	huaŋ	huaŋ	hoŋ	foŋ
乾城	fu	fu	fei	fei	fən	fən	fã	fã	faŋ	faŋ	hoŋ	hoŋ
江華	fu	fu	fei	fei	feĭ	feĭ	fã	fã	fã	fã	hoŋ	hoŋ
城步	fu		fei	fei	vən 魂	fən	fã	vã 凡	vaŋ	faŋ		
芷江、龍山	fu	fu	fei	fei	fən	fən	fã		fã	faŋ		foŋ
永明	fu	fu 附	fi	fi	fəŋ	fəŋ	faŋ	faŋ	faŋ	faŋ		foŋ
永順	fu	fu	fei	fei	fɔ̃	fɔ̃	fã	fã	fã	fã	hoŋ	hoŋ
常寧	fu	fu 婦	fi	fi	feĭ	feĭ	fã	fã 凡	fɔ̃	fɔ̃	hʌŋ	fʌŋ
永綏	fu	fu	fəi	fəi	fɔ̃	fɔ̃	fã	fã	fã	fã	fõ	fõ

　　在那些分前 *uan 和後 *uɑn 的方言中，「緩」「換」「喚」這些字的聲母是喉擦音，韻母是 *uɑn。在這篇文章裏所包括的方言中，這些字有兩種讀法：一種是仍然保存喉擦音聲母，元音多半是 o；另外一種讀法是唇擦音聲母，元音多半不是 o。

hon	（湘陰，通道）	fœ̃	（咸寧，通山）
hō	（洞口黃橋，南縣，長沙）	faĭ	（衡山）
		fē	（湘鄉）
hũ	（瀏陽）	fɤ	（安化，崇陽）
hɔ̯ŋ	（沅江）	fon	（湘潭）

　　在沅江、洞口黃橋、安化、咸寧、通山、湘陰、湘鄉這些方言中，「黃」 *hua/ɑŋ 仍然讀喉擦音聲母。在南縣、瀏陽、湘潭、衡山、通道、長沙、崇陽、乾城、江華、城步、芷江、龍山、永明、永順、常寧、永綏這些方言中，「黃」讀唇擦音聲母。這

種不同的處置方法似乎與這些方言中有沒有 *a/ɑŋ 和 *ua/ɑŋ 的分別有關。前一組只有通山方言有開合口的分別，*ɑŋ 讀 oŋ，*uɑŋ 讀 uoŋ。後一組只有瀏陽和衡山方言不分 *ɑŋ 和 *uɑŋ，都讀 oŋ。*huoŋ 一旦失去 *u 介音，就讀成通山的 hoŋ，*hoŋ 一旦添出來一個 *u 介音，就讀成了瀏陽和衡山的 foŋ。

「紅」*hoŋ 在許多方言中仍讀喉擦音聲母。可是有時因爲添出來了一個 *u 介音，造成了 *hu（喉擦音）讀 *f（唇擦音）的條件，所以湘陰讀 foŋ，永綏讀 fō，咸寧讀 fʌŋ，瀏陽讀 fʌŋ，崇陽讀 fən，通山讀 faŋ。「風」*foŋ 普通仍然讀唇擦音聲母，可是新化讀 huəŋ，洞口黃橋、道縣、大庸、桑植、鶴峯、乾城、江華讀 hoŋ，雙峯、沅江、南縣、安化讀 hən，雙峯又讀 haŋ。

切韻知系照三系聲母到了後來合流都讀成舌面音聲母。這些舌面音聲母在大多數的現代方言中，失去了舌面作用後也丟掉了原來的 *i 介音。可是在江蘇靖江和浙江金華以及一些湖南方言中，原來的 *i 音仍然保存着。

例字 地名	扇	船	常	陳程	春	中
靖江	yū̃	yū̃ 川	iã 嘗長	iɛŋ	yɪ̃	ioŋ
金華研究	yə̃	yə̃ 川	iaŋ 嘗長	iin	yən	ioŋ
約齋	ye	ye	iang	in	yen	yong
宜章	šiaŋ	šyã	(saŋ)[3]	tšhɪŋ	tšhyɪŋ	(tsoŋ)
常寧	šiã	ȶyã 專	šiɔ̃	ȶhieĩ	ȶhyeĩ	ȶiʌŋ
攸縣	šieĩ	tšhyeĩ	šiaŋ	tšhiŋ	tšhyeĩ	tšiʌŋ
新化	šiē	tšhyē	tšiɔ̃ 長	tšhiŋ 城	tšhyəŋ	tšyəŋ
永明	šiē	tšyē 專	tšiaŋ 長	tšhiŋ 城	tšhyin	(tsoŋ)
祁陽	šiē	šyē	tšiaŋ 長	džin 成	tšhyin	(tsoŋ)
城步	šiē	tšyē 專	žiaŋ	džin̆ 臣	žyin 純	(tsoŋ)
永興	šiē	šyē	šiã	tšhin	tšhyin	tšiʌŋ

---

3. 不保存 *i 介音的韻母有括弧圈。

寧鄉	šǐ	tšyĭ	(ṣaŋ)	(tṣən)	tšhyən	(tṣən)
衡山	šǐ	tšyaĭ 專	tšiõ 長	tšhiʌŋ誠	tšhyʌŋ	tšyʌŋ
安仁	šǐ	šyĭ	šiõ	tšien	tšhyen	tšiəŋ
耒陽	šǐ	šyĭ	šiɔ̃	tšhiẽ	tšhyẽ	tšiʌŋ

有些方言中，舌面聲母和 *i 介音只在某些韻母前保存着。例如這些舌面聲母的字，像「扇」「陝」 *šia/ɑn 的聲母的舌面作用和 *i 介音在許多方言中仍然保存着。

iaŋ 宜章 (š-)

iã 常寧 (š-)

iẽ 洞口黃橋 (š-)

iẽ 綏寧 (š-)

iẽ 嵊縣太平市，新海連市 (š-)，新化 (š-)，城步 (š-)，永興 (š-)，零陵 (š-)，永明 (š-)，湘鄉 (š-)

iĭ 嵊縣崇仁鎮，揚州概況 (š-)，高郵 (š-)，淮陰 (š-)，泰州 (š-)，如皋概況 (ʒ-)

ĭ 周滙東浦，鹽城 (s-)，南通 (š-)，耒陽 (š-)，安仁 (š-)，寧鄉(š-)，衡山 (š-)

ie 黃巖，平陽 (š-)

ɪ 丹陽城內，丹陽永豐鄉，宜興

i 溫州字滙 (š-)，寧波徐 (š-)，溧陽，金壇

嵊縣太平市 (-iɸ̃)，嵊縣崇仁鎮 (-ɸ̃)，宜興 (yẽ) 的又讀表示「扇」字又讀合口三等帶介音 *iu。

這些帶舌面塞擦音擦音聲母三等合口字，像「專」 *tšiua/ɑn ，「川」「穿」*tšhiua/ɑn，「船」 *(d)žiua/ɑn，「春」*tšhiuen 和舌頭塞擦音擦音聲母三等合口字，像「全」「泉」*dziua/ɑn，「巡」「旬」*ziuen，在漢語方言中有種種不同的表現。大致說來，*u 介音在舌頭塞擦音擦音後邊丟掉的機會比較多。

舌面塞擦音　　舌頭塞擦音　　方言（分前 *a 和後 *ɑ 者）

擦音聲母　　　擦音聲母

1. 1	*iua/ɑn *iuen	*iua/ɑn *iuen		宜興，溧陽，丹陽永豐鄉，寧波研究，溫州字滙，永康袁，平陽：溫嶺
1. 2	*iua/ɑn *iuen	*iua/ɑn *uen		洞口黃橋
1. 3	*iua/ɑn *iuen	*iua/ɑn *ien		咸寧
1. 4	*iua/ɑn *iuen	*iua/ɑn *en		洞口黃橋
1. 5	*iua/ɑn *iuen	*ia/ɑn *uen		長沙，湘陰，瀏陽，攸縣，衡山
1. 6	*iua/ɑn *iuen	*ia/ɑn *ien		金華，廣濟，大冶，通山，陽新
1. 7	*iua/ɑn *iuen	*ia/ɑn *en		沅江，安化，寧鄉，湘潭
1. 8	*iua/ɑn *uen	*iua/ɑn *iuen		金壇
1. 9	*iua/ɑn *uen	*iua/ɑn *uen		寧遠，湘鄉，雙峯
1. 10	*uɑn *uen	*iua/ɑn *iuen		新海連市，揚州概況，高郵，鹽城，淮陰，泰州，如皋概況，南通
1. 11	*uɑn *uen	*iua/ɑn *uen		揚州概況
1. 12	*uɑn *uen	*uɑn *uen		黃巖
1. 13	*uɑn *en	*ia/ɑn *ien		上海市概況，海門概況，紹興王
1. 14	*ɑn *uen	*iua/ɑn *iuen		丹陽城內
1. 15	*ɑn *iuen/*en	*ia/ɑn *iuen		江陰
1. 16	*ɑn *en	*ia/ɑn *ien		蘇州概況，崑山，南滙周浦，松江概況，吳江黎里，吳江盛澤，嘉定概況，無錫，常熟，嘉興，諸暨王家井，餘姚，崇陽
1. 17	*ɑn *uen	*ia/ɑn *iuen		常州
1. 18	*ɑn *en	*ɑn *ien		衢縣，寶山
	舌面塞擦音 擦音聲母	舌頭塞擦音 擦音聲母		方言（不分前 *a 和後 *ɑ 者）
2. 1	*iuan *iuen	*iuan *iuen		宜章，祁陽，耒陽
2. 2	*iuan *iuen	*iuan *uen		鄙縣，常寧

2.3	*iuan *iuen	*iuan *en		武岡
2.4	*iuan *iuen	*uan *uen		瀘溪
2.5	*iuan *iuen	*ian *uen		安仁
2.6	*iuan *iuen	*ian *ien		永興
2.7	*ian *ien	*ian *ien		綏寧
2.8	*uan *uen	*iuan *iuen		道縣，辰溪，華陽，賓川，鄧川，鳳儀，西安，太原，濟南字滙，南京市等
2.9	*uan *uen	*iuan *uen		汝城，麗江
2.10	*uan *uen	*ian *ien		杭州，昆明，鎮南，蒙自，元江等
2.11	*uan *uen	*uan *uen		靈寶
2.12	*an *en	*ian *ien		吳興

下面是說明上面各類方言的實際例子，每類只舉一兩個方言作代表。

地名 例字	「船」	「春」	「全」	「旬」
1.1 溫州	tšhy 川	tšhyoŋ	ɦy	ɦyoŋ
溫嶺	žyφ	tšhyn	žyφ	šyn?
1.2 洞口黃橋	tšhyæ 川	tšhyē	džyæ	suē 迅
1.3 咸寧	tšhyē	tšhyən	tšhyē	šiən
1.4 洞口黃橋	tšhyæ 川	tšhyē	džyæ	sē 迅
1.5 劉陽	tʂhyē	tʂhyʌn	tshiē	suʌn
衡山	tšyaĭ 專	tšhyʌŋ	tshĭ	sʌŋ[4]
1.6 金華約齋	xhye	kyen	hsie	sin
廣濟	tʂhyē	tʂhyən	tšhiē	šin
陽新	tšhyē	tšhyən	tshiē	sin

---

4. 衡山「存」tshʌŋ，「旬」sʌŋ，「頓」tʌŋ，「魂」fʌŋ。

1.7 沅江	tšyē	tšhyin	ziē	zən
安化	tšye	tšhyin	dzie	dzən
1.8 金壇	-yū 川	-uəŋ	-yū	-yiŋ 巡
1.9 寧遠	tšyɛ̄ 專	tshuəŋ	tšhyɛ̄	suəŋ
湘鄉	tuї	thuʌn	tšyї	suʌn
雙峯	duї	thuən	dzuї	dzuən
1.10 揚州概況	tshō	tshuəŋ	tšhyї	šyɛŋ
南通	tšhȳ	tšhyɛ̄	tšhȳ	tšhyeŋ
1.11 揚州概況	tshō	tshuəŋ	tšhyї	suəŋ
1.12 黃巖	-ɸ 川	-uən	-ɸ	-uəŋ 巡
1.13 上海市	tshɸ 川	tshən	zi	zĭŋ
概況				
海門概況	tshɸ 川	tshən	džie	džin
1.14 丹陽城內	-uŋ 川	yɛn/uɤ ŋ	Y	yŋ 巡
1.15 江陰	-ɸ 川	-ioŋ或-eŋ	-ɪ	-ioŋ 巡
1.16 蘇州概況	tshɸ 川	tshən	ziɪ	ziŋ
嘉定	tshie 川	tshən	zie	ziŋ
崇陽	sɤ	then	žiɛ̄	šin
1.17 常州概況	tshɤ 川	tshuən	ziɤ	zyeŋ
1.18 衢縣	-ə̃ 川	-ne	-ə̃	-ĭ 巡
寶山	ɪ 川	ɛ̃	ɪ	ɪn 巡
2.1 宜章	šyā	tšhyɪŋ	tšhyā	šyɪŋ
2.2 鄜縣	šyā	tšhyən	tšhyā	suən
常寧	ʦyā 專	ʦhyeї	ʦhyā	sueї
2.3 武岡	džye	tšhyї	džye	seї
2.4 瀘溪	džyā	tšhyї	dzuā	sueї

2.5 安仁	šyĩ	tšhyen	tsĩ	suen
2.6 永興	šyẽ	tšhyin	tshiẽ	sin
2.7 綏寧	tšhiẽ	tšhĩ	tshiẽ	sĩ
2.8 道縣	tshuã	tshuē	tšhyē	šyĩ
賓川	tshua	tshue	tshue	sue
南京	tʂhuã	tʂhuəŋ	tšhyē	šyəŋ
太原	tshuæ	tshuŋ	tšhyɛ	šyŋ
西安	pfhã	pfhē	tšhyã	šyē
2.9 汝城	sua	tshueŋ	tšhya	sueŋ
麗江	tʂhuæ	tʂhue	tshyæ	sue
2.10 杭州	-õ 川	-yən	-ĩ	-ɪn 巡
昆明	tʂhuã	tʂhuɔ̃	tšhiē	šĩ
元江	tʂhuē	tʂhən	tšhiē	ʂən
2.11 靈寶	ʂuã	tʂhuē	tshuã	suẽ
2.12 吳興	-e 川	-ən	-ɪ	-iən 巡

切韻的介音 *u 在唇音聲母後邊之有無是無關重要的，沒有 *p- 和 *pu- 的對立，在舌根音喉音聲母後邊，則有 *k- 和 *ku- 的分別：有 *kan（「間」）和 *kuan（「鰥」、「關」）的對立，*kɑn（「干」「乾」）和 *kuɑn（「官」「觀」）的對立和 *hen（「痕」）和 *ɦuen（「魂」）的對立。我們可以認爲有兩套舌根音喉音聲母：一套不帶合口作用，一套帶合口作用。在別的聲母後邊有開合對立的帶鼻音韻尾的韻母有 *an 和 *uan，*ɑn 和 *uɑn，*en 和 *uen。*an *uan 對立的字有「刪」和「閂」「栓」「孱」；*ɑn *uan 對立的字有「丹」和「端」，「但」和「斷」，「散」和「算」；沒有 *en *uen 對立的例字。其實，*en *uen 的對立在切韻裏就不很紮實，讀 *en（痕韻）的字很少，讀 *uen（魂韻）的字很多。「寸」「嫩」「倫」這些字在官話方言裏大半都讀合口，在吳語方言裏大半都讀開口（紹興、餘姚、黃巖、溫州等方言讀合口）。江蘇北部和湖南方言中也有介音 *u 消失的情形，例如

「吞」（*thuen）和「存」（*dzuen）兩個字的讀音都讀開口，有的方言讀 ən（句容、淮陰、長沙、寧鄉、溆浦、澧縣、祁陽），有的方言讀 əŋ（新海連市），有的方言讀 eɪ（武岡、江華、大庸），有的方言讀 ē（道縣）。*uen 韻中的合口介音的消失是經過兩個階段：第一個階段是在舌頭塞音鼻音邊音聲母後邊 *u 介音消失了。第二個階段是在舌頭塞擦音擦音聲母後邊 *u 介音也消失了。下表中前五個方言代表第一個階段，後六個方言代表第二個階段。

	「吞」(*thuen)	「倫」(*luen)	「存」(*dzuen)
揚州概況	thəŋ	ləŋ	tshuəŋ
泰州	thəŋ	nuəŋ	tshuəŋ
如皋概況	thəŋ	ləŋ	tshuəŋ
高郵	thəŋ	ləŋ	tšhyəŋ
鹽城	thən	lən	tshuən
廣濟	thɛ̃	lən	tsən
大冶	theɪ	lan	tshan
咸寧	thē	nən	tshən
陽新	thən₁, thē₂	lən	tshən
通山	thē	lan	tsan
崇陽	thē	nən	zen

*şuan「閂」「栓」「鬴」在分前 *a 後 *ɑ 的方言中都讀後 *ɑ。舌頭音聲母，包括塞音塞擦音擦音鼻音邊音，在切韻寒韻（*ɑn）前和談韻（*ɑm）前，在分前 *a 後 *ɑ 的方言中，把後 *ɑn 讀成前 *an。這些聲母在切韻覃韻（*əm）前，除了常熟方言中把所有的覃韻字都讀的和痕韻登韻字相似之外，其他的吳語方言中有的讀 *ɑn（古吳語 *en）（海門、嘉定、松江、寶山、南滙周浦、崇明、寧波、紹興、餘姚）。在這些方言中有開 *ɑn 和合 *uɑn 之分。「貪」「蠶」「南」讀的和「短」「暖」「酸」不同韻。有的讀 *uɑn（古吳語 *on）（常州、無錫、蘇州、上海市、丹陽、宜興、靖江、金壇、溧陽、崑山、江陰、吳江、溫州、平陽、金華、仙居、嘉興、衢縣、嵊縣、附陽新、通山、崇陽）。這些方言中不分開 *ɑn 和合 *uɑn。「

貪」「爇」「南」讀的和「短」「暖」「酸」同韻。在許多非吳語方言中「貪」「爇」「南」這些切韻覃韻字也因爲是在舌頭音聲母後邊都讀成前 *an 了。

*tua/ɑn 韻中的介音 *u 在大多數的方言中都還保存着。也有少數方言的介音 *u 完全消失了。

	「膽」	「短」	「三」	「酸」
衡山	tā	taĭ	sā	saĭ
大冶	tā	teĭ	sā	seĭ
澧縣	tā	tā	sā	sā
永興	tā	tā	sā	suā
桑植	tā	tā	sā	sā
武岡	tā	tɑ̃	sā	sɑ̃
沅江	tan	tœ̃	san	sœ̃
湘陰	tan	tɸ̃	san	sɸ̃

武岡方言中的 *u 介音雖然遺失，可是開合的分別，仍然保存在前 *a 後 *ɑ 的分別裏。沅江的 œ̃，湘陰的 ɸ̃ 也包涵着合口作用。並具 œ̃ 和 ɸ̃ 同時表示舌頭音聲母可以把後元音變成前元音。沅江方言中在舌根音聲母後邊讀 on（例如「官」kon）在舌頭音聲母後邊讀 œ̃（例如「短」tœ̃）。湘陰方言在舌根音聲母後邊讀 ɔŋ（例如「官」kɔŋ），在舌頭音聲母後邊讀 ɸ̃（例如「短」tɸ̃）。

另外一個因爲聲母不同而分化爲前 *a 和 *ɑ 後的例子是切韻陽韻開口韻的字。切韻陽韻開口韻前可能有三種不同的聲母：知系聲母字，像「張」「長」「帳」「丈」這些字。知系聲母一向構擬成舌面塞音，羅常培先生和李方桂先生都認爲是捲舌塞音[5]。照二系聲母，像「莊」「牀」「霜」這些字。照二系聲母都構擬成捲舌塞擦音和擦音。照三系聲母，像「章」「唱」「上」這些字。照三系聲母都構擬成舌面塞擦音和擦音。陽韻是三等韻，在有些方言中陽韻讀 *iaŋ 和庚三韻 *iaŋ 相對立。可是在大多數的方言中庚三韻的字讀的和青清韻相同，陽韻可以讀 *ia/ɑŋ，既可讀前 *a 又

---

5. 詳見羅常培知徹澄娘音値考，中央研究院史語所集刊 3. 121-158, 1931；李方桂上古音研究，清華學報（新）9. 1-61, 1971。

可讀後 *ɑ。

　　在現代吳語中知系聲母陽韻開口字讀前 *a ， 照二 系聲母陽韻開口字讀後 *ɑ。
照三 系聲母陽韻開口字有兩種讀法：一種是讀的和知系聲母字同韻，例如江陰方言；
另外一種是讀的和照二 系聲母字同韻，例如嘉定方言。很多吳語方言，照三 系聲母字
有文白兩讀，文讀和知系聲母字同韻，白讀和照二 系聲母字同韻。照二 照三 系聲母的
字讀的相同是跟切韻系統接近些，知系聲母照三 系聲母的字讀的相似是後來的演變。

地　　名 聲母	知　　系	照三系	照二系
江陰	aŋ	aŋ	ɑŋ
無錫，衢縣	ã	ã	ɑ̃
溧陽	a	a	ɑŋ
金壇	æ	æ	ɑŋ, uɑŋ(少)
丹陽城內	æ	æ	ɑŋ
金華，永康	iaŋ	iaŋ	yaŋ
靖江	iã	iã	yaŋ
平陽	ie	ie	o
溫州	i	i	ɔ[6]

陽韻三等開口 *i 介音還保存在金華、永康、溫嶺、靖江等方言中，在平陽、溫州方
言中原來的 *i 介音只保存在知系照三 系聲母後邊。 照二 系聲母後邊發生一種合口作
用。這種合口作用或表示在介音上(金華、永康研究、靖江)，或表示在元音上(平陽、
溫州)。

---

6. 切韻江韻知系照二系聲母字讀 yɔ：「樁」知母tsyɔ，「撞」澄母 džyɔ，「窗」初母 tšhyɔ，「雙」生
母 šyɔ。陽韻照二系生母字「霜」「爽」讀 šyɔ。

聲 母 地 名	知 系	照三系	照二系
紹興	aŋ	aŋ文，ɑŋ白	ɑŋ
松江概況，蘇州概況 上海市概況，吳江， 嘉興，諸暨王家井	ã	ã文，ɑ̃白	ɑ̃
常熟，崇明，崑山	ã	ã, ɑ̃	ɑ̃
黃巖	iã	iã, ɑ̃	ɑ̃
嘉定概況，寶山	ã	ɑ̃	ɑ̃
溫嶺，寧波	iã	ɔ̃	ɔ̃
餘姚	ã	ɔ̃	ɔ̃
（附吳興）	ã	ɔ̃	ɔ̃

還有幾個吳語方言在元音上沒有任何不同，知系聲母的字讀的和照三系聲母的字同韻，都讀開口，照二系聲母的字有合口作用。

聲 母 地 名	知 系	照三系	照二系
常州概況	ʮŋ	ɑŋ	uaŋ
研究	ɑŋ	ɑŋ	yaŋ
宜興	aŋ	aŋ	uaŋ
丹陽永豐鄉	ɑŋ	ɑŋ	yaŋ
（附杭州）	aŋ	ɑŋ	yaŋ

海門方言是唯一有記錄發表的吳語方言中知系照二系照三系聲母陽韻開口字都讀的一樣。

在這篇文章裏討論的那些非吳語方言中，絕大多數都是知系聲母的陽韻開口字讀的和照三系聲母的同韻字相似，照二系聲母的陽韻開口字另有一種讀法。照二系聲母

的陽韻字在現代方言中多半有合口作用。

知系照三系聲母	照二系聲母	
tši-	ts-	衡山 (oŋ)，安仁 (õ)，新化 (ɔ̃)，耒陽(ɔ̃)，湘陰(aŋ)，城步(aŋ)，攸縣(aŋ)，永興 (ã)
tši-	tsu-	祁陽 (aŋ)，永明 (aŋ)，零陵 (ã)，瀘溪(ã)
tʂ-	ts-	瀏陽 (oŋ)，益陽 (oŋ)，湘潭 (ɔn)，寧鄉 (aŋ)，通道 (aŋ)，鄱縣 (ã)
tʂ-	tsu-	桑植 (ã)
tʂ-	tʂu-	澧縣 (aŋ)，大庸 (aŋ)，鶴峯 (aŋ)，徐州 (ɑŋ)，邳縣 (ɑŋ)，新海連市 (ɑŋ)，南京市 (ã)
tʂaŋ	tʂoŋ	元江
ts-	tsu	保靖 (aŋ)，沅陵 (aŋ)，芷江 (aŋ)，乾城 (aŋ)，寧遠 (ã)，道縣 (ã)，江華(ã)，句容 (ã)，鹽城 (ã)，如皋概況 (ã)，揚州概況 (ɑŋ)，淮陰 (ɑŋ)，永順 (ã)，永綏 (ã)
ts-	tšy-	龍山 (aŋ)，蒙自 (aŋ)，長沙 (ã)，高郵 (ɑŋ)，南通 (õ)
t-	ts-	崇陽 (aŋ)，湘鄉 (au)，安化 (?) (ã)
ʈɨ-	ts-	常寧 (ɔ̃)

在非吳言方言中也有像海門方言一樣的，知系照二系照三系聲母陽韻開口字讀的都完全沒有分別。例如 tsaŋ（漵浦、汝城、宜章、廣濟），tsã （南縣、武岡、麻陽），tsau（辰谿），tsoŋ（咸寧、陽新、通山），tsɔŋ（大冶、沅江），tsɔ̃（茶陵、桂東）。

　　另外一個聲母影響韻母的例證是在溫州字滙與平陽方言中與 *ien/ŋ 對應的韻母有兩種：eŋ 和 (i)aŋ。eŋ 出現在切韻唇音舌頭塞音邊音聲母的後邊，例如「品」phen，「丁」teŋ，「林」leŋ。iaŋ 出現在切韻舌根音喉音聲母後邊，這些舌根音喉音聲母在溫州與平陽方言中讀舌面塞擦音擦音和 ɦ 及零聲母，例如「今」tšiaŋ，「

京」tšiaŋ ，「形」ḫiaŋ。eŋ 和 aŋ 都可以出現在溫州與平陽方言中的舌頭塞擦音擦音聲母的後邊，這些聲母可能是切韻的舌頭塞擦音擦音聲母，也可能是切韻的知系照系聲母。eŋ 代表早期的 *ieŋ，例如「星」seŋ，「程」dzeŋ。aŋ 代表早期的 *ien，例如「津」tsaŋ，「陳」dzaŋ。大治與陽新方言中也有類似的現象，「品」「丁」「林」「津」「星」在這兩個方言中都讀 in，「今」「京」「形」在大治方言中讀 ian，在陽新方言中讀 iən。趙元任先生早在現代吳語研究裏就說過無錫、蘇州、吳興、崑山、南滙周浦、上海、吳江、金華、松江這些方言中 *ien/ŋ 韻字有兩種讀法：讀「命」「品」「丁」「尋」這些字的時候主要元音高些，讀「金」「興」「行」這些字的時候主要元音低些。前一組的聲母在切韻裏是唇音舌頭音，後一組的聲母在切韻裏是舌根音喉音。餘姚方言中「命」「品」讀 eŋ，「丁」「尋」「金」「興」「行」讀 iŋ，似乎是個例外。

地名 ＼ 聲母	切韻唇音舌頭音	切韻舌根音喉音
無錫研究	ɪn/ŋ	iən/ŋ
蘇州研究	iɪn	iən
吳興	ɪn	iən
崑山	ɪn	ien
南滙周浦	iɪŋ(?)	iəŋ
上海研究	iŋ	iəŋ
吳江黎里	ɪŋ	iəŋ
吳江盛澤	ɪn/ŋ	iɪn/ŋ
金華研究	ɪn	iɪn
松江研究	iəŋ	iaɪ

在大治與通山方言中，和 *ia/ɑn 相當的讀法也有兩種：切韻唇音舌頭音聲母的字在大治方言中讀 ɪ，在通山方言中也讀 ɪ；切韻舌根音喉音聲母的字在大治方言中讀 ieɪ，在通山方言中讀 iẽ。這些現象究竟在語音學上有什麼解釋，一時很難說出個道理來。可是這些現象是不應該忽略過去的。

附錄一：鼻音韻尾部分或全部消失的漢語方言

一　吳語方言：(1)江蘇省：宜興，溧陽，金壇西岡，丹陽，丹陽永豐鄉，靖江，江陰，常州，無錫，蘇州，常熟，崑山，寶山霜草墩，寶山羅店，南滙周浦，上海，松江，吳江黎里，吳江盛澤，嘉定，海門，崇明，(2)浙江省：嘉興，紹興，紹興東頭埭，諸暨王家井，嵊縣太平市，嵊縣崇仁鎮，餘姚，寧波，黃巖，溫州，衢縣，金華，永康，溫嶺，仙居，平陽，（附：杭州，吳興，績溪嶺北）。

二　非吳語方言：(1)江蘇省：徐州，邳縣，新海連市，南京市，句容，揚州，高郵，鹽城，淮陰，泰州，如皋，南通，(2)安徽省：蕪湖方村，(3)湖南省：長沙，湘潭，寧鄉，益陽，安化，澧縣，沅江，南縣，湘陰，瀏陽，綏寧，城步，通道，洞口黃橋，武岡，漵浦，新化，祁陽，湘鄉，雙峯，衡山，攸縣，茶陵，汝城，常寧，寧遠，耒陽，安仁，永興，龍山，鄜縣，桂東，宜章，零陵，道縣，永明，江華，桑植，大庸，永順，保靖，永綏，沅陵，瀘溪，芷江，麻陽，乾城，辰谿，(4)湖北省：廣濟，大冶，咸寧，陽新，通山，崇陽，鶴峯，(5)四川省：華陽，郫縣，五通橋，眉山，射洪，南溪，西昌，峨嵋，天全，漢源，雅安，成都，遂寧，南江，會理，寧南，自貢，榮縣，(6)雲南省：昆明，富民，羅次，呈貢，安寧，祿豐，元謀，廣通，牟定，鎮南，彌渡，楚雄，雙柏，易門，昆陽，晉寧，澂江，嵩明，宜良，路南，華寧，江川，玉溪，通海，河西，峨山，新平，元江，墨江，寧洱，思茅，瀾滄，緬寧，建水，箇舊，屏邊，蒙自，開遠，彌勒，瀘西，會澤，巧家，宣威，師宗，邱北，文山，馬關，廣南，永勝，華坪，鳳儀，蒙化，漾濞，永平，雲龍，洱源，劍川，鄧川，賓川，祥雲，鹽豐，姚安，大姚，永仁，鹽興，武定，祿勸，石屏，昌寧，順寧，雲縣，景東，鎮沅，景谷，雙江，潞西，蘭坪，麗江，昭通，大關，鎮雄，(7)廣西省：桂林，(8)山東省：濟南，寧陽，安丘，(9)河南省：靈寶，(10)山西省：太原，(11)陝西省：西安，扶風閻村，臨潼，同官梁家原，(12)甘肅省：蘭州，(13)青海省：西寧。

附錄二：方言材料書目

丁邦新

　　1966　如皋方言的音韻，中央研究院歷史語言研究所集刊 36.573-633。

方　進

　　1966　安徽蕪湖方村話記音，中國語文 137-146。

王世華

　　1959　揚州話音系。

王年芳

　　1959　揚州方言，方言與普通話叢刊 2.1-38。

王福堂

　　1959　紹興話記音，語言學論叢 3.73-126。

四川大學

　　1960　四川方言音系，四川大學學報，社會科學版 3.1-123（簡稱「川大」）。

北京大學

　　1962　漢語方音字滙（簡稱「字滙」）。

白滌洲與喩世長

　　1954　關中方言調查報告。

向　熹

　　1960　湖南雙峯方言，語言學論叢 4.134-171。

江蘇省上海市方言調查指導組

　　1960　江蘇省上海市方言概況（簡稱「概況」）。

李　榮

　　1966　溫嶺方言語音分析，中國語文 1-9。

　　1978　溫嶺方言的變音，中國語文 96-103。

　　1979　溫嶺方言的連讀變調，方言 1-29。

孟慶惠

1961　安徽方音辨正。

河北北京師範學院與中國科學院河北省分院語文研究所

1961　河北方言概況。

金有景

1964　義烏話裏咸山兩攝三四等字的分別，中國語文 61。

1980　補正，中國語文 352。

柯　喬

1958　仙居方音與北京語音的對應關係，方言與普通話集刊 5.98-103。

約　齋

1958　金華方音與北京語音的對照，方言與普通話集刊 5.25-98。

唐作藩

1960　洞口縣黃橋鎮方言，語言學論叢 4.83-133。

徐通鏘

　　　寧波方言字表（未發表）。

袁家驊

1960　漢語方言概要。

高文達

1958　山東寧陽音與北京音，方言與普通話集刊 3.32-35。

高葆泰

1980　蘭州音系略說，方言 224-231。

張兆鈺與高文達

1958　濟南音和北京音的比較，方言與普通話叢刊 1.103-139。

張成材

1980　西寧方言記略，方言 280-302。

張惠英

1979　崇明方言的連讀變調，方言 284-302。

1980　崇明方言三字組的連讀變調，方言 15-34。

漢 語 方 音

曹正一

　　1961　山東安丘方音與北京語音，方言與普通話集刊 8. 39-54。

陳承融

　　1979　平陽方言記略，方言 47-74。

陳紹齡與郝錫炯

　　1959　峨嵋音系，四川大學學報，社會科學版 1. 1-66。

楊時逢

　　1969　雲南方言調查報告。

　　1975　湖南方言調查報告。

楊時逢與荆允敬

　　1971　靈寶方言，清華學報（新）9. 106-147。

楊煥典

　　1964　桂林語音，中國語文 454-462 及 444。

廖序東

　　1958　蘇州語音。

甄尚靈

　　1958　成都語音的初步研究，四川大學學報，社會科學版 1. 1-30 及字表。

趙元任

　　1928　現代吳語研究（簡稱「研究」）。

趙元任等

　　1948　湖北方言調查報告。

趙元任與楊時逢

　　1965　續溪嶺北方言，中央研究院歷史語言研究所集刊 36. 11-113。

鄭張尚芳

　　1964　溫州語音，中國語文 28-60 及 75。

　　1979　溫州方言的兒尾，方言 207-230。

　　1980　溫州方言兒尾詞的語音變化㈠，方言 245-262。

　　1981　溫州方言兒尾詞的語音變化㈡，方言 40-50。

English Abstract

This paper deals with some of the relationships of initials and finals with nasal endings in the Chinese dialects where these endings have either partially or entirely disappeared: (1) the alternations between *h and *f initials before *u; (2) the disappearance of *u after dental initials in *uen and *ua/ɑn; (3) the fronting of *ɑn to *an and of *on to *ɸn after dental initials; (4) the differentiation in some Wu dialects of *ia/ɑŋ to *aŋ and *ɑŋ according to whether the initials were stops (知系) or affricates/fricatives (照系); (5) the appearance of *u after the retroflex initials (照二系) and before *ia/ɑŋ; and (6) the lowering in some Wu dialects of the main vowel of *ien/ŋ after the palatalized velar and laryngeal initials.

漢語方言中鼻音韻尾的消失

㈠、緒　　言

　　1975 年 Matthew Chen（陳淵泉）曾經發表過一篇講漢語方言鼻音韻尾消失的問題的文章，An Areal Study of Nasalization in Chinese，發表在 Stanford 大學語言學系出版的一個專刊 Nasálfest 上（頁 81-121）。因為這個專刊不是一個定期的刊物，所以流傳不廣。陳氏這篇文章說漢語方言中鼻化作用發生在低元音後邊比較普遍，另外一方面，鼻化作用多半先發生在帶舌頭鼻音韻尾的韻母上。這兩點的確是可以證明的。可惜因為印刷上的限制，陳氏的文中舉的實際例證很少。本文希望用將近二百個方言點來說明漢語方言中鼻音韻尾消失的現象。本文所討論的這些方言都是與鼻化作用有關的。贛方言的材料發表的很少，閩方言中的鼻音韻尾消失的現象一時還理不出一個頭緒來，客方言粵方言中鼻音韻尾大致都還保存着。所以這篇文章撇開這些方言不談。實際上，這篇文章所討論的方言只有兩派：一派是吳語方言，一共包括三十七個方言點，另附杭州、吳興、績溪嶺北三處；另外一派是官話方言，一共包括一百十九個方言點。這些方言點的建立是根據鼻音韻尾消失的現象。每個方言點代表的地區大小不同，同是某些方言點代表的地區不一定都在一塊兒，並且這些地區可能有細節上的差別。這些官話方言又分為幾類：其中大多數在前高（不圓唇）元音後邊沒有 *n/ŋ 的分別（Nos. 73-182），少數有這種分別（Nos. 183-191）；在前一組中，有的有齊撮的分別（Nos. 73-137），有的沒有齊撮的分別（Nos. 138-182）。吳語方言中，有 *an 和 *aŋ，也有 *ɑn 和 *ɑŋ，官話方言中，只有一種 *an 和 *aŋ。這篇文章裡有三十二個方言點（Nos. 41-72）是介乎吳語和官話之間的。在這些方言中前 *a 和後 *ɑ 的分別沒有完全消失。這三十二個方言中又可以分成兩類：第一類（Nos. 41-53）*(u)an 和 *(u)ɑn 有別，第二類（Nos. 54-72）前 *an 和後 *ɑn 的分別只保存在合口韻裡。

本文的後邊有三個附錄。第一個附錄是方言地區表，一共有二百多個縣市城鎮。這些地區是按省份排列的。有些地區的方言在鼻音韻尾消失的現象上是柜似的，所以在第三個附錄裡歸併在同一個方言點內。地名後邊的數字指的就是第三個附錄中排列的次序。第二個附錄是方言材料書目。這個書目只包括比較豐富的材料。吳語方言大部分是根據趙元任的現代吳語研究。有少數吳語方言，像嘉定、海門、崇明、溫嶺、平陽、仙居，研究中未收。有些方言，像常州、永康、蘇州、常熟、無錫、溫州、紹興東頭埭、松江、寧波，晚出的材料都比研究豐富。在第三個附錄中的地名底下都註明材料來源。音標都經過簡化，爲的是討論簡捷，印刷方便。第三個附錄是說明鼻音韻尾在一百九十一個方言點中消失的情形。排列的次序不是按地區的。

在討論鼻音韻尾消失的時候，應該把未變以前和旣變以後的元音分別清楚。在鼻音韻尾消失的過程中，元音會發生種種變化。鼻化作用是第一步，失去鼻化作用是第二步。平常的假設是鼻化作用先發生，然後再丟掉鼻化作用，變成純粹元音。當然，鼻音韻尾也可能直接消失掉了，不經過鼻化作用的階段。鼻化作用發生在不同的時間，發生在不同的地方。根據漢語發展的歷史，最早的鼻化作用發生在吳語區，最晚的鼻化作用發生在西南官話區。

鼻音韻尾的消失的原因最大的可能是當漢語發展到一個新地方，當地土著學習漢語時，受到他們自己的語言影響，沒有把漢語中的鼻音韻尾都清清楚楚的讀出來。習以爲常，在這種情況下，這些漢語方言中就發生了鼻化作用，甚至於鼻化作用也沒有了，結果就造成了鼻音韻尾的消失。異族入主中原可能發生這種結果。漢語發展到了邊區更會發生這種結果。西北西南，甚至於山西、河北的漢語方言中的鼻化作用可能是因爲受了非漢語的影響。吳語方言中的鼻化作用以及鼻音韻尾的消失也許是因爲漢語與非漢語接觸的結果。

這種說法在理論上是絕對有可能的。可是要是用實際的例證來說明這個道理，倒是相當困難。例如麗江地區的非漢語是麼些（納西）語，麗江魯甸（據李霖燦的麼些字典）的麼些方言中的韻母沒有鼻音韻尾，沒有鼻化元音，都是單純元音，麗江、七河（據楊時逢的雲南方言調查報告）的漢語方言中的韻母也沒有鼻音韻尾，也沒有鼻化元音，大多數也都是單純元音（只有複合元音 əu 和 iu）。劍川、金華鎮（據徐琳

趙衍蓀的白語概況，中國語文 1964. 321-335 及 320）的白語方言的韻母中沒有鼻音韻尾，只有鼻化元音，沒有複合元音（ao 只見於新的漢語借字中）。可是劍川城內（據楊時逢雲南方言調查報告）的漢語方言的韻母中有鼻音韻尾，也有鼻化元音。可能的解釋是漢語有時候是從一個城市跳越鄉村伸展到另外一個城市去的。城內的居民大多不是從周圍鄉村遷移進去的，而是從另外一個城市來的。

　　吳語方言鼻化作用的出發點是一種方言其中前 *an 和後 *ɑn 有分別，前 *aŋ 和後 *ɑŋ 有分別，同時 *en 和 *eŋ 已經不可分辨。例如「班」「般」讀的不一樣，「關」「官」也讀的不一樣。「冷」「朗」一個讀 *aŋ，一個讀 *ɑŋ，「橫」「黃」一個讀 *uaŋ，一個讀 *uɑŋ，「陳」「程」讀的一樣 [1]，「恨」（去）「恒」（平）讀的同韻。

低 元 音 *-n	*(u)an	*ia/ɑn	*iua/ɑn	*(u)ɑn
低 元 音 *-ŋ	*(u)aŋ	*ia/ɑŋ	*iua/ɑŋ [2]	*(u)ɑŋ
前高元音 *-n/ŋ	*en/ŋ	*ien/ŋ	*uen	*iuen
後高元音 *-ŋ			*oŋ, *ueŋ [3]	*ioŋ, *iueŋ

　　官話方言鼻化作用的出發點是一種方言其中分高低兩類元音，低元音不分前後，高元音前元音不圓唇是 *e，後元音圓唇是 *o。低元音後邊有舌頭鼻音和舌根鼻音韻尾。前高元音 *e 後邊有的方言不分 *n 和 *ŋ，有的方言有 *en 和 *eŋ 的分別。後高元音 *o 後邊只有 *ŋ。這一類的方言鼻化作用的出發點是像下表所列：

低　元　音	*(u)an	*i(u)an	*(u)aŋ	*iaŋ
前　高　元　音	*(u)en	*i(u)en	*eŋ	*ieŋ
後　高　元　音			*oŋ, *ueŋ	*ioŋ, *iueŋ

1　溫州和平陽方言中 "陳" 讀 dzaŋ。"新" 讀 saŋ，"程" 讀 dzeŋ，"星" 讀 seŋ。

2　*iuɑŋ（"狂""王"）在大多數方言中都讀的和 *uɑŋ 相同。只有少數方言中保存着 *i 介音，讀的與 *uɑŋ 不同：黃巖 yã，溫州 yɔ，平陽 yo。

3　在大多數方言中 *ueŋ 讀的與 *oŋ 相同，*iueŋ 讀的與 *ioŋ 相同。有少數方言中 *ueŋ 讀成 *uen，*iueŋ 讀成 *iuen。詳見本文第四章前高（不圓唇）元音後附鼻音韻尾。

　　這篇文章裡所用的未變以前的音韻系統是根據切韻，同時考慮近代方言所構擬出來的一套簡化系統。目的是在說明現代方言演化的情形。這種簡化系統與切韻韻部對照的關係，可以用下表說明。不過許多紛歧的細節在表裡不便說明，在下面適當的地方，我會說明的。

切韻韻部	吳語方言出發點	官話方言出發點
山、刪、元（唇音字）、咸、銜、凡（唇音字）	*(u)an	*(u)an
寒、桓、覃、談	*(u)ɑn	
仙、先、元（非唇音字）、鹽、添、嚴、凡（非唇音字）	*i(u)a/ɑn	*i(u)an
庚二、耕	*(u)aŋ,*(u)eŋ	*(u)eŋ
陽（唇音字除外）	*i(u)ɑŋ	*iaŋ
唐、江、陽（唇音字）	*(u)ɑŋ	*(u)ɑŋ
痕、魂、文（唇音字）	*(u)en	*(u)en
眞、諄、欣、文（非唇音字）、侵	*i(u)en	*i(u)en
登	*(u)eŋ	*(u)eŋ
蒸、庚三、淸、靑	*i(u)eŋ	*i(u)eŋ
東一、冬、東三（唇音字）、鍾（唇音字）	*oŋ	*oŋ
東三（非唇音字）、鍾（非唇音字）	*ioŋ	*ioŋ

　　這種簡化系統偶爾不能够解釋某些少數方言。比方說，在討論吳語方言時，要考慮原來是收 *m 尾的還是收 *n 尾的區別。並且還要考慮原來是切韻覃韻（*əm）字還是切韻談韻（*ɑm）字的區別。詳細的討論請看下章低元音後附舌頭鼻音韻尾。在討論溫州方言的時候，切韻東三韻（詩經冬部）的字和切韻鍾韻（詩經東部）的字讀的不一樣。例如在溫州方言中，切韻東三韻的字，像「宮」「中」「終」，都讀 tšyoŋ，「蟲」讀 dʑyoŋ，切韻鍾韻的字，像「恭」「供」給「鍾」，都讀 tšyɔ（與「椿」同）。「重」復讀 dʑyɔ（與「狂」同）。平陽方言也是如此。所以爲了說明溫州、平陽等方言，我們應該有 *iuŋ（溫州 yoŋ）和 *ioŋ（溫州 yɔ）兩類韻母，可是沒有假設 *uŋ

和 *oŋ 兩類韻母的必要。還有許多切韻東三鍾韻字在見溪母後邊都丟掉了 *i 介音，所以在現代方言中「弓」「宮」「恭」「供」「拱」「恐」都好像本來是 *oŋ 韻字。可是有少數方言中還保存着本來的 *i 介音。例如溫州方言中，「宮」讀 yoŋ 韻，「共」「供」「恐」讀 yɔ 韻，都表示原來有 *i 介音。平陽方言中「躬」讀 ioŋ 韻，「共」「供」「恭」讀 yo 韻，也表示原來有 *i 介音。黃巖方言中「弓」「共」讀 ioŋ 韻，永康研究「弓」「共」讀 ioŋ 韻，永康袁「弓」讀 yoŋ 韻，也都表示原來有 *i 介音。切韻三、四等的分別，就是仙三 先四 鹽三 添四 的分別，在大多數的方言裡都不存在了。可是在將近二十個浙江吳語方言中還保存着一些三、四等的分別。義烏方言中三等字讀 ie 韻，四等字讀 iɛ 韻；金華方言中三等字讀 ie 韻，四等字讀ia韻；洞頭方言中三等字讀 iɐ 韻，四等字讀 iɪ 韻；浦江方言中三等字讀 iɪ 韻，四等字讀 iɑ 韻；永康袁方言中也有 iə 和 ia 韻的分別(詳見金有景 1964, 1980，約齊 1958，袁家驊 1960)。把切韻蒸、庚二、清、青等韻合拼成一類，也許有人說是太過份了，因爲在贛客方言中，蒸和庚三、清、青幾韻的分別是很明顯的。其實，爲了討論雙峯白方言，我們就需要把蒸和庚三、清、青分開。蒸是 *ieŋ 庚三 清青是 *iaŋ。雙峯白方言有兩套低元音後附舌根鼻音韻的韻母：*(u)aŋ, *iaŋ 和 *(u)ɑŋ, *iɑŋ。雙峯白方言中 *aŋ 讀 ð（例字：「坑」「爭」「生」），*iaŋ 讀 ið（例字：「驚」「清」「青」），*ɑŋ 讀 aŋ 例字：「康」「臟」「倉」「桑」），*iɑŋ 讀 iaŋ（例字：「江」「槍」「香」）。除了雙峯白方言之外[4]，在討論這篇文章裡的這些方言，把蒸庚三 清青看作一類，這種辦法是沒有問題的。

(二)、低元音後附舌頭鼻音韻尾

在分前 *an 和後 *ɑn 的方言中，切韻元凡兩韻中的唇音字都讀成 *an。但是在有些方言中 *f 讀成 *hu 聲母，則 *an 就有了 *u 介音了，例如新化方言「反」「凡」讀 huã。切韻咸銜兩韻字都讀 *an，山刪兩韻字讀 *an, *uan（只在舌根音喉音聲母後邊）。「閂」「栓」「檨」的聲母是 *ʂ，，在分前 *an 和後 *ɑn 的吳語以及陽新、通山、崇陽、大冶、廣濟、攸縣、湘潭、衡山方言中不讀 *ʂuan 而讀 *ʂuɑn。

4　洞口黃橋白讀把 *aŋ *ɑŋ 都讀成 ð，把 *iaŋ *iɑŋ 都讀成 ið。

切韻寒桓韻字讀 *ɑn，*uɑn。我上面簡表中雖然把 *m 尾歸入 *n 尾，可是在吳語方言中切韻覃韻（*əm）和談韻（*ɑm）分別的很清楚。例如常熟方言中覃韻字都讀的和痕韻（*ən）登韻（*əŋ）字相同，研究讀 ɛ，概況讀əŋ。談韻字讀的和寒韻（*ɑn）字相同。在其他吳語方言中，談韻和寒韻一樣，舌頭音聲母的字都讀 *ɑn（例如：「膽」「談」「籃」「三」），覃韻舌頭音聲母的字都讀 *ɑn（例如：「貪」「探」「南」「蠶」）[5]。覃談韻的舌根音喉音聲母的字都讀 *ɑn（「喊」讀 *ɑn）。海門方言中，切韻寒韻字在舌頭音聲母後邊少數讀 *ɑn（海門方言ɛ），大多數讀 *uɑn（海門方言φ）。有的字像「欄」字海門方言有兩讀：文讀 ɛ，白讀 φ。海門方言「丹」「端」都讀 tφ，「難」「暖」都讀 nφ，「散」「酸」都讀 sφ。切韻收 *-m 尾的字讀 *ɑn〔海門方言 (i)e〕。

　　*(u)an 在吳語方言中的反映有下列多種：有鼻化元音 ã、æ̃、ɛ̃，有純粹元音 a、æ、ɛ、E、e、ɑ、ɔ。

鼻 化 元 音	純 粹 元 音
(u)ã：衢縣	(u)a：宜興、金華白、仙居、溧陽、永康、溫州（沒有 ua）、崇明
(u)æ̃：嵊縣太平市、嵊縣崇仁鎮、紹興東頭埭，常州研究、靖江。	(u)æ：丹陽、金壇西岡、江陰
	(u)ɛ：常州概況、崑山、常熟、無錫、諸暨王家井、南滙周浦、海門、松江、黃巖溫嶺、寧波、嘉定
(u)ɛ̃：餘姚	(u)E：蘇州、吳江黎里、吳江盛澤、嘉興、上海舊
	(u)e：寶山
	(u)ɑ：丹陽永豐鄉
	ɔ：平陽

5　黃巖、溫嶺方言中切韻覃韻舌頭聲母的字讀 *ɑn。寧波方言中讀 Ei，究竟代表什麼，不大明白。

　　吳語方言中把前 *an 和後 *an 的分別改變成了低 *an 和高 *e/on 的分別。吳語方中言 *an 的讀音 ɸ、ɤ、o、e 都代表這種改變，原來的 *ɑn 改變成了 *e/on。吳語方言中原來的 *en/ŋ 和原來的 *oŋ 還仍然保存着鼻音韻尾，所以 *e/on 和原來的 *en/ŋ 很少有合流的可能。紹興東頭埭方言是一個例外。其他溫州、平陽、永康方言也有 *(u)ɑn 和 *(u)en 合流的現象（見第四節）。

　　吳語方言對於 *ɑn 和 *uɑn 韻的處置方法有兩種：一種是讀相同的元音，只有在舌根音喉音聲母後邊有開合之分，另外一種是 *ɑn 讀不圓唇前元音（e），*uɑn 讀圓唇前元音（ɸ）或不圓唇後元音（ɤ）。代表第一種辦法的有下列一些吳語方言。除了丹陽方言讀 uŋ，仍然保存着鼻音韻尾外，有的方言讀鼻化元音，有的方言讀純粹元音。

鼻　化　元　音		純　粹　元　音
(u)ə̃：嵊縣太平市、嵊縣崇仁鎮		(u)ɸ：崑山（ɤ少）、蘇州、江陰、吳江黎里（沒有 uɸ）、吳江盛澤、溫州（沒有 uɸ，有 y）、平陽（沒有 uɸ，有 yɸ）
		(u)œ：仙居
ɔ̃,uõ：衢縣		(u)ɤ：常州概況、常熟、嘉興、諸暨王家井
(u)ɔ̃：常州研究		(u)o：無錫
		(u)e：宜興、金華白
(u)ɯ̃：靖江		ɯə,uə：永康
		u：丹陽永豐鄉、溧陽、金壇西岡(?)。

代表第二種辦法的吳語方言有紹興東頭埭、餘姚、南滙周浦、上海舊、松江、海門、崇明、黃巖、溫嶺、寧波、嘉定、寶山。

例字 / 地名	寒談韻 舌頭音聲母 難、三	覃韻 舌頭音聲母 南、蠶	覃談韻 舌根音喉音聲母 敢、庵	桓韻 舌根音喉音聲母 官、歡	桓韻 唇音聲母 半	桓韻 舌頭音聲母 暖、酸	寒韻 舌根音喉音聲母 看、安
紹興東頭埭	æ淡、胆	ø/ɛ̃ 南	ɛ̃敢、含	uø/uɛ̃ 寬、歡	ø	ø短	ɛ̃看
餘姚	ɛ̃	ɛ̃	ɛ̃	uø(?)	ø	ø	ɛ̃
黃巖	ɛ	ɛ	ie	uɸ	ɸ	ɸ	ie
溫嶺	ɛ	ɛ南、ɸ蠶	ie(?)	uɸ換、uɛ寬	ɸ	ɸ	ie看
寧波 [6]		Ei	i敢,e庵	u	u	ɸ、iɸy	i看,e安
南滙周浦	ɛ	ɛ̃	ɛ̃	uɛ̃	ɛ̃	ø	
上海舊	E	e南、ɸ蠶	e	ue	e	ɸ	
松江	ɛ	e	e暗	ue	e	ɸ	
海門 [7]	ɛ三、ɸ難	ie南、e蠶	ie暗	ue	ie	ɸ	
崇明	a三、ɸ難	ie貪、e簪	ie涵,e暗	uie	ie	ɸ暖	ɸ
嘉定		ie	ie暗	ue	ie	ɤ	ɤ
寶山	e	ɪ	ɪ	uɪ	ɪ、ɤ	ɤ	ɤ

「官」有兩種讀法：合口韻 *k-uɑn，則讀 uø（紹興東頭埭又讀、餘姚？），uɸ（黃巖、溫嶺），u（寧波）；開口韻 *ku-ɑn，則讀 ɛ̃（紹興東頭埭又讀、南滙周浦），e（上海舊、松江、海門、嘉定），ie（崇明），ɪ（寶山）。「半」也有兩讀讀法：合口韻 *puɑn，則讀 ø（紹興東頭埭、餘姚？），ɸ（黃巖、溫嶺），ɤ（寶山又讀），u（寧波）；開口韻 *pɑn，則讀 ɛ̃（南滙周浦），e（上海舊、松江），ie（海門、崇明、嘉定），ɪ（寶山又讀）。有些分 *ɑn 和 *uɑn 的吳語方言把切韻本來的開口韻讀成合口韻。所以在這些方言中「看」「安」讀的跟「暖」「酸」同韻。比方像

6　寧波方言中ø元音代表 *uɑn，出現在舌頭塞音鼻音邊音聲母後邊；u代表 *uɑn，出現在舌根音喉音聲母後邊；i,ɤ,y代表 *uɑn 和 *iuɑn，出現在切韻的精系知系照系聲母後邊。i和e的分別似乎和舌根音聲母和喉音聲母有關係。

7　海門方言開口 *ɑn 讀 ie 或 e，合口 *uɑn 讀 ø。開口 *ɑn 包括 "半" piɛ、"官" kuɛ、及許多切韻收 *-m 尾的字（"男" niɛ、"敢" kiɛ、"蠶" zɛ、"暗" e），合口 *uɑn 包括 "蛋" dø、"散" sɤ、"扇" sø、"石" khø、"酸" sø、"川" tshø。崇明方言相似。

南滙周浦方言把「看」讀成 ø，上海 舊、松江、海門、崇明方言把「看」讀成 ɸ，寶山、嘉定方言把「看」讀成 ɤ。黃巖、溫嶺方言把切韻覃韻舌頭聲母字讀成 *an。「看」（切韻寒韻）「敢」（切韻談韻上聲）在黃巖、溫嶺、寧波方言裏讀的和 *ia/ɑn 同韻。這種顎化現象在洞口黃橋方言中也可以看到：在這個方言裏在舌根音聲母後邊沒有 ã，只有 iæ̃，雙峯方言中「看」讀 iɛ̃，「敢」讀 uɛ̃。

安徽南部、江蘇北部、湖北、湖南這一帶地方古時候恐怕是使用古吳楚方言的地區，後來因爲客家話的南進和和官話的發展把這一大塊地區衝開了，把許多古吳楚方言的特徵都淹沒了。比方拿前 *an 和後 *ɑn 分不分這個特徵來說，古吳楚方言分，官話方言不分。現代吳語方言分，在現代吳語研究中只有杭州、吳興不分 *an 和 *ɑn；現代官話方言多半不分。可是在下表所列的那些安徽南部、江蘇北部、湖北、湖南的方言中前 *an 和後 *ɑn 分的很清楚。從這些方言裏可以看出來 *an 和 *ɑn 合併的痕跡。最早的一組 *ɑn 韻字讀成 *an 的是那些切韻寒談韻舌頭音聲母的字（「難」「三」）。吳語方言以及蕪湖方村、南通、泰州白、如臯白、陽新、通山、崇陽等方言都屬於這一組。第二組方言裏，切韻寒談覃韻舌頭音聲母的字（「難」「三」「南」「慘」）都讀成 *an。大冶、咸寧、廣濟、雙峯、湘鄉、攸縣等方言都屬於這一組。第三組方言裏，切韻寒談覃韻的字（「難」「三」「南」「慘」「安」「暗」）都讀成 *an，切韻桓韻字讀成另外一韻。鹽城、新海連市、揚州、淮陰、高郵、長沙、南縣、茶陵、新化、洞口黃橋、劉陽、安化、益陽、衡山、通道、湘陰、寧鄉、沅江、湘潭等方言都屬於這一組。這一組的方言裏，切韻山刪韻合口舌根音喉音聲母的字（例如「關」「鰥」）讀的和切韻桓韻舌根音喉音聲母的字（例如「官」）不同，例外是攸縣方言中「鰥」和「官」都讀 uaĭ，，茶陵方言中「關」和「官」都讀 uã。第四組方言包括大多數的官話方言，其中切韻寒桓談覃韻的字讀爲同韻，只有開合不同。這四組方言代表漢言方言中 *an 和 *ɑn 合流的四個步驟。

例　　字＼地　名	刪山韻 合口 關,鰥	寒談韻 舌頭音 聲母 難,三	覃韻 舌頭音 聲母 南,慘	寒談覃韻 舌根音 喉音聲母 安,暗	桓韻 舌根音 喉音聲母 官	桓韻 唇音 聲母 半	桓韻 舌頭音 聲母 暖,酸
第一組	*uan	*an	*(u)an	*(u)an	*(u)an	*(u)an	*(u)an
蕪湖方村	uã	ã	ð男,ã慘	ð	ð	ð	ð亂,酸
南通	uã	ã	ỹ	ũ	ũ	ũ	ỹ³
泰州	uɛ	ɛ	ũ白,ɛ̃文	ũ白,ɛ̃文	ũ	ũ	ũ
如皋	uɛ̃	ɛ̃	ũ白,ɛ̃文	ũ	ũ	ũ	ũ
陽新	uæ̃	æ̃	œ̃	œ̃	uœ̃	œ̃	œ̃
通山	uã	ã	œ̃南	œ̃	uœ̃	œ̃	œ̃
崇陽	uã	ã	ɤ	ɤ	ɤ	ɤ	ɤ暖,算
第二組	*uan	*an	*an	*(u)an	*(u)an	*(u)an	*(u)an
大冶	uã	ã	ã	eĩ安,敢	ueĩ	eĩ	eĩ
咸寧	uã	ã	ã	œ̃	uœ̃	œ̃	œ̃
廣濟	uɛ̃鰥	ã	ã	ɛ̃	uɛ̃	ɛ̃	ð⁹
雙峯	uã	ã	ã	ɛ̃	uɛ̃	iɛ̃	uɛ̃暖,uã酸¹⁰
湘鄉	uã	ã	ã	uɛ̃	uɛ̃	iɛ̃	yɛ̃⁸
攸縣	uaĩ	aĩ	aĩ	ð漢,敢	uaĩ	ð	ð亂,酸
第三組	*uan	*an	*an	*an	*uaŋ	*uaŋ	*uaŋ
通道	uaŋ	aŋ三	aŋ南	aŋ	oŋ	oŋ	oŋ
湘陰	uaŋ	aŋ	aŋ	aŋ	oŋ	oŋ	œ̃⁹
沅江	uan	an	an	an	əŋ	an	ø̃⁹
湘潭	uan	an	an南	an	əŋ	an	ən暖,算

8　*uan 在切韻舌頭音聲母後邊在南通方言中讀 ỹ,在湘鄉方言中讀 yɛ̃。塞擦音擦音聲母顎化。

9　*uan 在舌頭音聲母後邊在廣濟方言中讀 ð,在湘陰方言中讀 œ̃,在沅江方言中讀 ø̃。

10　雙峯方言中 *uan 在舌頭塞擦音擦音聲母後邊讀 uã。

寧鄉	uã	ã	ã	ã	on	on	on亂,酸
淮陰	uã	ã	ã	ã	ɔ̃	ɔ̃	ɔ̃
長沙	uã	ã	ã	ã	ɔ̃	ɔ̃	ɔ̃
南縣	uã	ã	ã	ã	ɔ̃	ɔ̃盤	ɔ̃亂,酸
茶陵	uã	ã三	ã	ã	uã	ɔ̃盤	ɔ̃端,酸
新化	uã	ã	ã	ã	ɔ̃	ɔ̃	ɔ̃
洞口黃橋	uã	ã	ã	iæ̃	ɔ̃款	ɔ̃般	ɔ̃亂,算
劉陽	uã	ã	ã	ã	ũ	ũ	ũ
安化	uã	ã	ã	ã	uɤ	ɤ盤	ɤ
益陽	uã	ã	ã南	ã	uɤ	ɤ盤	ɤ
衡山	uã	ã	ã	ã	uaĩ	aĩ	aĩ亂,酸
鹽城	uæ̃	æ̃	æ̃	iæ̃ 11	ɔ̃	ɔ̃	ɔ̃
新海連市	uæ̃	æ̃	æ̃	æ̃	ɔ̃	ɔ̃	ɔ̃
揚州	uæ̃	æ̃	æ̃	iæ̃	ɔ̃	ɔ̃	ɔ̃
高郵	uæ̃	æ̃	æ̃	æ̃	ũ	ũ	ũ

　　前三組的現代方言，一共有三十二個方言點，其中保存鼻音韻尾的方言有五個（通道、湘陰、沅江、湘潭、寧鄉），部分讀純粹元音的方言有三個（崇陽、益陽、安化），其餘的方言都讀鼻化元音。

*uan	*(u)an
(u)an：通道、湘陰、沅江、湘潭、	on：通道、湘陰（也讀 æ̃）寧鄉
寧鄉	ɔn：湘潭
(u)ã ：通山、崇陽、大冶、咸寧、	ɤŋ：沅江
廣濟、雙峯、湘鄉、寧鄉、	ɔ̃：蕪湖方村、攸縣（也讀 uaĩ）、
淮陰、長沙、南縣、劉陽、	鹽城、新海連市、揚州、高郵、淮
衡山、益陽、安化、新化、	陰、長沙、南縣
茶陵、洞口黃橋	ũ：南通（也讀 ỹ）泰州、如皋、
	新海連市

11　鹽城方言中有少數 *an 讀 ɔ̃：＂安白＂ɔ̃，＂寒白＂hɔ̃。

(u)aĭ：攸縣　　　　　　　　　　　ɔ̃：新化、茶陵（也讀 uã）、洞口黃橋

(u)æ：陽新、鹽城、新海連市、揚州　(u)œ̃：陽新、通山、咸寧
　　　高郵　　　　　　　　　　　　ŭ：瀏陽

(u)ɛ̃：泰州　　　　　　　　　　　(u)aĭ：衡山

(u)ɜ̃：如皋　　　　　　　　　　　(u)eĭ：大冶

(u)ã：蕪湖方村　　　　　　　　　(u)ɛ̃：廣濟、雙峯（也讀 iɛ̃）

　　　　　　　　　　　　　　　　(u)ɜ̃：湘鄉（也讀 iɛ̃，yɛ̃）

　　　　　　　　　　　　　　　　(u)ɤ：崇陽、益陽、安化

第四組方言中 *an 和 *ɑn 完全不分。有的方言還保存着鼻音韻尾，有的方言讀鼻化元音，有的方言讀純粹元音。在這篇文章所討論的這些官話方言中，以讀鼻化元音的佔大多數。

(u)an：鶴峯、嵩明、鎮南

(u)aŋ：永明、漾濞、祿勸、大姚、馬關、墨江、晉寧、玉溪、蒙自（又讀 yaŋ [12]）
　　　　、開遠、廣通、彌渡、瀾滄

(u)ã：大關 、永仁 、宜章（又讀 yã [12]）、澧縣 、桂林 、龍山（又讀 yɛ̃ [12]）、
　　　沅陵、華陽、眉山、射洪、祁陽、城步、芷江、乾城、峨嵋、榮縣、句容、
　　　扶風、閤村、鄖縣、桑植、寧遠、零陵、桂東、安仁、永興、江華、常寧、
　　　耒陽、道縣、永順、瀘溪、麻陽、永平、祥雲、洱源、鹽豐、姚安、鹽興、
　　　順寧、昌寧、雲縣、永綏、西寧、雙江、武定、石屏、劍川、雲龍、保靖、
　　　大庸、鎮雄、五通橋、潞西、會澤、思茅、昭通、西昌、廣南、巧家、華坪、
　　　雙柏、永勝、寧洱、昆明、安寧、新平、文山、富民、路南、河西、緬寧、
　　　箇舊、屏邊、景谷、元謀、宣威、祿豐、通海、牟定、華寧、楚雄、澂江、
　　　瀘西、師宗、宜良、彌勒、江川、羅次、邠縣、濟南、寧陽、靈寶、西安、
　　　臨潼、同官梁家原。

12 有些方言 *uan 在切韻舌頭塞擦音擦音聲母後邊 *u 介音撮唇化，聲母顎化。例如 "酸" "筭" 在蒙自方言中讀 yaŋ，在宜章方言中讀 yã，在龍山方言中讀 yɛ̃，在湘鄉方言中讀 yẽ，在南通方言中讀 ỹ。

(u)ǽ：雅安、太原、徐州、安丘

(u)ɛ̃：蘭州

(u)ɐ̃：辰谿

(u)ã：南京市

(u)a：汝城、賓川、鳳儀、呈貢

(u)æ：麗江、昆陽

(u)æɛ：鄧川

(u)ɛi：漵浦

大多數的方言中，*an和*uan都採取一致行動，少數例外像建水方言：aŋ, uɤ，蘭坪方言：aŋ, uɛ̃，元江、邱北、鎮沅、峨山方言：ã, uɤ̃，廣濟、景東方言：ã, uɛ̃，易門方言：ã, uaŋ，蒙化方言：ã, ue，武岡方言：a, uã。綏寧方言 *an 讀 ɛ̃，*uan 讀 uɛ̃（在舌根音喉音聲母後邊），也讀 ɸ（在舌頭音聲母後邊）。

　　*ia/an 包括切韻鹽添嚴凡（脣音字除外）仙先元（脣音字除外）諸韻的開口字，*iua/an 包括切韻仙先元（脣音字除外）的合口字。除了金華、永康、義烏、洞頭、浦江等浙江吳語方言外，其他的吳語方言都沒有 *ian（四等）和 *iɑn（三等）的對立。在現代吳語方言中 *iuɑn 讀的和 *uɑn 同韻。

　　　　*ia/ɑn 在現代吳語方言中的反映

　ɪ：常州研究、靖江、餘姚　　　　　　ɿ：丹陽永豐鄉、宜興、丹陽、崑山、江陰
　　　南滙周浦　　　　　　　　　　　　　上海舊、寶山

　iɪ：嵊縣崇仁鎮　　　　　　　　　　　ɿɹ：常州概況、蘇州、吳江黎里、吳江盛澤
　　　　　　　　　　　　　　　　　　　　無錫、諸暨王家井

　iɐ̃：嵊縣太平市、衢縣、紹興東頭埭　　ie：金華、仙居、嘉興、平陽、海門、崇明、
　　　　　　　　　　　　　　　　　　　　嘉定、黃巖、溫嶺

　　　　　　　　　　　　　　　　　　　iɛ：常熟

　　　　　　　　　　　　　　　　　　　 i：金壇西岡、溧陽、溫州、松江、寧波

　　　　　　　　　　　　　　　　　　　ia：金華、永康

　　　　　　　　　　　　　　　　　　　iə：永康

*iuɑn 在現代吳語方言中的反映

iɔ̃：常州研究	io：無錫
yɵ：嵊縣崇仁鎮、餘姚（?）、	yφ：崑山、江陰、平陽、海門、松江、上海舊、
南滙周浦	崇明、黃巖、溫嶺
iɵ：嵊縣太平市、紹興東頭埭	iφ：蘇州、吳江黎里、吳江盛澤
yũ：靖江	iφy：寧波（又有 y）
yə̃：金華研究	yœ：仙居
ə̃：衢縣	yɵ̌：永康
	yɤ：嘉興、嘉定
	iɤ：常州概況、常熟、諸暨王家井、寶山
	ye：金華、宜興（?）
	y：丹陽、溫州、寧波（又有iφy）
	yu：金壇西岡（?）、溧陽
	iu：丹陽永豐鄉

安徽南部江蘇北部湖北湖南一帶的方言有些仍然分前 *an 和後 *ɑn ，在這些方言中 *iua/ɑn 韻有兩種讀法：少數方言中 *iuɑn 讀的與 *uɑn 相似，這是吳語方言的現象，大多數 *iuɑn 讀的與 *ian 相似，這是官話方言的現象。

*iuɑn	*uɑn		*ian	*iuan	
yũ	ũ	泰州、如皋	ĩ	yĩ	湘鄉、湘潭、寧鄉
yɵ̃	ɵ̃	新海連市、杭州	ĩ	uĩ	雙峯、湘鄉
		（有uɵ̃）	iĩ	yĩ	揚州、高郵、淮陰
yɵ̃	ɵ̃	鹽城	ẽ,iĩ [13]	yẽ	通道
ỹ	ũ,ỹ	南通	(i)ẽ	yẽ	蕪湖方村、陽新、崇陽
yaĩ	(u)aĩ	衡山			咸寧、湘陰、沅江、長沙
					南縣、劉陽、新化、績溪
					嶺北

13　通道方言中 ẽ："展"、"陝"、"扇"、"然"。

ɪ,(i)ɛ̃ [14]	yɛ̃	通山
ieɪ	yeɪ	攸縣
ɪ,ieɪ [15]	yeɪ	大冶
iɛ̃	yã	茶陵
iɛ̃	yɛ̃	廣濟
iæ̃	yæ̃	洞口黃橋
ie	ye	益陽、安化

官話方言沒有前 *an 和後 *ɑn 之分。官話方言可以分兩派：一派分齊撮，*ian *iuan 有別；一派不分齊撮，有齊無撮，只有 *ian。不分齊撮的方言大都在雲南。可是湖南綏寧、四川西昌方言也不分齊撮，甚至於浙江、吳興方言 *ian *iuan 都讀 ɪ，*ien *iuen 都讀 ɪ/ɪən，江蘇、寶山方言 *ien *iuen 都讀 ɪn，海門方言 *ien *iuen 都讀 in。官話方言中 *ian *iuan 的演變大多數都是一致的，唯有宜章方言 *ian 讀 iaŋ，*iuan 讀 yã。*ian *iuan 在官話方言中的演變可以用下表說明。

分齊撮的方言

| iɛn,yɛn：鶴峯
| ien,yen：大關、永仁、漾濞、祿勸、武定
| in,yn　：榮縣
| iã,yã　：灃縣、桂林、扶風閻村、鄠縣、
| 　　　　常寧、瀘溪、麻陽、永綏、西寧、
| 　　　　邠縣、濟南、寧陽、靈寶、西安、
| 　　　　臨潼、同官梁家原
| ɪæ̃,yæ̃：徐州、安丘
| iɛ̃,yɛ̃　：龍山、沅陵、華陽、眉山、射洪、
| 　　　　雅安、桑植、寧遠、永平、祥雲、
| 　　　　蘭州、大姚、保靖、五通橋

不分齊撮的方言

| iɛn：崑明
| ien：潞西、會澤、墨江、鎮南、晉寧
| in：雙柏
| iɛ̃：思茅、昭通、西昌、巧家、永勝、
| 　　寧洱、綏寧、廣通、彌渡、易門、
| 　　元謀、宣威、牟定、華寧、楚雄、
| 　　景東

14　ɪ 在鼻音舌頭音聲母後邊，iɛ̃ 在舌面音聲母及零聲母後邊。
15　大冶方言中 eɪ："展""陝""扇""善""然""染"。

iɛ,yɛ ：永明、祁陽、城步、芷江、乾城、　　iɛ̃：馬關、廣南、華坪、邱北、鎮沅、
　　　　　峨帽、零陵、桂東、南京市、永興、　　　　昆明、安寧、新平、文山、富民、
　　　　　江華、道縣、永順、洱源、鹽豐、　　　　路南、河西、景谷、玉溪、開遠、
　　　　　姚安、鹽興、順寧、昌寧、雙江、　　　　建水、祿豐、通海、澂江、瀘西、
　　　　　辰谿、元江、石屏、大庸、鎮雄、　　　　師宗、宜良、彌勒、江川、峨山

iĭ,yĭ ：句容、蘭坪、劍川　　　　　　　　　iĭ：瀾滄、羅次

ɪ,yɪ ：安仁、耒陽、雲縣、雲龍　　　　　　 ɪ̃：緬寧、箇舊、屏邊、蒙自

ia,ya ：汝城

iæ,yæ ：麗江　　　　　　　　　　　　　　 iæ̃：昆陽

ie,yɛ ：太原

iɛi,yɛi ：鄧川

ie,ye ：溆浦、蒙化、武岡、賓川(有ue)、　 iẽ：呈貢
　　　　　鳳儀

　　在這篇文章所討論的這些方言中，低元音後附舌頭鼻音韻尾*n的韻母大部分都丟掉了鼻音韻尾。完全還保存鼻音韻尾的只有漾濞、祿勸、鶴峯、墨江、嵩明、鎮南、晉寧等方言，部分保存鼻音韻尾的有丹陽、通道、湘陰、沅江、湘潭、寧鄉、永明、大關、永仁、宜章、滎縣、武定、大姚、蘭坪、馬關、潞西、會澤、雙柏、玉溪、蒙自、開遠、建水、廣通、彌渡、易門、瀾滄等方言。

　　鼻化作用的影響在下邊提到的這些方言中只限於低元音後附舌頭鼻音韻尾。在通道、湘陰、湘潭、寧鄉、永明、大關、永仁、宜章、馬關、潞西、會澤這些方言裡，這些韻母部分保存韻尾部分讀鼻化元音。在嵊縣太平市、常州硏究、杭州、泰州、新海連市、揚州、高郵、澧縣、桂林、龍山、沅陵、華陽、眉山、射洪、雅安、祁陽城步、芷江、乾城、峨帽、思茅、昭通、西昌、廣南、華坪、巧家、邱北、鎮沅、邠縣這些方言裡，這些韻尾完全讀成鼻化元音。在常州概況、丹陽永豐鄉、宜興、金華白、溆浦、汝城這些方言裡，這些韻母完全讀成純粹元音。

㈢、低元音後附舌根鼻音韻尾

介乎最前進的低元音後附舌頭鼻音韻尾 *a/ɑn, *ua/ɑn, *ia/ɑn, *iua/ɑn 這一組韻母和最保守的後高（圓唇）元音後附舌根鼻音韻尾 *oŋ, *ioŋ 這一組韻母之間，有一組低元音後附舌根鼻音韻尾的韻母和另外一組前高（不圓唇）元音後附舌頭鼻音韻尾或者後附舌根鼻音韻尾。前一組韻母中，若是有前 *aŋ 和後 *ɑŋ 的分別，總是前 *aŋ 受鼻化作用的影響多，後 *ɑŋ 受鼻化作用的影響少。例如 *aŋ 在丹陽方言中讀 æ，在永康方言中讀 ai，在雙峯方言中讀 ð，*ɑŋ 在丹陽方言中讀 ɑŋ，在永康方言中讀 aŋ，在雙峯方言中讀 aŋ。在前高（不圓唇）元音後附舌頭鼻音或者後附舌根鼻音韻尾這一組韻母中，若是有舌頭鼻音韻尾和舌根鼻音韻尾的分別，總是 *en 受鼻化作用的影響多，*eŋ 受鼻化作用的影響少。吳語方言中 *aŋ *ɑŋ 這一組韻母受鼻化作用的影響多，僅次於 *an *ɑn 這一組韻母。北方官話（分 *en 和 *eŋ 的）中，*en 這一組韻母受鼻化作用的影響多，僅次於 *an 這一組韻母。換句話說，吳語方言中，低元音受鼻化作用的影響多，北方官話方言（分 *en 和 *eŋ 的）中，舌頭鼻音韻尾受鼻化作用的影響多。

*aŋ 包括切韻庚二耕韻字，*uaŋ 包括耕庚二合口字。庚二合口字「橫」讀 *uaŋ，耕合口字普通都讀 *uen，與 *oŋ 合流。*iaŋ 包括切韻陽韻字。在有些吳語方言中，知母字讀 *iaŋ，照母字讀 *iɑŋ（詳見張琨：漢語方言中聲母韻母之間的關係，中央研究院歷史語言研究所集刊第五十三本）。在本文所討論的這些方言中，只有雙峯白方言中有 *iaŋ 和 *iɑŋ 的對立，並且反映不同。*ɑŋ 包括切韻唐江韻及陽韻的唇音聲母字，*uɑŋ 包括切韻唐韻合口字以及江韻陽韻的照二聲母字。有些江韻舌根音喉音聲母經過顎化作用發生了 *i 介音。*ɑŋ 在漢語方言中，有的與 *aŋ 對立（包括大部分吳語方言，尤其是這些方言的白話讀音，以及雙峯、通山、崇陽方言中的白話讀音），有的與 *ɑŋ 相等（宜興白、常州白、靖江白、海門白、金華白以及洞口黃橋白方言），有的與 *eŋ 相同（包括官話方言，丹陽永豐鄉、金壇西岡、溧陽、杭州以及其他吳語方言的文讀，和雙峯、通山、崇陽方言的文讀）。

　　吳語方言中大多數都有 *aŋ 和 *ɑŋ 的對立，下表可以說明吳語方言中的種種演

化：

說　　明	*(u)aŋ	*iaŋ	*(u)ɑŋ	方　　　　　　　　言
全部韻尾	(u)aŋ白	iaŋ	(u)ɑŋ	嵊縣太平市、紹興東頭埭 [16]
部分韻尾	(u)ai	iaŋ	(u)ɑŋ	永康
部分元音	(u)aŋ	ia	(u)ɔŋ	仙居
	æ白	ie	(u)ɑŋ	丹陽 [17]
全部鼻化	(u)ã	iã	(u)ɑ̃	崑山、蘇州、江陰、吳江黎里、吳江盛澤、常熟、嘉興、無錫、衢縣、諸暨王家井、嵊縣崇仁鎮、南滙周浦、松江、上海舊、上海市概況、崇明、黄巖、嘉定、寶山
	(u)ã	iã	(u)ɔ̃	餘姚、溫嶺、寧波
	(u)ã	iã	ɔ̃	吳興
	(u)ɛ̃	iõ	ɤ̃	績溪嶺北
全部元音	(v)ɛi	i	(ÿ)ɔ	溫州
	(v)a	ie	o/ɔ,yo	平陽

　　在這篇文章所討論的這些方言中 *n 尾在低元音後邊保存着的機會少， *ŋ 尾在
低元音後邊保存着的機會很大。例如在下邊這些非吳語方言中，差不多有一半以上的
方言中 *ŋ 尾仍然保存着。

16　崑山、蘇州、吳江黎里、吳江盛澤、常熟、嘉興、諸暨王家井、紹興東頭埭、餘姚、南滙周浦、崇明、
　　海門、松江、上海舊、上海市概況、黄巖、溫嶺、寧波、嘉定、寶山、吳興等方言中都有知母照母字分
　　化為前 *iaŋ 和後 *iɑŋ 的現象。
17　溧陽、金壇西岡、丹陽 *iɑŋ 在知照系聲母後邊讀 a（溧陽）及 æ（金壇西岡、丹陽），與 *an合流。

說　　明	*aŋ	*uaŋ	*iaŋ	方　　　　　　　　言
全部韻尾	aŋ	uaŋ	iaŋ	崇陽、廣濟、攸縣、通道、湘陰、寧鄉、 永明、大關、永仁、宜章、澧縣、桂林、 沅陵、華陽、眉山、射洪、雅安、祁陽、 城步、芷江、乾城、峨嵋、溆浦、汝城、 漾濞、祿勸、鶴峯、武定、大姚、蘭坪、 石屏、劍川、雲龍、保靖、大庸、鎮雄、 五通橋、鄧川、馬關、瀘西、會澤、思茅、 昭通、西昌、廣南、巧家、華坪、邱北、 鎮沅、墨江、嵩明、鎮南、晉寧、玉溪、 開遠、建水、廣通、彌渡、易門、瀾滄、 元謀、宣威、祿豐、牟定、華寧、楚雄、 景東、澂江、瀘西、師宗、宜良、彌勒、 峨山、羅次、呈貢、昆陽（附杭州）
	aŋ	aŋ	iaŋ	雙峯
	aŋ	uaŋ, yaŋ	iaŋ	龍山、蒙自
	aŋ	oŋ	iaŋ	元江[18]、通海
	ʌŋ	oŋ	iʌŋ	江川
	aŋ	uan	iaŋ	泰州、新海連市、揚州、邳縣、徐州
	aŋ	uan, yan	iaŋ	高郵
	oŋ	uoŋ	ioŋ	陽新、通山[19]、咸寧
	oŋ	oŋ	ioŋ	劉陽、衡山、益陽
	ɔŋ	uɔŋ	iɔŋ	大冶
	ɔŋ	ɔŋ	iɔŋ	沅江
	ən	uən	ien	湘潭

18 元江、通海、江川方言 *uaŋ 讀 oŋ，與 *oŋ 同流。"光" "公" 同音，"莊" "中" 同音。

19 通山白方言有 *aŋ 和 *ɑŋ 之別：*aŋ 讀 aŋ，*ɑŋ 讀 oŋ。

部分韻尾	ã	uã	iaŋ	榮縣
部分鼻化	ã	uã	ioŋ	江華
	ɑŋ	uɑŋ	iã	淮陰、句容
全部鼻化	ã	uã	iã	如皋、鹽城、零陵、永興、道縣、永平、祥雲、鹽豐、姚安、鹽興、順寧、昌寧、雲縣、蒙化、雙江、雙柏、永勝、寧洱、昆明、安寧、新平、文山、富民、路南、河西、緬寧、箇舊、屏邊、綏寧、景谷
	ã	uã,yã	iã	長沙
	ã	uã	iɛ̃	寧遠
	aũ	uaũ	iaũ	湘鄉
	ɑ̃	uɑ̃	iɑ̃	安仁
	ɑ̃	uɑ̃	iɑ̃	蕪湖方村、南縣、安化、酃縣、桑植、南京市、太原、永順、瀘溪、麻陽、洱源、武岡、永綏、蘭州、安丘
	aũ̈	uɑũ̈	iɑũ̈	扶風閣村、臨潼、同官梁家原
	õ	uõ,yõ	iɛ̃	南通
	õ	õ	iõ	安仁
	ɔ̃	uɔ̃	iɔ̃	桂東、常寧、西寧
	ɔ̃	ɔ̃	iɔ̃	新化、茶陵、洞口黃橋、耒陽
全部元音	a	ua	ia	賓川、鳳儀
	aɯ	uaɯ	iaɯ	辰谿
	æ	uæ	iæ	麗江

有一些分 *an 和 *ɑn 而不分 *aŋ 和 *ɑŋ 的方言中，低元音後附舌根鼻音韻尾的韻母仍有讀 *aŋ 或者 *ɑŋ 的可能。一種讀法是前 *aŋ。在這種方言中 *aŋ 有與 *an 合

流的機會。例如蕪湖方村方言裡，「杭」（*aŋ）和「莧」（*an）合流，都讀ã，「光」
（*uaŋ）和「關」（*uan）合流，都讀 uã；還有長沙方言裡，「綱」（*aŋ）和「間」
（*an）合流，都讀 ã，「光」（*uaŋ）和「鰥」（*uan）合流，都讀 uã。另外一種讀
法是後 *ɑŋ。在這種方言裡，*(u)ɑŋ 有與 *uan 合流的機會。像下表中的這些方言
中 *(u)ɑŋ 和 *uan 都合流了。

方言＼韻母	*an *(u)an	*ian	*iuan	*uan *(u)ɑŋ	*iɑŋ
沅江	(u)an	iẽ	yẽ	əŋ, ɸ [20]	iɔŋ
湘潭	(u)an	ĭ	yĭ	(u)ɔn [21]	ien
新化	(u)ã	iẽ	yẽ	ɔ̃	iɔ̃
茶陵	(u)ã	iẽ	yã	ɔ̃ [22]	iɔ̃
洞口黃橋	(u)ã	iæ̃	yæ̃	ɔ̃	iɔ̃

在不分前 *a 和後 *ɑ 的方言中也有 *an 和 *aŋ 合流的現象。有 *an 和 *aŋ 合
流的（建水、蘭坪、蒙化），有 *uan 和 *uaŋ 合流的（易門、武岡），有很多方言
*(u)an 和 *(u)aŋ 合流。這些方言中演變的情形，請參看下表。

方言＼韻母	*an	*aŋ	*uan	*uaŋ	*iaŋ	*ian	*iuan
建水	aŋ	aŋ	uã	uaŋ	iaŋ	iẽ	yẽ
蘭坪	aŋ	aŋ	uẽ	uaŋ	iaŋ	iĭ	yĭ
蒙化	ã	ã	ue	uã	iã	ie	ye
易門	ã	ã	uaŋ	uaŋ	iaŋ	iẽ	iẽ
武岡	a	ã	uã	uã	iã	ie	ye

---

20 沅江 ɸ 在舌頭音聲母後邊。

21 湘潭 uɔn 在舌根音喉音聲母後邊。

22 茶陵 "官" 讀 kuã。

分 齊 撮 的 方 言					不 分 齊 撮 的 方 言			
*(u)an *(u)aŋ	*iaŋ	*ian	*iuan	方　　言	*(u)an *(u)aŋ	*iaŋ	*i(u)an	方　　言
(u)aŋ	iaŋ	ien	yen	漢濠、祿勸	(u)aŋ	iaŋ	ien	墨江、晉寧
(u)aŋ	iaŋ	iɛ̃	yɛ̃	大姚	(u)aŋ	iaŋ	iɛ̃	廣通、彌渡
(u)aŋ	iaŋ	iɛ̃	yɛ̃	永明	(u)aŋ	iaŋ	iɛ̃	馬關、玉溪、開遠
(u)ã	iã	iɛ̃	yɛ̃	南京市	(u)aŋ	iaŋ	iĩ	瀾滄
					(u)aŋ, yaŋ	iaŋ	ĩ	蒙自
(u)ã	iaŋ	in	yn	榮縣	(u)ã	iã	in	雙柏
(u)ã	ioŋ	iɛ̃	yɛ̃	江華				
(u)ã	iã	iɛ̃	yɛ̃	永平、祥雲	(u)ã	iã	iã	永勝、寧洱
(u)ã	iã	iɛ̃	yɛ̃	零陵、永興、道縣、鹽豐、姚安、鹽興、順寧、昌寧、雙江	(u)ã	iã	iɛ̃	昆明、安寧、新平、文山、富民、路南、河西、景谷
(u)ã	iã	ĩ	yĩ	雲縣	(u)ã	iã	ĩ	緬寧、簡舊、屏邊
(u)a	ia	ie	ye	賓川、鳳儀				

寧遠、麗江方言，*(u)an 和 *(u)aŋ 合流，寧遠方言讀 (u)ã，麗江方言讀 (u)æ；*ian 和 *iaŋ 合流，寧遠方言讀 iɛ̃，麗江方言讀 iæ；*iuan 寧遠方言讀 yɛ̃，麗江方言讀 yæ。

　　*an 和 *aŋ 的合流有兩種可能：一種是 *an 讀成 *aŋ，*ŋ 韻尾保留下來，另外一種可能是 *aŋ 讀成 *an，*an 讀成鼻化元音或者純粹元音。其餘的那些 *an 和 *aŋ 不合流的方言，有的保存着 *n 和 *ŋ 鼻音韻尾(鶴峯、嵩明、鎮南)，有的失掉了 *n 尾，仍然保存着 *ŋ 尾，例如下邊的這些方言，*an 讀成 ã, æ, a, æ, æɛ, ɛi, *aŋ 讀成 aŋ, ɑŋ, ʌŋ。有的 *an 和 *aŋ 都丟掉了鼻音韻尾，二者都讀成鼻化元音，*an 讀的總比 *aŋ 較高，較前。下面這個表說明 *an 和 *aŋ 的演變的情況。

ã：aŋ：大關、永仁、宜章、澧縣、桂林、龍山、沅陵、華陽、眉山、射洪、祁陽、
城步、芷江、乾城、峨眉、武定、元江、石屏、劍川、雲龍、保靖、大庸、
鎮雄、五通橋、潞西、會澤、思茅、昭通、西昌、廣南、巧家、華坪、邱北、
鎮沅、易門、元謀、宣威、祿豐、通海、牟定、華寧、楚雄、景東、澂江、
瀘西、師宗、宜良、彌勒、峨山、羅次、濟南、寧陽、靈寶、西安

ã：ɑŋ：句容、邳縣　　　　　　　ã：ʌŋ：江川

æ：aŋ：雅安　　　　　　　　　　æ：ɑŋ：徐州

a：aŋ：汝城、呈貢　　　　　　　æ：aŋ：昆陽

æɐ：aŋ：鄧川　　　　　　　　　ɛi：aŋ：漵浦

ã：ã：酆縣、桑植、永順、瀘溪、麻陽、洱源、永綏

ã：ɑ̃ĩ：扶風、閣村、臨潼、同官梁家原

ã：ɔ̃：桂東、常寧、耒陽、西寧　　ã：õ：安仁

æ：ã：安丘　　　　　　　　　　æ：ã：太原

ɑ̃：ã：綏寧　　　　　　　　　　ẽ：ɔ：蘭州

ẽ：aɯ：辰谿　　　　　　　　　　a：ã：武岡

關於在低元音後邊 *n 韻尾和 *ŋ 韻尾持久性的比較，我們可以歸納成下面三點：(1) *n 韻尾消失的機會比 *ŋ 韻尾多，*ŋ 韻尾保存的機會比 *n 韻尾多。(2)要是 *ŋ 韻尾已經受了鼻化作用的影響，則 *n 韻尾至少也已經受了鼻化作用的影響，甚至於已經把鼻音韻尾完全丟掉了，讀成純粹元音。(3)要是 *ŋ 韻尾完全消失了，則 *n 韻尾也一定已經完全消失掉了。例外是雙柏方言 *ian 讀 in,*iaŋ 讀 iã，另外辰谿方言 *an 讀 ã,*aŋ 讀 aɯ。

在下列的方言裡鼻化作用影響兩類低元音的韻母：

低元音 *-n	低元音 *-ŋ	吳 語 方 言	非 吳 語 方 言
韻尾及鼻化	韻尾及鼻化		榮縣
鼻化	韻尾及鼻化	靖江	淮陰、句容
鼻化	鼻化	餘姚	蕪湖方村、如皋、鹽城 長沙、南縣、扶風閻村 鄮縣、桑植、寧遠、零陵 桂東、南京市、
鼻化及元音	鼻化		太原
元音	韻尾及元音	仙居(？)、丹陽、金壇西岡 (？)、溧陽、永康	
元音	鼻化	崑山、蘇州、江陰、吳江 黎里、吳江盛澤、常熟 嘉興、無錫、海門、松江 上海舊、黃巖、溫嶺、寧 波、嘉定、吳興	

四、前高（不圓唇）後附舌頭或舌根鼻音韻尾

　　本文所討論的方言大多數在前高元音 *e 後邊都不分辨舌頭或舌根鼻音韻尾。在北方官話中有些方言分辨舌頭和舌根鼻音韻尾的方言裡，前高元音 *e 後附舌頭鼻音韻尾的韻母大多數都受鼻化作用的影響，甚至於鼻化作用都消失掉了，讀成純粹元音；前高元音 *e 後附舌根鼻音韻尾的韻母都還仍然保存着鼻音韻尾。

韻母 / 方言	*en	*uen	*ien	*iuen	*eŋ	*ueŋ	*ieŋ	*iueŋ
邳縣	ən	uən	iən	yən	əŋ	uəŋ	iəŋ	yəŋ
西安	ẽ	uẽ	iẽ	yẽ	əŋ	oŋ	iŋ	yŋ
濟南	ẽ	uẽ	iẽ	yẽ	əŋ	uŋ	iŋ	yŋ
寧陽	ẽ	uẽ	iẽ	yẽ	ɤŋ	uŋ	iŋ	yŋ
安丘	ẽ	uẽ	iẽ	yẽ	əŋ	əŋ	iŋ	iŋ
徐州	ə̃	uə̃	iə̃	yə̃	əŋ	uŋ	iŋ	yŋ
靈寶	ẽ	uẽ	ĩ	yĩ	əŋ	uoŋ	iŋ	yoŋ
臨潼	ei, ẽ	uei	iei(?),iẽ	yei	əŋ	uŋ	iŋ	yoŋ
同官梁家原	ei, ẽ	uei	iẽ	yẽ	əŋ	uoŋ	iŋ	yoŋ

在這九個分 *en 和 *eŋ 的方言裡，鼻化作用發生在帶舌頭鼻音韻尾的韻母上，
邳縣是例外。低元音帶舌根鼻音韻尾的韻母只有安丘、臨潼、同官梁家原三個方言中
受了鼻化作用的影響。

低元音 *-n	前高元音 *-n	低元音 *-ŋ	方 言	
鼻化	韻尾	韻尾	邳縣	
鼻化	鼻化	韻尾	徐州、濟南、寧陽、靈寶、西安	
鼻化	鼻化	鼻化	安丘	
鼻化	鼻化及元音	鼻化	臨潼、同官梁家原	

還有一些不分 *en 和 *eŋ 的方言裡，低元音後邊的舌根鼻音韻尾也還保存着。
吳語方言中有紹興東頭埭方言也屬於這一種。下面就是這篇文章中所討論的這類方言。

低元音 *-n	前高元音 *-n/ŋ	方　　　　　　　　　　言
韻尾	韻尾及鼻化	漾濞、祿勸、墨江
韻尾	鼻化	鶴峯、嵩明、鎮南、晉寧
韻尾及鼻化	韻尾及鼻化	沅江、武定、玉溪、蒙自、開遠、建水
韻尾及鼻化	鼻化	大姚、蘭坪、廣通、彌渡、易門、瀾滄
鼻化	韻尾及鼻化	紹興東頭埭、陽新、通山、大冶、咸寧、廣濟、雙峯、攸縣、劉陽、衡山、元江、石屏、劍川、雲龍、元謀、宣威、祿豐、通海
鼻化	鼻化	保靖、大庸、鎮雄、五通橋、牟定、華寧、楚雄、景東、澂江、瀘西、師宗、宜良、彌勒、江川、峨山、羅次
鼻化及元音	韻尾及鼻化	崇陽
鼻化及元音	韻尾及元音	益陽
元音	鼻化	鄧川、呈貢、昆陽

大多數的吳語方言中，鼻化作用最前進的是低元音後附舌頭鼻音韻尾的韻母，其次是低元音後附舌根鼻音韻尾的韻母，再其次才是前高（不圓唇）元音後附舌頭或舌根鼻音韻尾的韻母。在現代吳語方言中，大多數方言裡在前高元音後邊的鼻音韻尾 *n/ŋ 都還保存着，一小半方言讀 -n 尾，一大半方言讀 -ŋ 尾，也有些方言讀 -n/ŋ 兩可，只有少數方言部分韻母受鼻化作用的影響。在溫州、平陽方言中 *uen 部分讀成純粹元音。

漢語方言中前高（不圓唇）元音後附舌頭或舌根鼻音韻尾部分或全部受鼻化作用的影響的有下列各方言。有些方言甚至於丟掉鼻化作用，鼻音韻尾完全消失了，讀成純粹元音。

部 分 鼻 化

分齊撮的方言					不分齊撮的方言			
*en/ŋ	*uen	*ien/ŋ	*iuen	方　言	*en/ŋ	*uen	*i(u)en, *ien	方　言
ɛ̃	uẽ	in	yẽ	茶陵	eĩ	ueĩ	iŋ	祿豐
ɛ̃	uẽ	iŋ	yiŋ	武定	ə	uaŋ	ĩ	玉溪
(ɛ̃)ĩ	ue(?)ĩ	ĩ	ioŋ	諸暨王家井	ə	oŋ	ĩ	永勝
eĩ	ueĩ	iŋ	yeĩ	攸縣	ɔ̃	uɔ̃	in	雙柏
eĩ	uĩ	iŋ	yiŋ	石屏	ə	uɔ̃	iŋ	墨江
ə̃	uə̃	iŋ	yiŋ	漾濞、祿勸	ɛ̃	uɛ̃	ɪŋ	寶山
ɛ̃	uẽ, yẽ [23]	iŋ,eŋ	yen	南通	en	uen, yen [24]	ĩ	蒙自
eŋ	uen	ĩ	ỹ	嵊縣崇仁鎮	ne	uɛn	ĩ	開遠、元謀、
ən	uən	ĩ	yĩ	衢縣				宣威
əŋ	uã	iŋ	yĩ	雲龍	ən	uĩ	in	通海
əŋ	uən	ieŋ	yĩ	劍川				
əŋ	uən	iiŋ, ieŋ [25]	yø, 又 ioĩ	南滙周浦				

全 部 鼻 化

分齊撮的方言					不分齊撮的方言			
*en/ŋ	*uen	*ien/ŋ	*iuen	方　言	*en/ŋ	*uen	*i(u)en, *ien	方　言
ɛ̃	uɛ̃	iɛ̃	yɛ̃	耒陽	ɛ̃	uɛ̃	iɛ̃	景谷
ə̃	uɛ̃	ɛ̃	yɛ̃	洞口黃橋	ə̃	uɛ̃	ĩ	路南、緬寧、

23　南通方言 ɛ̃："頓""倫""論"；uɛ̃："昆""坤""昏"；yɛ̃："臀""遵""存""村""孫"（聲母顎化）。

24　蒙自方言 yen："臀""遵""存""孫"（聲母顎化）。

25　南滙周浦方言切跟舌根音喉音聲母字讀 iəŋ 韻。

ẽ	uẽ	ĭ	yĭ	道縣、麻陽、昌寧、雙江、鎮雄、鄧川				嵩明、廣通、易門、楚雄、峨山
ẽ	uẽ	ĭ	ỹ	鶴峯	ẽ	uĭ	ĭ	寧洱
eĭ	ueĭ	ieĭ	yeĭ	常寧、辰谿	eĭ	ueĭ	ĭ	彌渡
eĭ	ueĭ	ĭ	yĭ	江華、武岡、大庸	ə	uə	iĭ	瀾滄
ei	uê	î	yî	蒙化	ə	uə	ĭ	昆明、安寧、新平、文山、河西、箇舊、屏邊、鎮南、晉寧、建水、（部分*uen讀oŋ）、牟定、華寧、澂江、瀘西、師宗、江川、羅次、呈貢、昆陽、富民、宜良、彌勒、綏寧、景東
ə	uə	iə	yə	西寧、蘭州				
ə	uə	ĭ	yĭ	永順、永平、姚安、鹽興、順寧、雲縣、永綏、大姚、保靖				
ə	uə	ĭ	ỹ	五通橋				
ə	uẽ	ĭ	yĭ	蘭坪				
ə	ue	ɯ	ue, ye²⁶	賓川				
əĭ	uəĭ	ĭ	yĭ	瀘溪、洱源	ə	uã	ĭ	
æ	uæ	iæ	yæ	績溪嶺北				
æ	uæ	iĕ	yĕ	鹽豐	ẽ	uẽ, ĭ²⁷	ĭ	
æ	uĭ	ĭ	yĭ	祥雲	eĭ	ueĭ	ĭ	
e	ue	i	ye	麗江				
ɯ	uei	iɯ	yɯ	鳳儀				

26 賓川方言 ye 只有零聲母字。

27 綏寧方言 I：「頓」「倫」「論」。

在有些<u>湖北</u>、<u>湖南</u>方言（見下表）裡，鼻化作用只限於 *en/ŋ 的開口韻母上。*en/ŋ 韻的字有兩種不同的讀法：一種保存鼻音韻尾，另外一種讀鼻化元音。這種現象可能代表兩類不同的音韻系統。例如<u>長沙</u>方言裡 *en/ŋ 都讀成 ən，<u>道縣</u>方言裡 *en/ŋ 都讀成 ɜ̃。同時也看出來帶鼻音韻尾的讀法，也就是北方普通官話的讀法，逐漸代替鼻化元音的讀法。像<u>陽新</u>、<u>咸寧</u>、<u>劉陽</u>這些方言裡只有少數字還讀鼻化元音，<u>新化</u>方言裡只有「等」讀 ɜ̃，「恩」讀 iɜ̃。其他方言中這種不同的讀法似乎可以用聲母不同來解釋。「門」（切韻魂韻明母），「論」（切韻魂韻來母），「存」（切韻魂韻從母）這些字丟掉了合口介音讀成了 *en/ŋ。「陳」（切韻眞韻澄母），「成」（切韻清韻禪母），人（切韻眞韻日母）這些字失去了正齒作用，丟掉了 *i 介音，也都讀成了 *en/ŋ。這些字在下表中的這些方言裡都還保存着鼻音韻尾。「增」（切韻登韻精母），「等」（切韻登韻上聲端母），「吞」（切韻痕韻透母），「生」（切韻庚二韻生母），「爭」（切韻耕韻莊母），「跟」（切韻痕韻見母），「耕」（切韻耕韻見母），「羹」（切韻庚二韻見母）這些字也都讀成 *en/ŋ。這些字在下表中的這些方言裡大多數都讀成鼻化元音。有些方言讀音接近切韻，例如<u>湘鄉</u>、<u>雙峯</u>、<u>安仁</u>還保存着「論」字的 *u 介音，<u>永興</u>方言仍保存着「存」字的 *u 介音，<u>雙峯</u>、<u>安仁</u>、<u>永興</u>、<u>衡山</u>方言仍保存着「陳」「成」「人」這些字裡的 *i 介音。<u>崇陽</u>、<u>益陽</u>方言裡「人」字有兩讀：一種讀法反映沒有 *i 介音，另外一種讀法反映有 *i 介音。<u>通山</u>方言讀「生」「爭」爲 aŋ 韻，<u>雙峯</u>方言白話讀「生」「爭」爲 ɜ̃，這都代表<u>切韻</u>的庚二耕韻（*aŋ）。

方言＼例字	門	論	存	陳	成	人	增	等	吞	生	爭	跟	耕
<u>長沙</u>	ən	ən	ən	ən	ən	ən	ən	ən		ən	ən	ən	ən
<u>湘陰</u>	ən	ən	ən	ən	ən	ɜ̃	ɜ̃	ɜ̃		ən	ən	ɜ̃	ən
<u>陽新</u>	ən	ən	ən	ən	ən	ən	ən	ɜ̃	ẽ	ən		ən	ən
<u>咸寧</u>	ən	ən	ən	ən	ən	ən	ən	ən	ẽ	ən		ẽ	ẽ
<u>劉陽</u>	ʌn	ʌn	ʌn	ʌn	ʌn	ʌn	ʌn	ʌn,iẽ	iẽ	ʌn	ʌn	iẽ	ʌn
<u>廣濟</u>	ən	ən	ən	ən	ən		ẽ	ẽ	ẽ	ẽ	ẽ	ẽ	ẽ

崇陽	ən	ən	ən	ən	ən	ən, in	iɛ̃	ɛ̃	ɛ̃	iɛ̃	iɛ̃	ɛ̃, iɛ̃	ɛ̃, iɛ̃ [28]
大冶 [29]	an	an	an	an	an	an	eĭ	eĭ	eĭ	eĭ	eĭ	eĭ	eĭ
通山	an	an	an	an	an	an	ɛ̃	ɛ̃	ɛ̃	aŋ [30]	aŋ	ɛ̃	ɛ̃
沅江	ən	ən	ən	ən	ən	ən	ũ	ũ	ũ	ũ	ũ	ũ	ũ
益陽	ən			ən	ən	ən, in	ɤ	ɤ	ɤ	ɤ	ɤ	ɤ 羕
安化	ən	ən	ən	ən	ən	ən	ɤ	ɤ	ɤ	ɤ	ɤ	ɤ
湘鄉	in	uʌn	ʌn	ʌn		iɛ̃	iɛ̃	iɛ̃	iɛ̃	iɛ̃	ɛ̃	ɛ̃ [31]
新化	iŋ	iŋ	ən	iŋ	iŋ		ə̃ŋ	ɛ̃ [32]	iŋ	ə̃ŋ	ə̃ŋ	ə̃ŋ	ə̃ŋ
雙峯	in	uən	uən	in	in	in	iɛ̃	iɛ̃	iɛ̃	iɛ̃ ɤ̃ [03] 文,白	iɛ̃ ɤ̃ 文,白	iɛ̃	iɛ̃
安仁	ien	uen	uen	ien	ien	ien	ĩ	ĩ	ĩ	ĩ	ĩ	ĩ	ĩ
永興	ən	ən	yin	in	in	in	ɛ̃	ɛ̃	ɛ̃	ɛ̃	ɛ̃	ɛ̃	ɛ̃
衡山	ʌŋ	ʌŋ	ʌŋ	iʌŋ	iʌŋ	iʌ̩	aĭ	aĭ	aĭ	aĭ	aĭ	aĭ	aĭ
道縣	ɛ̃	ɛ̃	ɛ̃	ɛ̃	ɛ̃	ĩ	ɛ̃	ɛ̃	ɛ̃	ɛ̃	ɛ̃	ɛ̃	ɛ̃

　　有幾個吳語方言裡，低元音後附舌頭鼻音韻尾和前高元音後附鼻音韻尾*n/ŋ這兩類韻母有合流的趨勢。例如紹興東頭埭方言裡，「含」「敢」「看」「很」都讀 ɛ̃，「閃」「扇」「枕」「眞」都讀 ɜ̃，「短」「寸」「遵」都讀 ø̃，「圓」「怨」「勻」「云」都讀 iø̃。平陽方言「盤」「盆」都讀 bɸ，「端」「敦」都讀 tɸ，「亂」「論」都讀 lɸ，「酸」「孫」都讀 sɸ，「干」「根」都讀 kɸ，「安」「恩」都讀 ɸ。溫州方言和平陽方言相似，只是「干」讀 ky，「根」讀 kaŋ，「安」讀 y，「恩」讀 aŋ。永康研究「暖」「酸」「看」「安」「南」「吞」「嫩」都讀 ɤ，永康壹「端」「貪」「甘」「干」「安」「吞」「村」都讀 ɯə。

28　崇陽方言 iɛ̃ 在顎化聲母後邊。
29　大冶方言 "昏" huan，"婚" hueĭ。
30　通山白方言 aŋ、雙峯白方言 ɤ̃ 反映切韻庚二、耕 (*aŋ)。
31　湘鄉方言 ɛ̃ 在舌根音喉音聲母後邊。
32　新化方言 "等" tɛ̃，"恩" ȵiɛ̃。

在廣濟、大冶、湘鄉、雙峯、衡山、益陽、安化等方言裡（見下表），「吞」「等」（代表 *en/ŋ）讀的和「半」（代表 *uɑn）同韻，同時在廣濟、大冶、湘鄉、益陽、安化等方言中，「吞」「等」「半」讀的和「扇」「陝」也同韻。沅江方言裡，「吞」「等」「扇」「陝」同韻。

方言＼例字	關	干,安	敢	官	半	亂	酸	吞,等	增,爭	根,耕	扇	坤
廣濟	uẽ鰥	ẽ	ã	ɜ̃	ẽ	õ	õ算	ẽ	ẽ	ẽ	ẽ	uen
大冶	uã	eĭ	eĭ	ueĭ	uĭ	eĭ	eĭ	eĭ	eĭ	eĭ	eĭ	ueiə婚
湘鄉	uã鰥	uẽ	uẽ	uẽ	iẽ	yẽ	yẽ算	iẽ	iẽ	ẽ	iẽ陝	uʌn
雙峯	uã	uẽ	uẽ	uẽ	iẽ	uẽ	uã	iẽ	iẽ	ɜ̃	ĭ	uen
綏寧		iẽ	iẽ	uẽ	ẽ	ẽ		ẽ	ẽ	iẽ	ẽ	ɜ̃
衡山	uã	ã	ã	uaĭ	aĭ	aĭ	aĭ	aĭ	aĭ	aĭ羹	ĭ	ʌŋ溫
益陽	uã	ã	ã	uɤ	ɤ盤	ɤ暖	ɤ	ɤ	ɤ爭	ɤ根羹	ɤ	uen
安化	uã	ã	ã	uɤ	ɤ	ɤ	ɤ算	ɤ	ɤ	ɤ	ɤ	uen
沅江	uan鰥	an	an	ɲo	an	ø	ø	ŭĭ	ŭĭ爭	ŭĭ	ŭĭ	uen

在有些方言中 *ia/ɑn 和 *iua/ɑn 的低元音，因爲 *i 介音的緣故，提高到前元音 *en/ŋ 的程度。在這些方言中 *ia/ɑn，*iua/ɑn 和 *en/ŋ 讀的相似，他們的主要元音相同。代表這種方言的有下列幾個方言。

方言＼例字	邊	天,千	見,煙	捲,玄	船	扇	吞,等
廣濟	iẽ	iẽ	iẽ	yẽ倦	yẽ	ẽ	ẽ
咸寧	iẽ	iẽ	iẽ	yẽ倦	yẽ	ẽ	ẽ吞
陽新	iẽ	iẽ	iẽ	yẽ	yẽ	ẽ	ẽ
崇陽	ẽ	ẽ天,iẽ千	iẽ	yẽ捲,fẽ玄		ɤ	ẽ
瀏陽	iẽ	iẽ	iẽ	yẽ倦	yẽ	ẽ	iẽ

新化	ɛ̃	iɛ̃	iɛ̃	yɛ̃倦	yɛ̃	iɛ̃	ɛ̃
永興	iɛ̃	iɛ̃	iɛ̃	yɛ̃捐	yɛ̃	iɛ̃	ɛ̃
茶陵	iɛ̃	iɛ̃天	iɛ̃	yã倦	yã	ã	ɛ̃
道縣	iɛ̃	iɛ̃	iɛ̃	yɛ̃	uã	ã	ɛ̃
昌寧、雙江	iɛ̃	iɛ̃	iɛ̃	yɛ̃	uã	ã	uɛ̃吞,ɛ̃等
鎮雄	iɛ̃	iɛ̃	iɛ̃	yɛ̃	uã	ã	ɛ̃
峨山、元江	iɛ̃	iɛ̃	iɛ̃	iɛ̃	uɛ̃	ã	uɛ̃吞,ɛ̃等
路南、景谷	iɛ̃	iɛ̃	iɛ̃	iɛ̃	uã	ã	uɛ̃吞,ɛ̃等
綏寧	iɜ̃	iɜ̃	iɜ̃見	iɜ̃倦	iɜ̃	iɜ̃	ɜ̃
通山	ĩ	ĩ	iɛ̃	yɛ̃	yɛ̃	ɛ̃	ɛ̃
安仁	ĩ	ĩ	ĩ	yĩ	yĩ	ĩ	ĩ

　　有的方言有開齊合撮四分的韻母，可是他們的來源不同。最普通的是 *en/ŋ 和 *uen 讀 ɛ̃ 和 uɛ̃，*ia/ɑn 和 *iua/ɑn 讀 iɛ̃ 和 yɛ̃，在不分齊撮的方言裡讀 iɛ̃：代表這類方言的有茶陵、道縣、昌寧、雙江、鎮雄、路南（不分齊撮）、景谷（不分齊撮）、峨山（不分齊撮）。元江方言裡也有 ɛ̃（代表*en/ŋ），uɛ̃（代表*uan），iɛ̃（代表 *ian, *iuan），yɛ̃（代表*iuan，只有「犬」「旋」兩個字）。*uen 讀 ən。大冶和攸縣方言都有 eĭ, ueĭ, ieĭ, yeĭ，可是他們所代表的原來的韻類在這兩個方言中不同。

　　大冶 eĭ 代表部分 *en/ŋ 和 *ɑn　　攸縣 eĭ 代表 *en/ŋ

　　　　 ueĭ 代表部分 *uen 和 *uɑn　　　 ueĭ 代表 *uen

　　　　 ieĭ 代表 *ia/ɑn　　　　　　　　 ieĭ 代表 *ia/ɑn

　　　　 yeĭ 代表 *iua/ɑn　　　　　　　 yeĭ 代表 *iua/ɑn 和 *iuen

　　綏寧方言不分齊撮，這個方言的 ɜ̃, uɜ̃, iɜ̃ 的來源可以用下表說明。*(u)an 讀 iɜ̃，*i(u)en 和 *ieŋ 讀 ĭ。

韻母 聲母	*an	*en/ŋ	*uan	*uen
舌根音及零聲母	iɛ：干、敢、安、暗、岸	iɛ：根、耕	uɛ：官、觀、貫、慣、碗、院、萬	昆、坤、溫、聞、問、穩
喉音聲母	ɛ：寒、含、限、陷	ɛ：恒、恨、杏	fɛ：緩、換、喚	fɛ：昏、魂、橫
舌頭音聲母	ɛ：膽、貪、談、南、旦、刪、斬、產、棧	ɛ：等、吞、冷、爭、增、生、森	ɛ：暖、亂、門、 ɸ：團、短、斷、酸、算	ĭ：頓、倫、論
唇音聲母	ɛ：板、半、凡、反、飯	ɛ：崩、分、門、悶		

此外，有的方言裡 *uen 和 *uan 合流：蘭坪（uɛ）、雲龍（uã）、富民（uã）、綏寧（uɛ）、玉溪（uaŋ）、建水（uã）、彌勒（uã）、峨山（uɛ）。有的方言裡 *ien/ŋ 和 *ian 合流：榮縣（in）、鹽豐（iɛ̃）、雲縣（ĭ）。有的方言裡 *iuen 和 *iuan 合流：榮縣（yn）、鹽豐（yɛ̃）、雲縣（yĭ）、賓川（ue）、蘭坪（yĭ）、劍川（yĭ）、雲龍（yĭ）。還有在不分齊撮的方言裡 *ien/ŋ, *iuen, *ian 和 *iuan 就都讀的相同了：例如雙柏（in）、緬寧（ĭ）、箇舊（ĭ）、蒙自（ĭ）、瀾滄（iĭ）。

前高（不圓唇）元音後附舌根鼻音韻尾的開口韻 *eŋ 在很多方言中讀成 *en，這個韻母的齊齒韻 *ieŋ 也讀成 *ien，他們和原來的 *en 和 *ien 合流了。例外是像溫州和平陽方言裡有些 *ien 讀成 aŋ，有些 *ieŋ 讀成 eŋ，所以 *ien 和 *ieŋ 並沒有完全合流。像「珍」（切韻眞韻知母），「身」（切韻眞韻書母），「親」（切韻眞韻清母），「心」（切韻侵韻心母）在溫州和平陽方言中都讀 aŋ，「正」（切韻清韻章母），「聲」（切韻清韻書母），「清」（切韻清韻清母），「星」（切韻青韻心母）在溫州和平陽方言中都讀 eŋ。前高元音後附舌根鼻音韻尾的合口韻 *ueŋ，在很多方言裡讀成 *oŋ，這個韻母的撮唇韻 *iueŋ 在很多方言裡也讀成 *ioŋ 他們和原來的 *oŋ 和 *ioŋ 同流，和 *uen 和 *iuen 就分道揚鑣了。例外有兩種：第一種例外是在有些方言中（見下表），*ueŋ 和 *iueŋ 讀成 *uen 和 *iuen，不跟 *oŋ 和 *ioŋ 同流。

方言＼例字	昏 *uen	横 *ueŋ	宏 *ueŋ	弘 *uen	红 *oŋ	君,允 *iuen	勳,勛 *iuen	兄,永 *iueŋ	窮,胸 *ioŋ
雙峯	uən	uən	uən	uən	aŋ,ən	uən	yn	yn兄,uən永	in窮,yn胸
安仁	uen	uen	uen	uen	əŋ	yen允	yen	yen兄,iəŋ永	iəŋ
酃縣	uən	uən	uən̩	uən	ʌŋ	yən允	yən	yən兄,yʌŋ永	yʌŋ
耒陽	uě	uě	uě		ʌŋ	yě		iʌŋ	iʌŋ
攸縣	ueĭ	ueĭ	ueĭ		ʌŋ		yeĭ	yeĭ兄	iʌŋ
常寧	feĭ	feĭ	feĭ		hʌŋ		yeĭ	iʌŋ	iʌŋ
辰谿	ueĭ	ueĭ	ɯ	ɯ	ɯ	yeĭ	yeĭ	yeĭ兄	iɯ

在這篇文章裡我把切韻庚二 耕韻合拼在一起，都構擬成 *aŋ，可是「横」（切韻庚二 合口韻匣母）和「轟」（切韻耕合口韻曉母），「宏」（切韻耕合口韻匣母）在吳語方言中讀的不同。在大多數的吳語方言中「横」字仍然保持 *uaŋ 的讀法，「轟」字則讀的和原來的 *uen，*oŋ 韻相同。其實，有時候切韻同韻同呼的字在現代方言中讀的未必一致。例如「兄」（切韻庚三 合口曉母）和「永」（切韻庚三 合口韻云母）在切韻裡是同韻同呼，可是在一些吳語方言（像溧陽、金壇西岡、丹陽、靖江、常州、無錫）中和一些江蘇北部的官話方言（句容白、高郵白、鹽城白、泰州白、如皋、南通）裡，以及一些湖北方言（陽新、通山、崇陽、大冶、咸寧、廣濟）裡，「兄」讀的跟 *ioŋ 相同，「永」讀的跟 *iuen 相同。此外，在蕪湖方村方言中，「永」也讀成 *iuen。在現代吳語研究中衢縣、金華、永康三個方言裡「兄」讀成 *iuen。根據約齋的金華材料「永」也可以白話讀成 *iuen。其他像有些湖南方言（湘鄉、攸縣、寧鄉、酃縣、安仁、辰谿）裡，「兄」也讀成 *iuen，並且在酃縣和安仁方言中「永」讀成 *ioŋ。

第二種例外的讀法是 *uen *iuen 都讀成 *ueŋ *iueŋ，跟 *oŋ *ioŋ 合流。*uen *ueŋ *oŋ 完全讀的一樣，*iuen *iueŋ *ioŋ 完全讀的一樣。新海連市、太原、扶風閣村、西寧、蘭州、績溪嶺北代表這種讀法。在有些吳語方言（江陰、吳江黎里、常熟、諸暨王家井、溫州、南匯周浦部分、松江部分、上海市部分）

中 *iuen *iuen *ioŋ 讀的一樣。<u>建水</u>、<u>永勝</u>方言中 *uen *ueŋ *oŋ 讀的一樣，可是 *iuen 讀的和 *iueŋ *ioŋ 不同。<u>建水</u>方言中 *uen （包括「橫」字）又讀 uə̃。

鼻化作用在下列的方言中影響低元音後附舌頭及舌根鼻音韻尾和前高（不圓唇）元音後附舌頭或舌根鼻音韻尾的韻母。

低元音*-n	低元音*-ŋ	前高元音 *-n/ŋ	吳語方言	非吳語方言
韻尾及鼻化	鼻化	韻尾及鼻化		<u>雙柏</u>
鼻化	鼻化	韻尾及鼻化	<u>衢縣</u>	<u>南通</u>、<u>湘鄉</u>、<u>新化</u>、<u>茶陵</u>、<u>安仁</u>、<u>永興</u>、<u>永勝</u>
鼻化	韻尾及鼻化	鼻化		<u>江華</u>
鼻化	鼻化	鼻化		<u>洞口</u><u>黃橋</u>、<u>常寧</u>、<u>耒陽</u>、<u>道縣</u>、<u>永順</u>、<u>瀘溪</u>、<u>麻陽</u>、<u>永平</u>、<u>祥雲</u>、<u>洱源</u>、<u>鹽豐</u>、<u>姚安</u>、<u>鹽興</u>、<u>順寧</u>、<u>昌寧</u>、<u>雲縣</u>、<u>寧洱</u>、<u>昆明</u>、<u>安寧</u>、<u>新平</u>、<u>文山</u>、<u>富民</u>、<u>路南</u>、<u>河西</u>、<u>緬寧</u>、<u>箇舊</u>、<u>屏邊</u>
鼻化及元音	鼻化	韻尾及鼻化	<u>南滙</u><u>周浦</u>、<u>松江</u>研究	
鼻化及元音	鼻化	韻尾及元音		<u>安化</u>
鼻化及元音	鼻化	鼻化		<u>武岡</u>、<u>綏寧</u>
鼻化及元音	鼻化	鼻化及元音		<u>蒙化</u>
元音	鼻化	韻尾及鼻化	<u>常熟</u>研究、<u>諸暨</u><u>王家井</u>	

(五)、後高（圓唇）元音後附舌根鼻音韻尾

在這些帶鼻音韻尾的韻母中，最保守的是這組後高（圓唇）元音後附舌根鼻音韻尾的韻母：*oŋ 和 *ioŋ 。 在漢語方言中只有少數方言中這組韻母受鼻化作用的影響，或是讀成鼻化元音，或是讀成純粹元音。凡是這種情形，在這些方言中其他各組韻母一定也都受了鼻化作用的影響。例如績溪嶺北、永綏 、西寧 、蘭州 、雙江 、景谷方言裡所有的帶鼻音韻尾的韻母都讀成鼻化元音，鳳儀、麗江方言裡所有帶鼻音韻尾的韻母都讀成純粹元音。賓川方言 *oŋ *ioŋ 讀鼻化元音 ， *an 組讀純粹元音，*aŋ 組也讀純粹元音， *en/ŋ 組一部分讀鼻化元音一部分讀純粹元音。溫州和平陽方言中 ， *a/ɑn 組和 *a/ɑŋ 組都讀純粹元音 ， *en/ŋ 組和 *oŋ 組一部分保存鼻音韻尾一部分讀純粹元音。下邊四個方言似乎是例外，就是 *oŋ 和 *ioŋ 似乎亂了步驟，不該進步的比其他組韻母快。

低元音*-n	低元音*-ŋ	前高元音*-n/ŋ	後高元音*-ŋ	方　　　言
鼻化	元音	鼻化	元音	辰谿
鼻化	鼻化	韻尾及鼻化	鼻化	嵊縣崇仁鎮
元音	鼻化	韻尾	鼻化	崇明
元音	鼻化	韻尾及鼻化	鼻化	寶山

在有些方言（見下表）中原來的後（圓唇）元音失去了圓唇作用，並且有時候降低：有的方言裡讀 ʌ，有的方言裡讀 ə，有的方言裡讀 a。在這些方言裡，甚至於舌根鼻音韻尾也讀成舌頭鼻音韻尾了。

*oŋ	*ioŋ	方　　　言	*oŋ	*ioŋ	方　　　言
ʌŋ	iʌŋ	南通、陽新、咸寧、廣濟、攸縣、漵浦、永興、常寧、耒陽、武岡、河西、綏寧	ʌn	iʌn	湘鄉

ʌŋ	yʌŋ	衡山、茶陵、酃縣	ʌn	yʌn	劉陽
əŋ	iŋ	安丘	ən	in	崇陽、雙峯（*oŋ又讀aŋ）、沅江、湘潭、寧鄉、南縣、益陽、安化
əŋ	əŋ,iəŋ	洞口黃橋			
əŋ	iəŋ	安仁			
əŋ	yəŋ	新化			
uəŋ	yəŋ	邵縣			
aŋ	iaŋ	大冶			

因為後高（圓唇）元音失去了圓唇作用，在有些方言（見下表）裡 *oŋ 與 *en/ŋ 同流，*ioŋ 與 *ien/ŋ 同流。例如「陳」「成」「中」失去了 *i 介音，在下面有些方言中讀的同韻，同時「熊」在下面有些方言中讀的和「音」「英」同韻。｢昏」「橫」「宏」「弘」「紅」有種種不同的演變。

方言 ＼ 例字	昏 *uen	橫 *ueŋ	宏 *ueŋ	弘 *ueŋ	紅 *oŋ	陳,成 *(i)en/ŋ	中 *(i)oŋ	音,英 *ien/ŋ	熊,胸 *ioŋ	兄,永 *iueŋ	勳 *iuen
衡山	fʌŋ	fʌŋ	hʌŋ	hʌŋ	hʌŋ	iʌŋ	yʌŋ	iʌŋ	yʌŋ	yʌŋ	yʌŋ
新化	huəŋ	huəŋ	huəŋ	huəŋ	həŋ	iŋ	yəŋ	iŋ	yəŋ	yəŋ兄	yəŋ
湘鄉	fʌn	fʌn	fʌn	fʌn	hʌn	ʌn	ʌn	iʌn	iʌŋ	yʌŋ兄	yʌn
劉陽	fʌn	fʌn	fʌn	fʌn	fʌn	ʌn	ʌn	iʌn	yʌn	yʌn兄	yʌn
崇陽	fən	fən	fən	fən	fən	ən	en	in	in	in	fin
沅江	fən	uən	ən	ən	ən	ən	ən	in	in	in兄	yin
寧鄉	fuən	fuən	fuən		hən	ən	ən	in	in	yən兄	yən
南縣	fən魂	fən	hən	hən	hən	ən	ən	in	in	in	yin
益陽	fuən	uən				ən	ən	in	in		yin
安化	fən	uən	ən	hən	ən	ən	ən	in	in	in兄	yin
湘潭	fən	fən	fən	hən	hən	ən	ən	in	in	in兄	yn
雙峯	huən	huən	huən	huən	haŋ, həŋ	in	in	in	in yn 熊,胸	yn uən 兄,永	yn

　　*oŋ 在雙峯方言裡有兩讀：一讀爲 aŋ 與 *aŋ 合流，所以在雙峯方言裡「同」
「堂」同音，「公」「岡」同音。另外一讀是 ən，與 uən, in, yn 相配。江華方言
*ioŋ *iaŋ 合流，都讀 ioŋ，所以「胸」「香」同音。此外元江、通海和江川方言裡
*oŋ 和 *uaŋ 合流，都讀 oŋ，所以「公」「光」同音。

🗘、結　　論

　　漢語方言中本來有三種鼻音韻尾：*-m, *-n 和 *-ŋ。在本文所討論的這些方
言中，*-m 尾都讀成 *n。有很多方言還全部或部分保存 *-n 和 *-ŋ 尾。有些方言
裡只有 -ŋ 尾，有些方言中只有 -n 尾。有些方言中沒有任何韻音韻尾，原來附有鼻
音韻尾的韻母都讀成鼻化元音或者純粹元音。最保存的一組韻母是後高（圓唇）元音
後附舌根鼻音韻尾（*oŋ），其次是前高（不圓唇）元音後附舌根鼻音韻尾（*eŋ），
最前進的一組韻母是低元音後附舌頭鼻音韻尾（*a/ɑn）。在吳語方言中，低元音後
附舌根鼻音韻尾這一組韻母（*a/ɑŋ）在受鼻化作用的可能性上僅次於 *a/ɑn 組。在
官話方言中，前高（不圓唇）元音後附舌頭鼻音韻尾這一組韻母（*en）在受鼻化作
用的可能性上僅次於 *a/ɑn 組。

附錄一：鼻音韻尾部分或全部消失的漢語方言

一、吳語方言：（一）江蘇省：宜興(5)、溧陽(11)、金壇西岡(10)、丹陽(9)、丹陽
永豐鄉(4)、靖江(8)、江陰(15)、常州(2, 3)、無錫(20)、蘇州(14)、常熟(18)、
崑山(13)、寶山霜草墩(37)、寶山羅店(37)、南滙周浦(28)、上海舊(32)、松江
(31)、吳江黎里(16)、吳江盛澤(17)、嘉定(36)、海門(30)、崇明(29)。（二）浙江
省：嘉興(19)、紹興東頭埭(26)、諸暨王家井(22)、嵊縣太平市（1）、嵊縣崇仁鎮
(23)、餘姚(27)、寧波(35)黃巖(33)、溫州(24)、衢縣(21)、金華(6)、永康(12)、
溫嶺(34)、仙居(7)、平陽(25)、〔附：杭州(38)、吳興(39)、績溪嶺北(40)〕。
二、非吳語方言：（一）江蘇省：徐州(184)、邳縣(183)、新海連市(60)、南京市
(96)、句容(89)、揚州(61)、高郵(62)、鹽城(59)、淮陰(63)、泰州(43)、如皋
(44)、南通(42)。（二）安徽省：蕪湖方村(41)。（三）湖北省：廣濟(50)、大冶(48)、

咸寧(49)、陽新(45)、通山(46)、崇陽(47)、鶴峯(125)。(四)湖南省：長沙(64)、湘潭(57)、寧鄉(58)、益陽(68)、安化(69)、澧縣(76)、沅江(56)、南縣(65)、湘陰(55)、劉陽(66)、綏寧(156)、城步(84)、通道(54)、洞口黃橋(72)、武岡(115)、漵浦(86)、新化(70)、祁陽(84)、湘鄉(52)、雙峯(51)、衡山(67)、攸縣(53)、茶陵(71)、汝城(87)、常寧(101)、寧遠(93)、耒陽(102)、安仁(98)、永興(99)、龍山(78)、鄜縣(91)、桂東(95)、宜章(75)、零陵(94)、道縣(103)、永明(73)、江華(100)、桑植(92)、大庸(134)、永順(104)、保靖(133)、永綏(116)、沅陵(79)、瀘溪(105)、芷江(84)、麻陽(106)、乾城(84)、辰谿(120)。(五)四川省：華陽(80)、五通橋(136)、眉山(81)、射洪(82)、西昌(143)、峨嵋(85)、雅安(83)、榮縣(88)。(六)雲南省：昆明(150)、富民(151)、羅次(180)、呈貢(181)、安寧(150)、祿豐(171)、元謀(170)、廣通(166)、牟定(173)、鎮南(160)、彌渡(167)、楚雄(174)、雙柏(147)、易門(168)、昆陽(182)、晉寧(161)、澂江(176)、嵩明(159)、宜良(177)、路南(152)、華寧(173)、江川(178)、玉溪(162)、通海(172)、河西(153)、峨山(179)、新平(150)、元江(129)、墨江(158)、寧洱(149)、思茅(141)、瀾滄(169)、緬寧(154)、建水(165)、箇舊(155)、屏邊(155)、蒙自(163)、開遠(164)、彌勒(177)、瀘西(176)、會澤(140)、巧家(145)、宣威(170)、師宗(176)、邱北(146)、文山(150)、馬關(138)、廣南(144)、永勝(148)、華坪(144)、鳳儀(122)、蒙化(114)、漾濞(124)、永平(107)、雲龍(132)、洱源(109)、劍川(131)、鄧川(137)、賓川(121)、祥雲(108)、鹽豐(110)、姚安(111)、大姚(127)、永仁(74)、鹽興(111)、武定(126)、祿勸(124)、石屏(130)、昌寧(112)、順寧(111)、雲縣(113)、景東(175)、鎮沅(146)、景谷(157)、雙江(119)、潞西(139)、蘭坪(128)、麗江(123)、昭通(142)、大關(74)、鎮雄(135)。(七)廣西省：桂林(77)。(八)山東省：濟南(185)、寧陽(186)、安丘(189)。(九)河南省：靈寶(187)。(十)山西省：太原(97)。(十一)陝西省：西安(188)、扶風閻村(90)、臨潼(190)、同官梁家原(191)。(十二)甘肅省：蘭州(118)。(十三)青海省：西寧(117)。

附錄二：方言材料書目

丁邦新，如皋方言的音韻，中央研究院歷史語言研究所集刊 36. 573-633, 1966

方進，安徽蕪湖方村話記音，中國語文 1966. 137-146

王世華，揚州話音系，1959

王年芳，揚州方言，方言與普通話叢刊 2.1-38，1959

王福堂，紹興話記音，語言學論叢 3.73-126，1959

四川大學，四川方言音系，四川大學學報，社會科學版 1960. 3.1-123（簡稱「川大」）

北京大學，漢語方音字滙，1962（簡稱「字滙」）

白滌洲與喻世長，關中方言調查報告，1954

向熹，湖南雙峯方言，語言學論叢 4.134-171，1960

江蘇省上海市方言調查指導組，江蘇省上海市方言概況，1960（簡稱「概況」）

李榮，溫嶺方言語音分析，中國語文 1966.1-9

李榮，溫嶺方言的變音，中國語文 1978.96-103

李榮，溫嶺方言的連讀變調，方言 1979. 1-29

孟慶惠，安徽方音辨正，1961

河北北京師範學院與中國科學院河北省分院語文研究所，河北方言概況，1961

金有景，義烏話裡咸山兩攝三四等字的分別，中國語文 1964. 61，補正，中國語文
  1980.352

柯喬，仙居方音與北京語音的對應關係，方言與普通話集刊 5.98-103，1958

約齊，金華方音與北京語音的對照，方言與普通話集刊 5.25-98，1958

唐作藩，洞口縣黃橋鎮方言，語言學論叢 4.83-133，1960

徐通鏘，寧波方言字表（未發表）

袁家驊，漢語方言概要，1960

高文達，山東寧陽音與北京音，方言與普通話集刊 3.32-35，1958

高葆泰，蘭州音系略說，方言 1980.224-231

張兆鈺與高文達，濟南音和北京音的比較，方言與普通話叢刊 1.103-139，1958

張成材，西寧方言記略，方言 1980. 280-302

張惠英，崇明方言的連讀變調，方言 1979. 284-302

張惠英，崇明方言三字組的連讀變調，方言 1980. 15-34

曹正一，山東安丘方音與北京語音，方言與普通話集刊 8.39-54, 1961

陳承融，平陽方言記略，方言 1979. 47-74

陳紹齡與郝錫炯，峨嵋音系，四川大學學報，社會科學版 1959. 1.1-66

楊時逢，雲南方言調查報告，1969（簡稱「報告2」）

楊時逢，湖南方言調查報告，1975（簡稱「報告3」）

楊時逢與荊允敬，靈寶方言，清華學報（新）9. 106-147, 1971

楊煥典，桂林語音，中國語文 1964. 454-462 及 444

廖序東，蘇州語音，1958

甄尚靈，成都語音的初步研究，四川大學學報，社會科學版 1958. 1.1-30 及字表

趙元任，現代吳語研究，1928（簡稱「研究」）

趙元任等，湖北方言調查報告，1948（簡稱「報告1」）

趙元任與楊時逢，績溪嶺北方言，中央研究院歷史語言研究所集刊 36.11-113, 1965

鄭張尚芳，溫州語音，中國語文 1964. 28-60 及 75

鄭張尚芳，溫州方言的儿尾，方言 1979. 207-230

鄭張尚芳，溫州方言儿尾詞的語音變化㈠，方言 1980. 245-262；㈡，方言 1981.
40-50

切韻的前 *a 和後 *ɑ 在現代方言中的演變

李方桂先生在 1931 年發表了切韻 â 的來源 (中央研究院歷史語言研究所集刊 3. 1-38)，是講上古音。橋本萬太郎 (Mantaro Hashimoto) 在 1972 年的 Journal of Asian and African Studies 5.1-23 發表過一篇文章，The Internal Reconstruction of Ancient Chinese *a-vowels，主要的是歷史的構擬。這篇文章是要講切韻的前 *a 和 後 *ɑ 在現代方言中的演變。

隋朝開皇 (580-600) 初陸法言的父親和他父親的幾位朋友在長安考慮編定切韻的時候，他們曾經討論到「古今通塞」和「南北是非」(見切韻序)。「古今通塞」就是現在我們的音韻演變的歷史；「南北是非」就是現在我們所謂的方音紛歧的現象。當然在觀點上、在方法上、在範圍上隋朝與我們現在有所不同。在隋朝的時候對於古音的知識恐怕只限於經典的古讀和詩文的押韻。從王仁昫的切韻中保存下來的小註看來，切韻盡可能的採取了很多早期韻書中的韻類，計劃編纂切韻的人抱著一種兼容並包的態度。這些人對於方音的認識存有是非觀念。所以對於各地方音的處理，取捨之間一定有偏見，只認為某種讀法是正統的讀法，其他的讀法都是不足效法的。切韻的籌劃在長安，成書在 601 年，但是未必一定反映七世紀初年的長安方音。切韻保存著齊梁時代士大夫作詩押韻的規矩，不是一種方音調查報告。因為那時候並沒有客觀的方音調查的觀念和方法。這一點從齊梁時代韻文押韻的情形就可以看得出來。切韻的編纂是為了維護齊梁的傳統，切韻的韻類的建立是有具體的廣泛的基礎，不是幾個人翻壁虛造的。切韻時代全國方音紛歧的現象恐怕比現在嚴重的多，切韻韻類的讀音一定是依地而異，在當時一定有各種方音讀法不同。上古中古現代都有方音之不同，所以漢語音韻史不是一個簡單直線，是一種錯綜複雜的關係。從切韻看不出當時各地的方音系統，只有從現代方言中，配合文獻材料，可以推測以前各種方音的紛歧現象。方音的形成是歷史演變的結果。 各種不同語音的變化 在不同的時間 發生在不同的地

區，影響到不同的辭彙項目，結果不同的地區的發音人就會呈現出不同的方音系統。

音韻演變的歷史與方音紛歧的現象有密切的關係。歷史變遷，人口移動，各個地區的

方言彼此接觸，發生影響。研究漢語音韻歷史，比較各地的方音異同，都需要參考切

韻，可是並不一定要受切韻的拘束。

雖然各家對於切韻的韻類有不同的構擬（參看周法高論切韻音香港中文大學文化

研究所學報 1.89-112, 1968），大家一致承認切韻中是有前 *a 和後 *ɑ 的對立。前 *a

和後 *ɑ 都可以單獨存在；也可以用在複合元音中，像 *ai 和 *ɑi，*au 和 *ɑu；也可

以用在鼻音韻尾的前邊，像 *am, *an, *aŋ 和 *ɑm, *ɑn, *ɑŋ（包括 *ɑuŋ）；也可以

用在塞音韻尾的前邊，像 *ap, *at, *ak 和 *ɑp, *ɑt, ɑk（包括 *auk）。和這些韻類相

當的切韻韻類可以用下表說明。切韻中的二等重韻在歷史上也許是來源不同，在齊梁

時代的韻文中也許諧押不同，可是在現代方音中看不出什麼分別，所以我把切韻中的

二等重韻都歸併處理。引用切韻的韻類，以平聲賅上去。

*a, *ua 麻二	*ɑ, *uɑ 歌戈
*ai, *uai 皆佳夬	*ɑi, *uɑi 泰
*au 肴	*ɑu 豪
*am 咸銜	*ɑm 談
*an, *uan 山刪	*ɑn, *uɑn 寒桓
*aŋ, *uaŋ 耕庚二	*ɑŋ（包括 *ɑuŋ），*uɑŋ 唐（包括江）
*ap 洽狎	*ɑp 盍
*at 黠鎋	*ɑt, *uɑt 曷末
*ak 麥陌二	*ɑk（包括 *auk）*uɑk 鐸（包括覺）

在切韻裏前 *a 和後 *ɑ 這兩套韻類前面所出現的聲母不完全一樣：他們前面都可

以有唇音 *p, *ph, *b, *m 和舌根音喉音 *k, *kh, *ŋ, *h, *ẖ, *ʔ。唇音聲母在前 *a

前多讀開口，像 *pa, *pai, *pan；唇音聲母在後 *ɑ 前多讀合口，像 *puɑ, *puɑi,

*puɑn。舌根音喉音聲母後邊有開口合口之分；或者可以說舌根音喉音聲母有兩套：

一套是單純的舌根音喉音聲母，另外一套是有雙唇化的舌根音喉音聲母。在前 *a 韻

類的前面只有捲舌聲母，像 *ţ, *ţh, *ḍ, *tʂ, *tʂh, *dʐ, *ʂ。在後 *ɑ 韻類前面只有舌

頭聲母，像 *t,*th,*d,*ts,*tsh, *dz, *s。舌頭鼻音 *n 和後 *α 諸韻用在一塊儿多半是常用的字，捲舌鼻音 *ṇ 和前 *a 諸韻用在一塊儿，都是些不常用的字。舌頭邊音 *l 只出現在後 *α 諸韻的前邊，很少出現在前 *a 諸韻的前邊（參看李榮切韻音系，1956）。

在討論語音演變的時候，我用韻類作單位，不用元音作單位。理由是因爲元音由於輔音韻尾的不同而有不同的演變。例如前 *a 帶雙唇韻尾（*m, *p）和帶舌頭韻尾（*n, *t）的有大致相同的演變，前 *a 帶舌根韻尾（*ŋ, *k）的和前邊兩種韻類的演變不同。後 *α 的情形和前 *a 的情形大體上一樣，也是收 *m, *p 尾的和收 *n, *t 尾的演變相似，和收 *ŋ, *k 尾的演變不同。不但如此，同樣的元音後邊帶鼻音韻尾的未必和後邊帶塞音韻尾的演變相同。例如 *am, *an 和 *aŋ 的演變不同，可是 *ap, *at 和 *ak 在很多方言中演變一致。與其每次都要把元音的出現的環境說明白，不如拿韻類（元音加韻尾）作討論的出發點。

不但在元音後邊的韻尾輔音對於元音演變有影響，元音前邊的聲母輔音也可能對元音的演變發生影響。比方說，在討論前 *a 和後 *α 的演變的時候，在 *ai, *am/p, *an/t 前邊舌頭音聲母（*t, *th, *d, *n, *l, *ts, *tsh, *dz, *s）有把後 *α 讀成前 *a 的影響，所以 *tαi 讀成 *tai，*tαm/p 讀成 *tam/p，*tαn/t 讀成 *tan/t。這個變化把許多舌頭音聲母後頭帶後 *α 的韻類讀成前 *a，前 *a 前頭正沒有這類聲母。在 *α, *αu 和 *αŋ/k 這些韻類的前邊，舌頭音聲母並不發生把後 *α 讀成前 *a 的影響。這是現代方言和切韻分韻上不同的地方。這個變化在現代方言中非常普遍，究竟發生在什麼時候，最早發生在什麼地方，都很難說。可能是切韻編定以後的事情，因爲要是在編纂切韻的時候，漢語方言中已經有了這種現象，爲什麼沒有得到編定切韻的人的注意？也許是因爲這種方音的讀法與歷史傳統不合，爲切韻所不取。這些後 *α 本來是上古的 *a。另外一種聲母影響元音的情形是舌根音喉音聲母在前 *a 前會顎化，在 *kai 和 *kan 這類音綴中顎化作用同時還可能把元音向前提高。這種顎化作用也非常普遍，在官話方言中，吳語方言的文讀中以及湖南江西境內的一些方言中都可以看到。在梅縣的客家方言中（橋本萬太郎1973）舌根音喉音聲母在 *ai 韻和 *an 韻前發生顎化的例字很多，像階字讀成 kjiai，艱字讀成 kjiæn。這種現象不知道是客家離開北方的時候就已經發生了，還是從北方遷移到南方的途中發生的。要是在客家離開

北方的時候就已經發生了，那麼顎化作用發生的時期一定是相當早的。據羅香林的客家研究導論說，客家早在西晉末年就離開了北方向南方遷移。舌根音喉音聲母在不同的方言中因爲韻類的不同，抵抗顎化的能力會有不同。下面在分別討論各種方言時會再提出來說明。另外，切韻的捲舌塞擦音擦音（莊、初、崇、生等母）對於韻類的影響也是一個聲母影響元音的例證。

漢語方言從保存輔音韻尾的情形來看可以分成兩大類。一類方言像粵語方言、客家方言和有些江西方言，這些方言中的輔音韻尾 *m/p, *n/t, *ŋ/k 都還保存著。在輔音韻尾還完整的保存著的方言中，前 *a 和後 *ɑ 的關係是從前後的關係改變成爲上下的關係，後 *ɑ 上升，並且在大多數的方言裏讀成圓唇的 *o。這種變化比起吳語方言來，相當規則。另一類方言像吳語方言，這些方言中的輔音韻尾的分別大部分都丟掉了，鼻音韻尾 *-m, *-n 在低元音後邊（前 *a 和後 *ɑ）弱化，發生鼻化作用，有時鼻化作用完全消失，同時元音的部位也有移動（參看張琨漢語方言中鼻音韻尾的消失中央研究院歷史語言研究所集刊 54.3-74, 1983）；塞音韻尾讀成喉塞音，有的方言中連喉塞音韻尾也丟掉了；複合元音也大半讀成單元音，當然也有新生的複合元音。吳語方言中的元音另有安排。吳語方言的音系與切韻的韻類相差很大。切韻保存著齊梁時士大夫作詩押韻的規矩，吳語方言是顏之推 (531-600) 家訓音辭篇中所說的「易服而與之談，南方士庶，數言可辨」的南方庶人的語言。郭璞 (276-324) 爾雅釋言注中有「南方人呼刀爲劑刀」一條。翦（切韻精母獮韻上聲三等），劑（切韻從母霽韻去聲四等），聲韻稍異。可是這裏說明在南方方言中，鼻音韻尾的遺失早在郭璞的時候就已經發生了。現代吳語方言中翦這類字都丟掉了鼻音韻尾，讀成純前高元音了，這種現象由來已久。

全國性的漢語方言普查雖然已經完成，可是發表的材料還不足以代表全國。有的發表的材料例字很多，有的發表的材料非常籠統，所以這篇文章只有就已經發表了的比較詳細的材料，用方言點來講切韻前 *a 和後 *ɑ 在各種方言中在各種語音環境中的演變大勢。這篇文章中不討論閩方言，關於閩方言我已經發表了一篇文章，論比較閩方言（見中央研究院歷史語言研究所集刊五十五本）。很多方言常有文白異讀，簡單的說，白讀是本地方言的讀法，文讀是受外來的影響。本文引用材料是注重白讀，例

如引用金華方言（約齋1958）時用白讀。引用例字時，雖然同是一個方言，兩家紀錄常有不同，文中只採取一家，以免混亂；不再加注，細講二家之不同，以免囉嗦。在音標上有時我稍微改動一些，爲的是比較一致，同時在印刷上也要簡便些。在引用例字時聲調符號一槪省略。

有一點要特別聲明的是在下面討論方言的時候，主要的是集中在語音的現象上，沒有特別注意方言的系屬問題，所以方言的排列有點儿混亂。漢語方言的分類是一件非常困難的事情，頂多能夠選擇一些方言點作爲不同方言的典型代表，有些方言的系屬有模稜兩可的情形。現在我們普通認爲屬於同一類的方言未必完全相同，比方江蘇省的某些吳語方言和浙江省的 某些方言 有相當的差別 ； 廣西南寧平話雖然是在粵語區，可是有些與官話方言相似的地方；福建萬安方言具有客家話的一些主要特徵，可是和廣東梅縣的客家話相差的很遠；現在有相當紀錄的六個江西方言（奉新、高安、臨川、南昌、貴溪、贛縣）各有不同的特色。現在我們所說的方言的類別多半是根據地理的分佈，讀者可以參考這篇文章後面附錄的方言材料書目，就可以知道某個方言是在什麼地方，大致的系屬也許可以看得出來一個線索。 我之所以故意這樣做，是要想顯示某些語音現象可以在兩個距離很遠的方言中找得到。這當然可以完全是偶合的，可是其中也可以有些歷史上的牽連。比方前 *a 讀 o，後 *ɑ 讀 u，是吳語的現象，可是在湖南雙峯、湘鄉、桂東、汝城方言中也有同樣的現象。

一、前 *a 和後 *ɑ

前 *a（切韻麻二韻）和後 *ɑ（切韻歌戈韻）分用不混大概是齊梁時代的事情（見何大安南北朝韻部演變研究 1981, 195-205 頁）。 所有漢語方言中在開音綴裏都有前 *a 和後 *ɑ 的分別，例外很少。根據現在發表的材料，浙江紹興東頭埭方言（王福堂1959）裏，前 *a（巴家儍耍瓦花）讀 o，後 *ɑ（波哥可科河我鵝多坐）也讀 o，家又讀 io（聲母顎化），瓜花讀 uo，火讀 u。在紹興東頭埭方言中好像前 *a 和後 *ɑ 都讀 o。安徽績溪嶺北方言前 *a 和後 *ɑ 都讀 o，例如：

*a		*ɑ	
po 巴把	ko 家白像加瓜	po 波玻坡	ko 歌鍋果裹個過
pho 爬怕	假架	pho 婆破	
	ŋo 牙	tho 拖	ŋo 鵝峨我
tsho 乂嗟茶岔	ho 花下化	tsho 坐座	ho 何河和火貨
so 沙		so 所	

　湖南瀘溪方言唇音字巴波都讀 pɔ；沙讀 sɔ，左讀 t͡sɔ，是同韻；可是家佳讀 t͡ɕia，和歌讀 kɔ 不同韻；瓜讀 kua，與鍋讀 kɔ 不同韻。前 *a 包括切韻麻韻二等開口和合口字，開口字合口字演化一致。開口字（家）和合口字（瓜）在大多數方言裹都有開合之不同，只有金華方言白讀家瓜都讀合口 ua，武義方言加瓜也都讀合口 uɑ。後 *ɑ 包括切韻歌戈韻字，歌屬開口，戈屬合口。後 *ɑ 升高，讀圓唇元音 *o，大部分方言中沒有開合之分，下邊是現代漢語方言中前 *a 和後 *ɑ 的反映。

　　a：o 臺山、岑溪、容縣、沙頭角、大鵬、桃園、下洋、長江、楊村、涼水井、奉新、高安、南昌、貴溪、贛縣、績溪嶺北、武昌、城步、鄞縣、江華、湘潭、會同、五通橋（萬安客家方言 *ɑ 讀 ɤ）

　　a：ɔ 廣州、香港、蒼梧、南寧平話、思賀、藤縣、梅縣、洞口黃橋、峨嵋、西寧。

　　a：ö 賓陽

　　a：u 海心（*ɑ 讀 u 與吳語方言相似）

　　a：ʊ 合肥（*ɑ 讀 ʊ 與吳語方言相似）

　　ɑ：o 臨川、南京市、新海連市、淮陰、鹽城、蕪湖方村音韻系統中沒有前 a，切韻的前 *a 讀成 ɑ。新平祥雲方言中 *ai/ɑi 讀成 a，把切韻的前 *a 擠到後邊去了，讀成 ɑ。呈貢方言中 *an/ɑn 讀成 a，把切韻的前 *a 擠到後邊去了，讀成 ɑ。劍川方言中 *ək 讀成 a，把切韻的前 *a 擠到後邊去了，讀成 ɑ。

　　ɑ：u 句容方言音韻系統中沒有前 *a，切韻的前 *a 讀成 ɑ，切韻的後 *ɑ 讀成 u。

南通市方言中切韻的 *ai/ɑi 讀成 a，把切韻的 *a 擠到後邊去了，讀成 ɑ，切韻的後 *ɑ 讀成 u。後 *ɑ 讀 u，似吳語方言。

　　ɑ：ou　如皋方言音韻系統中沒有 a，切韻的前 *a 讀成 ɑ，切韻的後 *ɑ 讀成 ou。石屏方言中切韻的 *ai/ɑi 讀成 a，切韻的前 *a 讀成 ɑ，切韻的後 *ɑ 讀成 ou。後 *ɑ 讀 ou 與寧波吳語方言相似。

　　ɑ：ɤu　武岡方言中切韻 *an/ɑn 讀成 a，切韻前 *a 讀成 ɑ，切韻後 *ɑ 讀成 ɤu。*ɑ 讀 ɤu 與蘇州吳語方言相似。

　　ã：õ　洱源方言中切韻 *ai/ɑi 讀成鼻化低前元音 ã，切韻的前 *a 讀成鼻化低後元音 ã。

　　ɒ：o　石南銅陵方言音韻系統中沒有 a，切韻的前 *a 讀成 ɒ。鬱林方言中切韻陽韻字讀 a（娘 na，良 la 等），切韻的前 *a 讀 ɒ。

　　ɔ：o　休甯、太平、大冶、通山、隨縣、蘄春這些方言中切韻的 *ai/ɑi 讀成 a，切韻的前 *a 讀成 ɔ。休甯方言中怕讀 phuǒ，花讀 huǒ。隨縣方言中切韻 *ǝk 讀 ㄝ，切韻的前 *a 讀成 ɔ。

　　ɔ：u　汝城方言中切韻 *an/ɑn 讀成 a，切韻前 *a 讀成 ɔ，切韻的後 *ɑu 讀成 u。*ɑ 讀 u，與吳語方言相似。

　　ɔ：ɯ　桂東方言音韻系統中沒有 a，切韻前 *a 讀成 ɔ，切韻後 *ɑ 讀成 ɯ。*ɑ 讀 ɯ，與溫嶺吳語方言中歌讀 kɯ 相似。

　　吳語方言對於切韻前 *a 和後 *ɑ 的處置和其他方言不大相同。吳語中切韻前 *ai 都讀成低的單元音，有的吳語方言（平陽、溫州、紹興、寧波、金華）讀前 a，有的吳語方言（蘇州市、上海市、松江、海門、崇明、常熟、嘉定、常州市、無錫市）讀後 ɑ，武義方言 *ai 讀 ia，*ɑi 讀 a。切韻的前 *a 和後 *ɑ 在吳語中都受到圓唇的影響。金華方言白讀前 *a 不論開合口都讀 ua，後 *ɑ 不論開合口都讀 ue，武義方言前 *a 不論開合口都讀 uɑ，後 *ɑ 不論開合口都讀 uo。

切韻	金華白	武義	例字
*(u)a	ua	uɑ	加家假下花化
*(u)ɑ	ue	uo	哥河鍋火

其他吳語方言中前 *a 多讀成 *o，後 *ɑ 多讀成 *u。很多吳語方言中切韻的後 *ɑ（歌戈韻）和 *u（模韻）合流。有少數湖南方言（雙峯、湘鄉、桂東、汝城）也有 *ɑ 與 *u 合流的現象。*u 韻在吳語方言中除了讀 u 外，可以分裂爲əu（蘇州）或者 ou（寧波），可以讀不圓唇的 ɯ（溫嶺），再分裂成 ɤɯ（常熟、無錫），可以讀圓唇前元音 y，再分裂成 ɸy（溫州）。翁壽元在讀蘇南和上海吳語內部差異（方言1984.260-263）中曾經把蘇州、常熟、無錫、常州四個方言裏的歌戈模三韻讀法的異同列表如下：

例	字		蘇	州		常	熟		無	錫		常	州	
歌	戈	模	歌	戈	模	歌	戈	模	歌	戈	模	歌	戈	模
	坡	鋪		u	u		u	u	ɤɯ	ɤɯ			ɤɯ	u
	魔	模		o	o		o	o	ɤɯ	ɤɯ			ɤɯ	ɤɯ
多	朵	都	əu	əu	əu	ɤɯ	ɤɯ	ɤɯ	ɤɯ	ɤɯ	ɤɯ	ɤɯ	ɤɯ	u
搓	挫	粗	əu	əu	əu	ɤɯ	ɤɯ	ɤɯ	ɤɯ	ɤɯ	ɤɯ	ɤɯ	ɤɯ	ɥ
河	和	湖	əu	əu	əu	ɤɯ	ɤɯ	u	ɤɯ	ɤɯ	u	ɤɯ	ɤɯ	u

下面是在吳語方言中對於切韻前 *a 和後 *ɑ 的反映。

    o：u　上海市、松江

    (u)o：u　崇明（瓜 kuo，花 ho），平陽（瓜 kuo，華 huo）

    (u)o：ɯ, u　溫嶺（瓜 kuo，花 huo）。溫嶺方言 *ɑ 和 *uɑ 有分別。*ɑ 讀 ɯ（歌窠鵝蛾賀），*uɑ 讀 u（果過科火貨和多駄糯），所以 *uɑ（果）與 *u（古）有合流的現象。

    o：u, o, əu　蘇州市（波 pu 魔 mo）

    o：ɤɯ　常州市

    o：u, ɸy, əu, o, ŋ　溫州。溫州方言中切韻歌戈韻字和模韻字都有兩讀 u 和 ɸy：舌根音喉音聲母字讀 u，例如歌韻字歌讀 ku，戈韻字科讀 khu，歌韻字何讀 vu，戈韻字和讀 vu，模韻字姑讀 ku，胡讀 vu；唇音聲母字讀 ɸy，例如戈韻字破讀 phɸy，

婆讀 bɸy，模韻字鋪讀 phɸy，葡讀 bɸy。鄭張尚芳有專文討論溫州方言歌韻讀音的分化和歷史層次（語言研究1983.108—120）。

方言 聲母	溫州城區		早期讀音		溫州永強區	
	多數字	少數字	多數字	少數字	多數字	少數字
p 組	波頗 u	婆 bɸy	u	ɯ	u	
m 母	磨魔 ɸy	么 oŋ	ɯ	uŋ	u	零么 oŋ
t 組	多舵 əu	朵 o	u	o	o 朵舵	u 多
n 母	儒 əu	糯 oŋ	u	uŋ	o	oŋ
ts 組	鎖座 o	左əu坐uɔ	o	u	o 左坐鎖	
k 組 f 組	歌倭 禾貨 u	阿 o 可uɔ。	u	o	u	o
ŋ 母	我娥零	訛 o	零		零	o 鵝白

(u)o：ou 寧波（花 huo 華 huo）

uo：u 海門、嘉定

u, ou：ɤɯ 無錫市（沙 sou）。 無錫市方言中 o 韻代表切韻的 *(u)ɑn，前 *a 讀 u 和 ou。 u 在切韻唇音聲母和舌根音喉音聲母後邊， ou 在切韻捲舌聲母後邊。後 *ɑ 讀 ɤɯ。

u, o：u, o, ɤɯ 常熟（巴波 pw，麻魔 mo，沙 so）。常熟方言中前 *a 讀 u 和 o。u 在切韻唇塞音聲母和舌根音喉音聲母後邊，o 在切韻唇鼻音聲母和捲舌聲母後邊。夏下讀 hu，河賀讀 hɤɯ。

粵語方言、客家方言、奉新、高安、臨川、貴溪、城步、鄞縣、江華、洞口黃橋等地方言不發生顎化作用，有很多方言有文白兩讀，文讀顎化，白讀不顎化，公安方言 *ka 有 tšia文 和 ka白 兩讀，湘潭方言也有同樣的現象。吳語方言中前 *a 和後 *ɑ 都圓唇化，在大多數的吳語方言中前 *a 讀 *o，後 *ɑ 讀 *u。可是在江蘇境內的有些吳語方言中，有些前 *a 帶舌根音聲母的字讀的與北方方言相似，*ka 有

*tšia文 和 *ka白 兩讀。在有些方言中 *tšia/ka 的讀法代替了吳語本來的讀法 *ko，在另外一些方言中 *tšia/ka 的讀法與吳語本來的讀法 *ko 並存，根據江蘇省和上海市方言概況 (1960) 有下面一些例字。

方言 ＼ 例字	加			家			假		牙	
蘇 州 市	tšia文	ka白		tšia文	ka白		tšia文	ka白	hia文	ŋa白
無 錫 市	tšia文	ka白	ku白	tšia文		ku白	tšia文	ka白	hia文	ŋu白
常 州 市	tšia文		ko白	tšia文		ko白	tšia文	ko白	hia文	ŋo白

浙江寧波方言中也有類似的現象，例如家有三讀 tšia 是顎化的 *ka，是非吳語的讀法，ko 或者 tšyo 是吳語的讀法。官話方言（包括北方、西北、西南、東北各地）中 *ka 經過顎化作用讀成 *tšia 是最普遍的現象。*ka 的顎化可能性比 *kan 和 *kai 都高，並且元音並不上升。江蘇北部（徐州、邳縣、南京市、淮陰、揚州、泰州、句容、南通市、如皋、鹽城）和安徽、蕪湖、方村、銅陵諸方言中 *ka 都有不顎化與顎化兩讀。*ka 之所以顎化平常都以為是因為韻母是低前元音。可是在少數方言中，像隨縣、大冶、通山方言中 *ka 讀 tšiɔ，雙峯、湘鄉、績溪嶺北文 方言中 *ka 讀tšio，寧波方言中 *ka 讀 tšyo。 可能的解釋是聲母顎化在前，元音由 ia 變 iɔ 或 io/yo 在後，也許另有別的解釋。

　　在漢語方言中，除了吳語方言中另有別讀，切韻的後 *ɑ 升高，讀圓唇元音*o，大部分方言中都沒有開口合口之分。有些官話方言中切韻歌韻字（開口）讀的與切韻戈韻字（合口）不同。可是大多數方言中的開合之分，與切韻歌韻戈韻之別不是完全相當的。有的方言開合同韻，只是開口字沒有合口介音，合口字有合口介音。有的方言開合口字讀成兩種元音。

方言＼例字	哥歌開	鍋果過合	多開	朵妥合	左開	波合
榮成	ko	kuo	tuo	tuo	tsuo	puo
徐州、邳縣	kə	kuə	tuə	tuə	tsuə	puə
靈寶	kɤ	kuo	tuo	tuo	tsuo	puo
光化	kɤ	ko	to	tho	tso	po
峨嵋	kɔ	ko	to	to	tso	po
揚州	kɤɯ	ko	to	to	tso	po
泰州	kɤɯ, ku	ku	tu	tu	tsu	pu
高郵	kɤɯ	ku	tu	tu	tsu	pu
通山	ko	ku	tu	thu	tsu	pu
公安、石首	ko	ko	to	tho	tso	pɤ
洱源	ko	ko	to	tho	tso	pao
蘭坪	ku	ku	tu	thu	tsu	pau
西寧	kɔ	khu科	tu	tu	tsu	pɔ
蘭州	kɤ	kuɤ	tuɤ	thuɤ	tsuɤ	pɤ
太原	kə	kuə	t(u)ə	tuə	tsuə	pə
濟源	kə	kuə	tuə	tuə	tsuə	pə
瀋陽、濟南	kə	kuə	tuə	tuə	tsuə	pə玻
鄖陽	kɤ	kuo	tuo	thuo	tsuo	pao
烟臺	kɤ又kuo又	kuo	tuo	tuo	tsuo	po
西安	kɤ	kuo	tuo	tuo	tsuo	po
襄陽、醴陵	ko	kuo	to	tho	tso	po
江川	ko	ku	to	to	tsu	pu
平江	ko	kœ	to	thœ	tsœ	pœ

二、前 *ai 和後 *ɑi

前 *ai 包括切韻皆佳夬韻開口字，*uai 包括切韻皆佳夬韻合口字。皆佳夬混用不分，在經典釋文中可以看得出來（王力先生經典釋文反切考龍蟲並雕齋文集 3.167-168）。前 *ai 的開合口字採取一致行動。後 *ɑi 有兩個來源，第一個是切韻泰韻（*ɑi）開口字，第二個是切韻咍韻（*əi）字。泰韻開口韻在漢語方言中在舌頭音聲母後邊都讀成前 *ai；咍韻在有些漢語方言中雖然在舌頭音聲母後邊仍然讀後 *ɑi，在另外有些漢語方言中與泰韻開口韻合流，都讀前 *ai。粵語方言中切韻咍韻舌頭音聲母字很少讀成 *ai 的，只有賓陽、石南兩個方言（Tsuji 1980）中耐來再在財㘈等字都讀成 *ai。客家方言中咍韻在舌頭音聲母後邊仍讀 *ɑi（耐再是例外），長汀方言（羅美珍1982）中臺待來都讀 *ai，下洋方言（黃雪貞 1983 a, b, c）中臺待也讀成 *ai。江西、臨川、貴溪（袋㘈是例外）方言中所有咍韻舌頭音聲母字都讀成 *ai，只有泰韻開口韻和咍韻舌根音喉音聲母字讀 *ɑi。*uai 韻包括切韻泰韻合口字和灰韻字，這兩韻的字看不出什麼分別。在有些方言中 *ai 和 *uai 讀的相似，在大部分方言中 *ai 和 *uai 都是分道揚鑣。

在漢語方言中像粵語方言（廣州、香港、海心、臺山、岑溪、容縣、藤縣、賓陽、思賀、石南）都有前 *ai 和後 *ɑi 的分別。鬱林方言中這兩類字都讀 ɒi，有少數 *ɑi 韻字（戴耐來再彩）讀 ai。南寧平話不分前 *ai 和後 *ɑi。客家方言（梅縣、沙頭角、大鵬、桃園、下洋、長汀、萬安、楊村、涼水井）、江西、高安、臨川、貴溪方言、湖南、醴陵、攸縣、雙峯、湘鄉方言、湖北 通山方言、以及吳語方言（寧波、平陽、溫州、金華、溫嶺、紹興、海門、崇明、常熟、上海市、蘇州市、無錫市、松江、常州市）、安徽績溪嶺北、太平、休甯方言也都有前 *ai 和後 *ɑi 的分別。

從語音上看，粵語方言、客家方言、臨川、醴陵、攸縣、貴溪、高安是一派，這些方言裏 *ai 和 *ɑi 都還讀複合元音，並且多半和 *a 和 *ɑ 平行著，*a, *ai 讀 *a, *ai，*ɑ, *ɑi 讀 *o, *oi。因為限於發表的材料，例字難找，所以根據有限的材料分組把這些方言列表如下：

例字 粵語 方言	*ai：牌太紫介艾	*ɑi：耐來再在財 萊蓋開海愛	*uɑi：倍妹腿隊罪 灰回
廣　州	ai	ɔi	ui, œi（舌頭音聲母）
香　港	ai	ɔi	ui, ɸi（舌頭音聲母）
海　心	ai	oi	oi（唇音聲母）、ui fei（灰）
臺　山	ai	oi	oi（唇音聲母）、ui foi（灰）
岑　溪	ai	oi	ui
容　縣	ai	ɔi	ui
藤　縣	ai	ɔi	ɕi
賓　陽	ai	ai（舌頭音聲母） ö（舌根音喉音聲母）	ui
蒼　梧	ai	ɔi	ɔi
思　賀	ai	oi	oi
石　南	ɔi	ɔi（舌頭音聲母） ui（舌根音喉音聲母）	ui

例字 客家 方言	*ai：排柴債晒乃 賴艾	*ɑi：臺待袋來改 蓋海愛	*uɑi：倍堆腿罪灰 回會
梅　縣	ai	ɔi	i（唇音聲母）、ui fi（灰）
沙頭角	ai	oi	ui, fui（回會） foi（灰）
大　鵬	ai	oi	oi（唇音聲母）、ui、 foi（灰）
下　洋	ai	oi	oi（背退會灰） ei（杯堆最回）
桃　園	ai	oi	oi（背堆灰） ui（對最罪會回）
楊　村	ai	oi	oi（壞堆灰） ui（倍罪內會回）
涼水井	ai	oi	oi（背退會灰） ei（杯回） uei（對推腿罪）

例 字 方 言	*ai：牌買債界鞋 拜擺	*ɑi：代袋在菜該蓋 開害愛	*uɑi：倍背貝梅對隊 兌最罪灰回會
臨　川	ai	ai（舌頭音聲母） oi（舌根音喉音聲母）	i（鼻音聲母）、ui、 fəi（灰回）
醴　陵	ai	oi	ei
攸　縣	ai	oi（帶賴）	ui, hui（灰會）
貴　溪	ai	ai（舌頭音聲母） oi（舌根音喉音聲母 及袋白）	oi, foi（灰）
高　安	ai	ɛi	ɛi（背倍梅最白灰會） uɛi（會） y（對隊兌內最文罪）

　　福建萬安客家方言（張振興1984）和這篇文章裏講的其他客家方言有點儿不同，就是 *ai 和 *ɑi 的讀音沒有 *ai 和 *oi 對立的痕跡。同時 *ai 讀成單元音 a，也是與上面所說的那些客家方言不同的地方。

*ai	*ɑi	*ai	*ɑi	*uɑi	*uai
敗 pa	泰 tha	派 phai	代 tai	貝 pai	怪 kuai
寨 tsa	蔡 tsha	楷 kai	賽 sai	灰 fai	快 khuai
債 tsa	賴 la		奶 nai	會 fai	
齊 tsa	災 tsa		該 kai	堆 tai	
介 ka	再 tsa		海 hai	推 thai	
	在 tsa		亥 hai	退 thai	
	采 tsha		害 hai	最 tsai	
			哀 ai	罪 tsai	

　　福建長汀客家方言（羅美珍1982）中 *ai 和 *ɑi 讀成 æ, e, ue。這種現象也沒有 *ai 和 *oi 對立的痕跡，並且不讀複合元音，讀成單元音。

*ai	*ai	*ɑi	*uɑi	*uɑi
擺 pæ	牌 phe	代 thue	背 pue	倍 pe

拜 pæ　　　　買 me　　　　待 thue　　　妹 mue　　　配 phe

債 tsæ　　　　　　　　　　　袋 thue　　　罪 tshue　閈會 fe

界 kæ　　　　　　　　　　　茱 tshue　　　會計 khue

鞋 hæ　　　　　　　　　　　改 kue　　　　會不會 vue

　　　　　　　　　　　　　　開 hue

　　　　　　　　　　　　　　海 hue

　　　　　　　　　　　　　　害 hue

　　　　　　　　　　　　　　嬢 ʔue

　　吳語方言中很多複合元音都讀成單元音。*(u)ai 丟掉了韻尾，或讀成前 a（平陽、溫州、溫嶺、紹興、寧波、金華），或讀成後 ɑ（蘇州市、上海市、松江、海門、崇明、常熟、常州市、無錫、嘉定）。武義方言中前 *ai 讀 ia，後 *ai 讀 ɑ。這些吳語方言中沒有前 a 和後 ɑ 的對立，有些方言有 aʔ 和 ɑʔ 的對立（蘇州市、海門），或者 ã 和 ɑ̃ 的對立（蘇州市、上海市、松江、常熟、嘉定）。無錫市也有 aʔ 和 ɑʔ 的對立，也有 ã 和 ɑ̃ 的對立。*ai 在吳語方言中讀前 a 或後 ɑ 正是切韻前 *a 和後 *ɑ 在吳語方言中讀成 *o 和 *u 的原因。切韻 *ai 在吳語方言中讀的較低，*ɑi 讀的較高，很少圓唇的痕跡。*ai 讀前 a 或後 ɑ，*ɑi 有種種讀法：1.複合元首：ai（金華）、æi（常州市）、ɛi（海門），2.單元音：ɛ（上海市、崇明、常熟、嘉定）、ɛ（蘇州市、無錫市、溫州、紹興）、e（松江、溫嶺、平陽、寧波）。有的方言（寧波、平陽、溫州、海門、崇明、常熟、上海市、嘉定）*ɑi 和 *uɑi 讀的不同，有的方言（金華白、溫嶺、紹興、蘇州市、無錫市、松江、常州市）*ɑi 和 *uɑi 讀的沒有分別。武義吳語方言前 *ai 讀 ia：拜讀 pia，排讀 bia，買賣讀 hmia，界解讀 tšia，揩讀 tšhia，鞋讀 hia，外讀 hnᵢia，聲根音喉音聲母多顎化。其他吳語方言像蘇州市、上海市、嘉定、松江、海門、無錫市、常州市、金華、寧波、紹興諸方言中，舌根音喉音聲母和前 *ai 拼合（例如街階屆等字）都有文白兩讀，文讀顎化，白讀不顎化。

吳語方言 　 例字	*ai：擺買太奶賴 界	*ɑi：臺待袋耐來 再在財菜改 蓋開海害愛	*uɑi：杯背對隊腿最罪內雷 灰回會
寧　　　波	a	e	Ei, huei（灰）
平　　　陽	a	e	ai, fai（灰）
溫　　　州	a	E	ai, fai（灰）
海　　　門	ɑ	Ei	ei, huei（灰）
崇　　　明	ɑ	ε	ei, huei（灰）
常　　　熟	ɑ	ε	E, huE（灰）
上　海　市	ɑ	ε	e,φ（最罪又）、hue（灰）
嘉　　　定	ɑ	ε	ie（杯內）、ɤ（對猜最罪）、hue（灰）
金　　　華白	a	ai	ai, huei（灰）
溫　　　嶺	a	e, ie（蓋開）	e, huφ（灰）
紹　　　興	a	E	E, huE（會）
蘇　州　市	a	E	E, huE（灰）
無　錫　市	ɑ	E	E, huE（灰）
松　　　江	ɑ	e	e, hue（灰）
常　州　市	ɑ	æi	æi, huæi（灰）

　　另外有些各別的方言零星的散布在安徽（<u>績溪嶺北</u>、<u>休甯</u>、<u>太平</u>）、<u>湖北</u>（<u>通山</u>）、<u>湖南</u>（<u>雙峯</u>、<u>湘鄉</u>）幾省。在這些方言中<u>切韻</u>前 *ai 和後 *ɑi 也有分別。 這些分別可以歸納如下表：

方言 例字	通　山	績溪嶺北	休　甯	太　平	雙　峯	湘　鄉
*ai：敗買帶賴矮艾 鞋蟹	a	a	a	a	a	a
*ɑi：齊債寨柴豺	a	æ	a	a	a	a

*ɑi：臺待代袋	œ	æ	o	ɛ 台 ie 袋	ue	uai
*ɑi：蔡(泰)荼(哈)	a	æ	o ɤ	ie 荼	ie	ai
*ɑi：該蓋開愛	œ	æ	uɤ	ie	ue	uai
*uɑi：貝背配	ai	æ	ɤ	ie	ie	ai
*uɑi：對隊兌	ai	æ	o	ie 對	ue	uai
*uɑi：灰回會	fai	huæ	huɤ	šie 灰	hue, hue	huai

　　湖南桂東鄖縣方言中切韻前 *ai 和後 *ɑi 合流，桂東方言讀 æ，鄖縣方言讀 e。可是在舌根音喉音聲母後邊 *ai 讀開口，ɑi 讀合口，所以皆街 (*kai) 在桂東方言中讀 kæ，在鄖縣方言中讀 ke；該蓋 (kɑi) 在桂東方言中讀 kuæ，在鄖縣方言中讀 kue。

　　很多漢語方言中切韻前 *ai 和後 *ɑi 都合流了，後 *ɑi 向前 *ai 靠攏。這些方言分佈在北方、西北、西南、東北、安徽的大部分，江蘇的北部、湖北的大部分、湖南的大部分和江西的小部分。在這些方言中齋柴和再在同韻，皆界和該蓋也同韻。在這些方言中 *ai/ɑi 或仍然讀成複合元音，或讀成單元音，據現在發表的材料看來，有下列幾種可能：

複合元音

- ai 武昌、漢口、枝江、來鳳、鍾祥、
石門、蘄春、孝感、黃安、長沙、
桃源、汝城、江華、宜章、常德、
臨澧、祁陽、桑梢、寧遠、永明、
華容、臨湘、綏寧、祿豐、蒙自、
貴陽、桂林
- ae 羅次、元謀、永勝、陸良
- aɛ 鄧川
- ɛi 沅陵
- ei 鳳儀

單元音

- a 南通市、大冶、寧鄉、祥雲、
新平、石屏
- æ 茶陵、衡山、安仁、安化、新
化、彌渡、寧洱
- ɛ 漵浦、昆明、呈貢、蘭坪
- ə 常寧、耒陽、鄖縣、巿陽

　　另外有些方言中 *ai 與舌根音喉音聲母結合後發生顎化作用，發生之介音，聲母顎化，有時元音升高。 這種顎化作用大概最早發生在北方。 客家方言來自北方，在梅縣客家方言（橋本萬太郎 1973）中有八個 *kai 字（階街介界芥屆戒解）都讀成 kjiai。在這些發生顎化作用的方言中本來是 *kai 和 *kɑi 的對立，成了下列的對立情形。有時顎化作用沒有把所有的 *ai 韻帶舌根音喉音聲母的字都改換過來。例如街鞋等字沒有顎化。

tšiai 和 kai	棗陽（hai 鞋）、安陸（kai 街、hai 鞋）
tšiɐɛ 和 kɐɛ	南京市（tšie又 街階）
ciaɛ 和 kaɛ	烟臺
tšiæ 和 kæ	新海連市、陽新（hæ 鞋）、安仁（kæ 屆、hæ 鞋）
tšiɛ 和 kɛ	靈寶、徐州市、蕪湖方村（kɛ 街）
tšiE 和 kE	合肥
tšiɛ 和 kai	太原、邠縣
tšie 和 kai	瀋陽
tšiə 和 kai	濟源
cie 和 kai	榮成
tšiæ 和 kɛ	濟南
tšie 和 kɛ	西安、蘭州
tši乂 和 kɛ	西寧

句容、揚州市、高郵、鹽城、淮陰、泰州、如臯諸方言中 *kai 有文白兩讀 tšiɛ 和 kɛ。

　　有些方言顎化作用只影響到少數字，例如：

tšiai 和 kɑi	漢川（tšiai 偕諧介，šiai 儕）、沔陽（tšiai 解介界械）、天門（tšiai 解介解）、利川（šiai 諧）、隨縣（tšiai 皆介界戒械、šiai 偕諧）、雲夢（tšiai 解介、šiai 諧）、石首（šiai 偕諧）、通城（tšiai 階 、šiai 偕諧）、蒲圻（šiai 偕諧鞋）、監利（šiai 偕諧）、資興（šiai 諧鞋）、平彝（šiai 偕諧）、鶴慶

(tšiai 戒械、šiai 偕諧懈)、<u>保山</u>（šiai 偕諧）

tšiæ 和 kæ　　<u>咸寧</u>（šiæ 偕諧）、<u>崇陽</u>（šiæ 諧）、<u>銅陵</u>（tšiæ 皆階、žiæ 偕諧解懈）、<u>麗江</u>（šiæ 偕諧）

šiɛ 和 kɛ　　<u>宜良</u>（šiɛ 偕諧）

šie 和 ke　　<u>賓川</u>（šie 偕諧）

在這些方言中日常用的口語字像街鞋等採取白讀，不受顎化作用的影響，比較文雅的辭彙像偕諧等採取文讀，受顎化作用的影響。<u>四川</u>方言（<u>四川大學</u>1960）中列舉了廿五個方言點，街字都不顎化，諧字都顎化。<u>會理</u>、<u>西昌</u>、<u>寧南</u>這三個方言所有的 *ai 帶舌根音喉音聲母的字（街諧解皆界）都不顎化。解字在<u>渠縣</u>、<u>自貢</u>方言中都有兩讀 tšiɛi 和 kai。皆字在<u>眉山</u>、<u>射洪</u>、<u>南溪</u>、<u>雅安</u>、<u>渠縣</u>、<u>遂寧</u>、<u>南江</u>、<u>黔江</u>、<u>青川</u>、<u>重慶</u>、<u>自貢</u>方言中都不顎化，皆字在<u>榮縣</u>方言中有兩讀 tšiɛi 和 kai。

在這些<u>切韻</u>前 *ai 和後 *ɑi 合流的方言中，<u>切韻</u>咍韻（*əi）和泰韻開口（*ɑi）讀的相同，<u>切韻</u>灰韻（*iei）和泰韻合口（*uɑi）都讀成 *uei。唇音聲母後邊很少保存合口介音，大多數讀 *ei。舌頭塞音聲母後邊和舌頭塞擦音擦音聲母後邊有的方言中丟掉了合口介音。舌根音喉音聲母後邊永遠保持合口介音；清喉擦音合口聲母在有的方言中讀成唇齒擦音 f。有少數方音舌頭塞擦音擦音聲母和合口介音連在一塊儿讀成顎化聲母 tšy 或者 tši。

唇　音	舌頭塞音	舌頭塞擦音擦音	舌根音喉音	方　　　　　　　言
puei	tuei	tsuei	huei	汝城
pei	tuei	tsuei	huei	北京市、枝江、沅陵、華陽、羅次、祿豐、祥雲、鳳儀、貴陽、蘭州、西寧
pẽi	tuẽi	tsuẽi	huẽi	彌渡
pei	tuei/y	tsuei/tšy	huei	如皋
pe	tuei	tsuei	huei	寧洱
pɛ	tuei	tsuei	huei	呈貢（貝＝敗）

pei	tuei	tsuei	fei	江華
pei	tuei	tšyei	huei	宜章
pei	tuei	tšyei	fei	來鳳
pei	tei	tsuei	huei	武昌、常德
pĩ	tĩ	tsuei	huei	鹽城
pei	tei	tsei	huei	邳縣、新海連市、淮陰、蕪湖方村、漢口、臨澧、永勝
pei, pi	tei	tsei	fuei	益陽
pei	tei	tsei	fei	長沙
puəi	tuəi	tsuəi	huəi	鄖縣
pəi	tuəi	tsuəi	huəi	濟源、南京市、祁陽、鄧川、元謀
pəi	tuəi	tsuəi	fəi	寧遠
pi	tuəi	tsuəi	fi	永明
pɿi	tuəi	tsuəi	huəi	揚州市
pĩ	tuəi/y	tsuəi/tšy	huəi	高郵
pei	tuə̃i	tsuə̃i	huə̃i	洱源
pəi	təi	tsuəi	huəi	鍾祥、桑植
pəi	təi	tsəi	huəi	句容、石門、溆浦、桂林（?）
pəi	təi	tsəi	fəi	桃源
pi	tui	tsui	hui	耒陽
pi	tui	tsui	fi	常寧
pe	tui	tsui	hui	安仁
pəi	tui	tsui	hui	南昌
pi	tui	tšyi	hui	麻陽
pi	ti	tsi	fi	平江
pi	ti	tši	huəi	蘄春
pi	ti	tši	hui文 huai白	奉新

pi	ti	tši	huei	孝感、華容
pi	ti	tši	fi	通城、崇陽
pi	ti	tši	fei	蒲圻、安化
pi	ti	tši	fəi	黃安、臨湘
pe	tue	tsue	hue	徐州市、贛縣、昆明、新平、石屏
pe	tue	tšye	hue	蒙自
pe	te	tšye	hue	南通市
pe	te	tse	hue	銅陵、茶陵、陸良
pe	te	tse	fe	綏寧
pe	te	tse	fui	新化
pɛ	tuɛ	tsuɛ	huɛ̃	蘭坪
pɛ	tɛ	tsɛ	fuɛ	寧鄉
pai	tai	tsai	huai	大冶
pai	tai	tsai	fai	通山、衡山

三、前 *am/p 和後 *ɑm/p

　　前 *am 包括切韻咸銜韻字，咸銜兩韻混用不分，在經典釋文中可以看得出來（王力經典釋文反切考龍蟲並雕齋文集3.191-192）。後 *ɑm 有兩個來源：第一個來源是切韻的談韻(*ɑm)，第二個來源是切韻的覃韻(*əm)。談覃的分別在有些漢語方言中還保存著，尤其是在舌頭音聲母的後邊。粵語方言客家方言中切韻的談覃無別，舌頭音聲母字讀的都與前 *am 相同。粵語方言中廣州、香港、賓陽、蒼梧、岑溪、容縣、思賀、石南、藤縣都分前 *am 和後 *ɑm。海心、臺山、鬱林、南寧平話沒有前 *am 和後 *ɑm 的分別。客家方言中像梅縣、沙頭角、大鵬、桃園、下洋、長汀、楊村、涼水井都沒有前 *am 和後 *ɑm 的分別。萬安客家方言也沒有前 *am 和後 *ɑm 的分別，都讀成 eŋ。有些江西方言中談韻字和覃韻字在舌頭音聲母後邊有時讀的不同。談韻字在舌頭音聲母後邊讀成 *am，覃韻字在舌頭音聲母後邊有的讀

*am，有的讀 *ɑm（南昌方言的雙唇鼻音韻尾轉讀成舌頭鼻音，貴溪方言的雙唇鼻音韻尾轉讀成舌根鼻音）。

例字 方言	耽	貪	潭	譚	鐔	探	南	男	簪	參	慘	蠶	婪
奉 新	tom	thom	thom	thom		thom	lom	lom	tsom			tshom	tshom
高 安	tam	thom	文 hom 白	tham		thom	lom	lom	tsom	tshom	tshom	tshom	
			hom	hom		hom							
臨 川	tam	thom	tham	tham		thom	lam	lam	tsom	tham	tham	tshom	lom
南 昌		thon	than	than		thon	lan	lan	tson	tshan 楊	tshan	tshon	
貴 溪	taŋ	thaŋ		thaŋ		thaŋ	naŋ	naŋ		tshaŋ	tshaŋ	tsheŋ	

江西方言像奉新、高安、臨川、南昌、貴溪都有前 *am 和後 *ɑm 的分別。在這些方言中 *am 讀 *am，*ɑm 讀 *om（貴溪例外）。

　　切韻談韻和覃韻的分別在江蘇常熟方言中可以清清楚楚的看得出來，切韻覃韻字（譚探南男蠶慘感堪函含暗）都讀 əŋ 韻，和切韻痕登韻相同（另外有柑談敢談岸定也讀 əŋ 韻）。何大安南北朝韻部演變研究（32頁）說：「覃韻在南北朝時是獨立成部的」。在別的吳語方言中談韻在舌頭音聲母後邊都讀成 *am、覃韻在舌頭音聲母後邊仍然讀 *ɑm，這個 *ɑm 讀的和 *(u)ɑn 相同；在分 *ɑn 和 *uɑn 的吳語方言（海門、崇明、嘉定、松江）中，*ɑm 讀的和 *ɑn 相同。這似乎暗示吳語方言在鼻化作用發生之前還有雙唇鼻音韻尾。*ɑm 的雙唇韻尾與合口介音不能並存。可是前 *am 和前 *an 合拼，沒有留下任何痕跡，吳語方言也有前 *am 和後 *ɑm 的分別。

例字 方言	貪	探	男南	參慘	蠶	敢感	坩	甘柑	函	含	暗	盤
蘇 州 市	thø	thø	nø	tshø	zø	kø	khø	kø	hø	hø	ø	bø
上 海 市	thø	thø	nø	tshø	zø	kø	khe	kø	hø	hø	ø	bø
平 陽	thø	thø	nø	tshø	zø	kø	khø	kø		hø	ø	bø
溫 州	thø	thø	nø	tshø	zø	ky	khø	ky		hø	ø	bø

方言												
溫嶺			nɕ		zɕn							
無錫市	tho	tho	no	tsho	zo	ko	kho	ko	ho	ho	o	bo
常州市	thɤ	thɤ	nɤ	tshɤ	zɤ	kɤ	khɤ	kɤ	hɤ	hɤ	ɤ	bɤ
武義			hnɤ		zɤ							
海門	thie	(thɛ)	nie	tshe	ze	kie	khie	kie	hie	hie	e	bie
崇明	thie		nie	tshe	ze					hhie	e	bie
嘉定	thie	thie	nie	tshie	zie	kie	khie	kie	hie	hie	ie	bie
松江	the	the	ne	tshe	ze	ke	khe	ke	hiɛ			be
金華	the	the	hne	tshe	ze	ke	khe	ke		he		bue
寧波	thEi	thEi	nEi	tshEi	zEi	ki	(khɛ)	ki	hEi, he	hEi, he	e	bu

　　在少數其他區分前 *an 和後 *ɑn 的方言（黃梅方言是例外）中，切韻覃韻字與後 *ɑn 合流（黃梅方言中，與 *uan 合流）。在有些這種方言中連舌頭音聲母的覃韻字也歸入 *ɑn 韻（當然有少數例外字與 *an 合流），下表可以說明這種現象。

例字　方言	貪	探	南	慘	蠶	感	敢	合	暗
黃梅	thon		nan	tshon		kan	kan	han	ŋan
平江	thon		lon	tshon		kon	(kan)	khon	ŋon
岳陽	thon		non	(tshan)		kon		(han)	ŋon
臨湖	thon		non	(dzan)		kon		hon	ŋon
蕪湖方村	thõ	thõ	nõ		shõ				ŋõ
銅陵	thõ	thõ	nõ	tshõ	zõ	kũ	kũ	hũ	ŋũ
如皋	thũ	thũ	nũ白	tshũ白	tshũ白	kũ	kũ	hũ	ũ白
泰州			nũ白		tshũ白			hũ白	ũ白
南通市	thỹ	thỹ	n̮ỹ	tšhỹ	tšhỹ	kũ	kũ	hũ	ũ
陽新	thõe		nõe	tshõe		kõe	kõe	hõe	ŋõe

通	山	thõɛ		nõɛ			kõɛ	kõɛ	hõɛ	ŋõɛ
崇	陽	thɤ		nɤ	zɤ		kɤ	kɤ	hɤ	ŋɤ

　　其餘的方言中雙唇鼻音韻尾都與舌頭鼻音韻尾合流，可以與下節同時討論。雙唇鼻音韻尾的轉變成爲舌頭鼻音韻尾最早被人注意是由於唐宋以來北方話變成普通官話。這種普通官話裏沒有雙唇鼻音韻尾，是在中原一帶慢慢成長起來的，後來漸漸推行到西北、西南、東北、安徽、江蘇、湖北、湖南、江西（參看楊耐思近代漢語 -m 的轉化，語言學論叢 7.16-26, 1981）。其實雙唇鼻音韻尾轉變成爲舌頭鼻音韻尾早在漢朝秦隴一帶和蜀郡就已經發生了，不過僅憑少數韻文通押的例證，羅常培周祖謨的漢魏晉南北朝韻部演變研究第一分册裏沒敢確定的說。可是在不止一處，羅先生和周先生提到從 -m 變成 -n 的可能（見 53, 61-62, 62, 88, 88, 93, 99, 99, 99頁）。

　　前 *ap 包括切韻洽狎韻字，洽狎兩韻混用不分，在經典釋文中可以看得出來（王力經典釋文反切考龍蟲並雕齋文集 3.192）。後 *ɑp 有兩個來源：第一個來源是切韻的盍韻（*ɑp），第二個來源是切韻的合韻（*əp）。粵語方言客家方言中盍合兩韻舌頭音聲母的字都讀入 *ap 韻。粵語方言中廣州、香港、賓陽、蒼梧、岑溪、容縣、思賀、石南、藤縣分前 *ap 和後 *ɑp。海心、臺山、鬱林、南寧平話沒有前 *ap 和後 *ɑp 的分別。客家方言像梅縣、沙頭角、大鵬、桃園、下洋、楊村、涼水井都沒有 *ap 和 *ɑp 的分別。例如甲（*kap）和鴿（*kɑp）在梅縣、大鵬、桃園、楊村等方言中都讀 kap；在涼水井方言中都讀 kaʔ；在長汀方言中甲讀 ka，鴿讀 ko；在萬安方言中甲讀 ko，鴿讀 kau。沙頭角客家方言中匣合盒嗑都讀 hap。江西方言像奉新、高安、臨川、南昌、貴溪都有前 *ap 和後 *ɑp 的分別。這些方言中，和粵語方言一樣，都是前 *ap 讀 *ap，後 *ɑp 讀 *op。奉新高安方言中盍合韻在舌頭音聲母後邊有分別，盍韻字讀 *ap，合韻字讀 *ɑp。南昌方言中雙唇塞音轉讀舌頭塞音。貴溪方言中雙唇塞音讀喉塞音，雜合讀 eʔ。

方言 \ 例字	狹	膁	踏	塔	搭	答	雜	納	合
奉新	hɑp	lɑp	thɑp	thɑp	tɑp	top	tshop	lop	hop
高安	hɑp	lɑp	thɑp	thɑp	tɑp	top	tshop	lop	hop
臨川	hɑp	lɑp	thɑp	thɑp	tɑp	tap	tshap	lɑp	hop
南昌	hat甲	lat	that	that	tat	tat	tshat	lat	hɔt
貴溪	haʔ	laʔ	thaʔ	thaʔ	taʔ	taʔ	tsheʔ	naʔ	heʔ

切韻的盍韻和合韻的分別在吳語方言中還可以看得出來，在舌頭音聲母後邊，盍韻字讀 *ap，合韻字讀 *ɑp。*ap 與 *at 合流，*ɑp 與 *at 合流。

例字 / 方言	at*	*dat	*ap	盍 *ap>*ɑp						合 *əp>*ɑp				*kat
	瞎	達	匣	臘	踏	塌	塔	搭	答	雜	納	鴿	合	割
常熟	haʔ	daʔ	haʔ	laʔ	daʔ	thaʔ	thaʔ	taʔ	təʔ	dzəʔ	nəʔ	kəʔ	həʔ	kəʔ 文 koʔ 白
常州市	haʔ	daʔ	haʔ	laʔ	daʔ	thaʔ	thaʔ	taʔ	taʔ	zaʔ	nəʔ	kəʔ	həʔ	kəʔ
嘉定	haʔ	daʔ	haʔ	laʔ	daʔ	thaʔ	thaʔ	taʔ	təʔ	zəʔ	nəʔ	kəʔ	həʔ	koʔ
上海市	haʔ	daʔ	haʔ	laʔ	daʔ	thaʔ		taʔ təʔ	taʔ təʔ	zaʔ zəʔ	naʔ nəʔ	kəʔ	həʔ	kəʔ
海門	haʔ	daʔ	haʔ	laʔ	daʔ	thaʔ	thaʔ	taʔ	taʔ	dzəʔ	nəʔ	kəʔ	həʔ	kəʔ
崇明			haʔ		daʔ		thaʔ		taʔ	dzaʔ			hhəʔ	
蘇州市	haʔ	daʔ	haʔ	laʔ	daʔ	thaʔ	thaʔ	taʔ	taʔ	zəʔ	nəʔ	kəʔ	həʔ	kəʔ
無錫市	haʔ	daʔ	haʔ	laʔ	daʔ	thaʔ	thaʔ	taʔ	taʔ təʔ	zəʔ	nəʔ	kəʔ	həʔ	kəʔ
松江	hɛʔ	dɛʔ	hɛʔ	lɛʔ	dɛʔ	thɛʔ	thɛʔ	tɛʔ	təʔ	zəʔ	nəʔ	kəʔ	həʔ	kəʔ
武義		duɑ		hluɑ			thuɑʔ	ʔluɑ	ʔlɤ	zɤ	hnɤ		hɤ	kɤʔ
溫嶺			həʔ	ləʔ	dəʔ		thəʔ	təʔ		zɸʔ			həʔ hiʔ	tšiʔ
溫州	ha	da	ha	la	da	tha	tha	ta	tɸ	zɸ	nɸ	kɸ	hɸ	kɸ

平　陽	hɔ	dɔ	hɔ	lɔ	dɔ	tʃʰɔ	tʰɔ	tɔ	tɕ	zɕ	nɕ	kɕ	hɕ	kɕ
金　華	hwua_白	dua_白	hwua_白	lua_白	dwua_白	tʰaʔ_文	tʰwua_白	tua	tua_白	ze_白	naʔ_文	ke	he_白	ke_白
紹　興	-æʔ	-æʔ	-æʔ				-æʔ				-æʔ	-eʔ		-eʔ_渴
寧　波	haʔ	daʔ	haʔ	laʔ	daʔ	tʰaʔ	tʰaʔ	taʔ	taʔ	dzaʔ	naʔ	kaʔ	haʔ	kaʔ

其他方言仍然分別切韻盍韻字和合韻字的有平江和銅陵兩個方言。

例字 方言	恰	臘	踏塔	答	雜	納	鴿	合
平　江	khaʔ	laʔ	thaʔ	toʔ	tshoʔ	noʔ	koʔ	hoʔ
銅　陵	tʃʰio	lɒ	thɒ	tɒ	zɒ	næ	kæ	hæ

湖北通城方言有 al（甲_白鴨_白挿雜答搭箚塔納臘）與 ol（鴿合盍）之別，這種分別代表前 *ap 和後 *ap 的分別，*ap 只限於舌根音喉音聲母字。

四、前 *an/t 和後 *ɑn/t

前 *an 包括切韻山刪韻，山刪混用不分在經典釋文中已經可以看得出來（王力經典釋文反切考龍蟲並雕齋文集 3.174-175）。切韻寒韻舌頭音聲母字也讀入*an韻；可是海門崇明方言中把這些字讀成合口 *uɑn，所以沒有讀入 *an 韻。後 *ɑn 包括切韻寒韻字（舌頭音聲母字除外）。*uɑn 包括切韻桓韻字。

粵語方言像廣州、香港、海心、臺山、賓陽、蒼梧、岑溪、容縣、思賀、石南、藤縣諸方言中，前 *an 和後 *ɑn 有分別。*an 讀 an（臺山不分開合；鬱林石南讀 ɒn；思賀 *kan 讀 ken, *kuan 讀 kuen）。*ɑn 讀 *on。南寧平話不分 *an 和 *ɑn，可是 *uɑn 讀 un。*uɑn 都在舌根音喉音聲母後邊，只有棍（閂）字是捲舌擦音聲母字。*an 和 *uan 的演變非常一致。*uɑn 可以在唇音聲母後邊，也可以在舌頭音聲母後邊，也可以在舌根音喉音聲母後邊。在有些粵語方言中，因為聲母不同而讀音各異，臺山石南兩方言中沒有這種分別（請看下表）。

方言 \ 例字	*kɑn （干）	*kuɑn 舌根音等（官）	*puɑn 唇音（盤）	*suɑn 舌頭音（酸）
臺　　山	kon	kon	phon	lhon
石　　南	kun	kun	phun	θun
岑　　溪	kon	kun	phun	θun
蒼　　梧	kɔn	kun	phun	θun
賓　　陽	kön	kun	phun	lhun
藤　　縣	kɔn	kun	pun	lhun
海　　心	ken	ken	hon	lhon
容　　縣	kon	kun	phun	lhyn
思　　賀	kon	kun	phun	θyn(?)
廣州、香港	kɔn	kun	phun	syn

　　客家方言像梅縣、沙頭角、大鵬、桃園、下洋、長江、楊村、涼水井諸方言都分前 *an 和後 *ɑn。在鼻音聲母後邊 *pan 和 *puɑn 沒有分別，所以班板和盤半伴潘都讀 *an 韻。前 *an 讀 an（長江方言中舌頭鼻音韻尾讀舌根鼻音），後 *ɑn 不分開合都讀 on（下洋方言讀 ɔn；長江方言讀鼻化元音 ũ；下洋方言中，*kuan 和 *kuɑn 合流）。萬安方言不分 *an 和 *ɑn，都讀成 eŋ。許多江西方言（奉新、高安、臨川、南昌、貴溪）、湖北方言（通城、蒲圻、咸寧、通山、陽新、大冶、崇陽）、湖南方言（臨湘、平江、岳陽、醴陵、湘鄉、雙峯）、江蘇方言（泰州、如皋、南通市）和安徽方言（銅陵、蕪湖方村）中前 *an 和後 *ɑn 也有分別。

方言 \ 例字	*pan 班板	*kuan 關鰥	*kan 間艱	*kɑn 干乾	*kuɑn 官寬	*puɑn 盤半	*suɑn 酸算
通　　城	pan	kuan	kan白 tšien文	kon	kuon	pon	son
臨湘、平江、 岳陽	pam	kuan	kan	kon	kuon	pon	son
高　　安	pan	kuan	kan	kon	kuɛn	pɛn	son

奉	新	pan	kuan	kan	kon	kuen	pen	son
臨	川	pɑn	kuɑn	kɑn	kon	kuon	pon	son
南	昌	pan	kuan	kan	kɔn	kuɔn	pɔn	suɔn
貴溪醴陵		paŋ	kuaŋ	kaŋ	koŋ	kuoŋ	poŋ	soŋ
蕪湖方村		pã	kuã	kã	hõ漢 hã漢	kõ	põ	sõ
銅	陵	pã	kuã	tšiã	kũ	kuõ	põ	sõ
南 通 市		pã	kuã	kã白 tšiɛ̃文	kũ	kũ	pũ	šỹ
泰	州	pɛ̃	kuɛ̃	kɛ̃白 tšiɛ̃文	kũ	kũ	pũ	sũ
如	皋	pẽ	kuẽ	kẽ白 tšiẽ文	kũ	kũ	pũ	sũ
蒲	圻	pan	kuan	han關 tšian間	kœn	kuœn	pœn	sœn
咸 寧、通 山		pã	kuã	kã白 tšiã文	kœ̃	kuœ̃	pœ̃	sœ̃
陽	新	pæ̃	kuæ̃	kæ̃白 tšiæ̃文	kœ̃	kuœ̃	pœ̃	sœ̃
大	冶	pã	kuã	kã白 tšiã文	kẽĩ	kuẽĩ	pẽĩ	sẽĩ
湘	鄉	pã	kuã	kã	kuẽ	kuẽ	piẽ	šyẽ
雙	峯	pã	kuã	kã	kuẽ	kuẽ	piẽ	tuẽ端 suã酸
太	平	pã板	kuã	kã碱	kɛ̃乾	kuɛ̃官	fɛ̃盤	sɛ̃酸
崇	陽	pã	kuã	ka白 tšiɛ̃文	kɤ	kuɤ	pɤ	sɤ

上面這些方言中都有前 *an 和後 *ɑn 的分別。前 *(u)an 讀 *(u)an；實際上有種種變讀，例如臨川的 (u)ɑn，貴溪醴陵的 (u)ɑŋ，銅陵、咸寧、通山、大冶、湘鄉、雙峯、崇陽的 (u)ã，蕪湖方村、南通市的 (u)ã，陽新的 æ̃。泰州的 ɛ̃，如皋的 ẽ。後 *(u)ɑn 讀 *(u)on。*(u)on 的變讀更多：有 (u)ɔn（南昌），有 (u)oŋ（貴溪醴陵），有 (u)õ（蕪湖方村、銅陵），有 ũ（銅陵），有 ū（南通市、泰州、

如皋），有 ỹ（南通市）；(u)œn（蒲圻）和 (u)ɶ̃（咸寧、通山、陽新中的元音 œ 是和 *o 地位差不多的圓唇前元音）。下面大冶方言中 *(u)ɑn 韻讀的和 *ən 相似，都讀 ei̯，廣濟、衡山、湘鄉、雙峯、黃梅、奉新、高安、益陽、安化都有*(u)ɑn 和 *ən 合流的現象，請看下表。在這些方言中 *ən 和 *əŋ 不分。

例字 / 方言	唇音聲母		舌根音喉音聲母				舌頭音聲母	
	*uɑn 盤半判	*ən 崩彭	*ɑn 干	*ən 跟根耕羹庚	*uɑn 換喚	*uən 橫	*uɑn 酸算端	*ən 僧生登
大冶	peĩ		keĩ		hueĩ		seĩ	
廣濟	phẽ		kẽ		huɛ̃	huən	sõ	sɛ̃
衡山	paĩ		kã	kaĩ	faĩ	fʌŋ	saĩ	
湘鄉	piẽ		kuẽ	kẽ	fẽ	fʌŋ	šyẽ	šiẽ
雙峯	ɥiɛ̃		kuɛ̃	kiɛ̃	huɛ̃	huən	tuɛ̃	tiɛ̃
黃梅	pən		kan	kən	huan	huən	son	sən
奉新	pen		kon	ken	huen		son	sen
高安	pɛn		kon	kiɛn	uɛn		son	sɛn
益陽	pɤ		kã	kɤ	fuɤ	uən	sɤ	
安化	pɤ	pən	kã	kɤ	fɤ	uən	sɤ	

　　廣西南寧平話、江西贛縣方言、湖北嘉魚方言，湖南華容、通道、瀏陽、沅江、會同、湘潭、湘陰、寧鄉、長沙、南縣、安化、衡山方言、江蘇新海連市、揚州市、鹽城、高郵、淮陰方言和安徽合肥方言中合口 *uɑn 另有一種讀法，或讀 *uon（南寧平話），或讀 *on。*on 有種種變體：(u)en（嘉魚）、on（華容、通道、會同、湘陰）、õ（贛縣、長沙、南縣、淮陰、揚州市、鹽城）、ɔn（湘潭）、ɔŋ（沅江）、œ̃（湘陰）、φ̃（沅江）、ũ（高郵、合肥）、ũ（瀏陽）、ɤ（安化）、ãi̯（衡山），請參看下表。

方言＼例字	唇音聲母 *an 板辦	舌根音喉音聲母 *uan 關鰥慣	*an 間閑限	*ɑn 干漢	*uɑn 官觀棺	唇音聲母 *uɑn 搬盤半	舌頭音聲母 *uɑn 酸算
南寧平話	phan	kuan	kan	kan	kun	pun	sun
嘉魚	pan	kuan	kan白 tɜian文	kan	kuen	pen	sen
華容、通道	pan	kuan	kan	kan	kon	pon	son
會同	pan	kuan·	tšien	kan	kon	pon	son
湘陰	pan	kuan	kan	kan	kon	pon	sœ̃
湘潭	pan	kuan	kan	kan	kɔn	pɔn	sɔn
沅江	pan	kuan	kan	kan	kɔŋ	pan	sɤ̸
贛縣	pã	kuã	šiã	hã	kõ	põ	sõ
寧鄉	pã	kuã	kã	kã	kon	pon	son
長沙、南縣	pã	kuã	kã	kã	kõ	põ	sõ
淮陰	pã	kuã	tšiã	kã	kõ	põ	sõ
新海連市	pɛ̃	kuɛ̃	tšiɛ̃	kɛ̃	kõ	põ	ʂõ
揚州市、鹽城	pɛ̃	kuɛ̃	kɛ̃白 tšiɛ̃文	kɛ̃	kõ	põ	sõ
高郵	pɛ̃	kuɛ̃	kɛ̃白 tšiɛ̃文	kɛ̃	kū	pū	sū
合肥	pɛ̃	kuɛ̃	tšiɪ̃	kɛ̃	kū	pū	sū
瀏陽	pã	kuã	kã	kã	kũ	pũ	sũ
安化	pã	kuã	kã	kã	kuɤ	pɤ	sɤ
衡山	pã	kuã	kã	kã	kuaĩ	paĩ	saĩ

另外有幾個湖北方言（廣濟、監利、黃梅）和湖南方言（攸縣、新化、洞口黃橋、茶陵、鄙陽、桂東、汝城）前 *an 和 *ɑn 的分別還沒有完全消失，還看得出一些殘留的痕蹟。

例字 方言	舌根音喉音聲母			唇音聲母		舌頭音聲母
	*uan/uɑn 關鰥慣官棺觀	*an 間眼限	*ɑn 干漢	*an 板	*uɑn 盤半	*uɑn 酸算
攸 縣	kuãi	kãi	hõ	pãi	põ	sõ
廣 濟	kuɛ̃	han白 tšiɛ̃文	kɛ̃	pã	pɛ̃	sõ
監 利	kuœn uan灣	kan白 tšiɛ̃文	kan	pan	pœn	sœn
新 化	kɔ̃ kuã慣	ŋã白 n̠iɛ̃文	kã	pã	pɔ̃	sɔ̃
洞口黃橋	kõ關 khõ寬 uã灣	hã閑 ŋiɛ̃眼	hã寒 kiæ̃干	pã	põ	sõ
黃 梅	kuan	kan白 tšien	kan	pan	pən	son
茶 陵	kuã	kã	kã	pã̌	phɔ̃	sɔ̃
酃 縣	kuã	kã	kuã	pã	pã	suã
桂 東	kuã	kã	kuã	pã	puã	suã
汝 城	kua	ka	ka干 hua漢	pã	pua	sua

　　湖南方言按照普通的說法有三種：湘方言、贛方言和官話方言，可是看不出來前 *an 和後 *ɑn 的演變和這種分類有什麼關連。上面已經討論過前 *an 和後 *ɑn 尚有分別的一些方言，下面是一些湖南方言其中前 *an 和後 *ɑn 已經合流了，後 *ɑn 向前 *an 靠攏。在這些方言中顎化作用非常微弱，最常見的受顎化作用影響的字是間字，間字有種種不同的顎化的讀法：tšian（常德、鳳凰）、tšien（臨澧、漢壽、邵陽、黔陽）、tšiaŋ（臨武、嘉禾、藍山）、tšiæŋ（桂陽）、tšiã（澧縣、常寧、永綏、瀘溪、麻陽）、tšiɛ̃（龍山、沅陵、綏寧）、tšiẽ（零陵、大庸、芷江、乾城、辰谿）。有些湖北方言（竹谿、竹山、羅田、英山、浠水、漢陽、漢川）中 *kan 有不受顎化與受顎化兩讀，其他湖北方言像武昌、漢口等地的方言 *kan 都已經完全顎化了。安徽績溪嶺北方言 *kan 有 kã 和 tšiã 兩讀。下面是這些方言中種種不同的

變讀。

an, uan	桃源、慈利、臨澧、安鄉、漢壽、黔陽、邵陽、常德、石門、古丈、靖縣、新寧、鳳凰
an, uen	衡陽
an, uon	晃縣
aŋ, uaŋ	郴縣、資興、桂陽、新田、臨武、東安、永明、嘉禾、藍山
ã, uã	澧縣、祁陽、常寧、寧遠、耒陽、安仁、永興、龍山、宜章、零陵、道縣、江華、桑植、大庸、永順、保靖、永綏、沅陵、瀘溪、芷江、麻陽、乾城
ɛ̃, uɛ̃	綏寧（干 tšiɛ̃、安 iɛ̃）
ẽ, uẽ	辰谿
a, uã	武岡
ɛi, uɛi	漵浦

大多數的官話方言中前 *an 和 後 *ɑn 都合流了，後 *ɑn 向前 *an 靠攏。*uan 和 *uɑn 也合流了。所以班和搬同韻，閂和酸同韻，關和官同韻，間和干有時讀音相同，有時不同。 前 *an 在舌根音喉音聲母後邊有時發生顎化作用，同時元音可能向前向上移動，所以 *kan 和 *kɑn 的讀音就會不同了。*kan 在漢語方言中顎化的可能性最高，許多方言中 *kai 沒有發生顎化作用，而 *kan 卻倒發生了顎化作用。下面是 *kan 受顎化作用的影響，*kɑn 不受顎化作用的影響，在現代官話方言中對比的大致情形。

元音不升高

tšian : kan	濟源、成都（字滙）
tšiã : kã	邠縣、西寧、桂林
tšiɛ̃ : kæ̃	徐州
tšiɛ̃ : kɛ̃	蘭州
tšiæ : kæ	麗江

元音升高

tšiɛn : kaŋ	嵩明		tšiɛ̃ : k ẽ	雅安
tšiɛn : kan	北京、峨嵋（陳郝）		tšiɛ̃ : kaŋ	玉溪、建水
tšiɛn : kaŋ	保山		tšiɛ̃ : kɑ̃	南京市
tšiɛn : kã	會澤		tšiɛ̃ : kã	昆明、峨山、峨嵋（四川大學）
tšiən : kan	維西		tšiĩ : kaŋ	瀾滄
tšin : kan	江陵		tšiĩ : kã	句容
tšin : kaŋ	鎮康		tšĩ : kaŋ	蒙自
tšin : kã	雙柏		tšĩ : kã	緬寧
tšiɛ̃ : kaŋ	廣通		tšiɛi : kaŋ	鄧川
tšiɛ̃ : kã	楚雄、景東		tšie : kã	蒙化
			tšie : ka	呈貢

吳語方言中低元音後邊的鼻音韻尾 *-m、*-n 都消失掉了。 前 *am 和前 *an 有相同的變化：有些方言中有鼻化成分，例如紹興東頭埭方言中讀成 ɛ̃，其他方言中把鼻音韻尾完全丟掉了，讀成單純元音，金華、溫州、崇明讀 a，溫嶺、寧波、無錫市、上海市、常州市、常熟、松江、嘉定、海門讀 ɛ，蘇州市讀 E，平陽讀 ɔ，武義讀 uo。 *an 韻和舌根音喉音聲母拼合在有些字中發生顎化作用。

例字 ＼ 方言	常熟	海門	嘉定	無錫市	常州市	蘇州市	上海市	松江
間	kɛ白 tšiE文	kɛ白 tšie文	kɛ白 tšie文	kɛ白 tšiɪ文	kɛ白 tšiɪ文	kE白 tšiɪ文	kɛ白 tšiɪ文	kɛ白 tši文
簡	tšiE	tšie	tšie	tšiɪ	tšiɪ	tšiɪ	tši	tši
陷	hiE	hie	hie	hɛ白 hiɪ文	hɛ白 hiɪ文	hiɪ	hɛ白 hi文	hɛ

*uan 多半在舌根音喉音聲母後邊，不發生顎化作用，演變和 *an 韻大致相同。 平陽方言 *an 和 *uan 都讀 ɔ。 金華、溫嶺、武義方言中 *kuan 和 *kuɑn 沒有分別。 *uan 讀和捲舌擦音聲母拼合，有一個椾（問）字讀的或者和酸（suɑn）字同韻，

或者和川 (*tšhiua/ɑn) 字同韻 (見下表)。

方言＼例字	門	酸	川	方言＼例字	門	酸	川
無 錫 市	sɸ	sɸ	tshɸ	平 陽	sɸ	sɸ	tšhyɸ
常 州 市	sɤ	sɤ	tshɤ	寧 波	šioy	šioy	tšhioy
常 熟	ʂɤ	sɤ	tʂhɤ	松 江	se	sɸ	tshe
上 海 市	sɸ	sɸ	tshɸ	嘉 定	sie	sɤ	tshie
蘇 州 市	sɸ	sɸ	tshɸ	紹 興	ẽ	ɸ̃	ẽ
海 門	sɸ	sɸ	tshɸ	金 華	šye	se	tšhye
溫 州	sɸ	sɸ	tšhy				

    *am 和 *an 的演變也大致相似。鼻音韻尾丟掉，有些方言還有鼻化作用，大多數方言中都讀單純元音，後元音 *ɑ 升高，上升的方向有向前向後，又有圓唇與不圓唇的分別。所以在吳語方言中有四種讀法：後元音圓唇 o，後元音不圓唇 ɤ，前元音圓唇 ɸ，前元音不圓唇 e。 根據 *an 韻演變的情形，吳語方言可以分成兩大類。第一類是 *an 和 *uan 讀的相同，只有在舌根音喉音聲母後邊有開合之分。這類吳語方言有無錫市、常州市、常熟、蘇州市、上海市、溫州、平陽、金華白、武義。

方言＼例字	舌頭音聲母		舌根音喉音聲母			唇音聲母	舌頭音
	*am(談)*an 三難	*am(覃) 南蠶	*am(覃) 敢談暗	*an 看安	*uan 官歡	*uan 半	*uan 暖酸
無 錫 市	ɛ	o	o	o	o	o	o
常 州 市	ɛ	ɤ	ɤ	ɤ	uɤ	ɤ	ɤ
常 熟	ɛ	əŋ	əŋ	ɤ	uɤ	ɤ	ɤ
蘇 州 市	E	ɸ	ɸ	ɸ	uɸ	ɸ	ɸ
上 海 市	ɛ	ɸ	ɸ	ɸ	ue	ɸ	ɸ
溫 州	a	ɸ	y, ɸ	y, ɸ	y	ɸ	ɸ

方言							
平陽	ɔ	φ	φ	φ	yφ	φ	φ
金華白	a	e	e	e	ua =*uan	ue	e
武義	uo	ɤ	ɤ		uo =*uan	uo =*an	ɤ

第二類吳語方言中 *an 和 *uan 讀音不同。*an 讀不圓唇的 e 或 ie，*uan 讀圓唇的 φ 或者不圓唇的 ɤ。這一類之中又可以分成兩小類。第一小類多半是浙江的吳語方言，在這些方言中看安這些字讀開口，半字讀合口。

例字 / 方言	舌頭音聲母			舌根音喉音聲母		唇音聲母	舌頭音聲母
	*am(談)*an 三難	*am(覃) 南蠶	*am(覃) 敢談暗	*an 看安	*uan 官歡	*uan 半	*uan 暖酸
紹興東頭埭	æ 淡膽	ẽ/φ 南	ẽ 敢含	ẽ 看岸	uẽ/uɸ̃ 官歡	φ̃ 滿	φ 暖短
溫嶺	ε	ɛ南 φ蠶		ie 看寒	uɸ 官換	φ	φ
寧波	ε	Ei	i 敢 e 暗	i 看 e 安	u	u	φ 暖 iθy 酸

*am 韻和 *an 和舌根音喉音聲母拼合在溫州方言中有兩種讀法 y 或 φ，這些字在寧波方言中也有兩種讀法 i 或 e。可是溫州的 y 並不完全與寧波的 i 相當；溫州的 φ 也不和寧波的 e 完全相當。並且在什麼情形之下讀 y 或 i，在什麼情形之下讀 φ 或 e，也不清楚。第二小類多半是江蘇的吳語方言，在這些吳語方言中看安讀合口，半讀開口。在海門崇明方言中連切韻寒韻舌頭音聲母的字（除少數字像旦但等）都讀合口。欄字有文白兩讀，白讀合口 lφ，文讀開口 lε。

例字 / 方言	舌頭音聲母			舌根音喉音聲母		唇音聲母	舌頭音聲母	舌根音喉音聲母
	*am(談)三	*an(寒)難	*am(覃)南蠶	*am(覃)敢暗	*uan(桓)官歡	*uan(桓)半	*uan(桓)暖酸	*an(寒)看安
松江	ε		e	e	ue	e	φ	φ
嘉定	ε		ie	ie	ue	ie	ɤ	ɤ
海門	ε	φ	ie 南 e 蠶	ie	ue	ie	φ	φ
崇明	a	φ	ie 南 e 簪	ie 含 e 暗	uie	ie	φ	φ

前 *at 包括切韻黠鎋韻，黠鎋韻混用不分在經典釋文中已經可以看得出來（王力經典釋文反切考龍蟲並雕齋文集3.175）。切韻曷韻舌頭音字也讀入 *at 韻（海門崇明方言也在此例）。後 *at 包括切韻曷韻（舌頭音聲母字除外）。 *uat 包括切韻末韻字。

粵語方言像廣州、香港、海心、臺山、賓陽、蒼梧、岑溪、容縣、思賀、石南、藤縣諸方言中，前 *at 和後 *at 有分別。鬱林方言不分 *at 和 *at，都讀 ɒt。其他粵語方言中前 *at 讀 at（臺山不分開合，石南讀 ɒt，思賀八讀 pet，刮讀 kuet）。後 *at 讀 *ot，有種種變體：臺山、岑溪、容縣、思賀讀 ot，廣州、香港、蒼梧、藤縣讀 ɔt，賓陽讀 öt，石南讀 ut。南寧平話不分 *at 和 *at，都讀 at，可是 *uat 讀 ut。 *uat 都在舌根音喉音聲母後邊，只有刷字是捲舌擦音聲母字。 *at 和 *uat 的演變非常一致。 *uat 可以在唇音聲母後邊，也可以在舌頭音聲母後邊，也可以在舌根音喉音聲母後邊。在有些粵語方言中，因為聲母不同而讀音各異，臺山、石南兩個方言中沒有這種分別。

方言 ＼ 例字	舌根音喉音聲母		唇音聲母	舌頭音聲母
	*kat 割	*huat 活	*puat 撥	*thuat 脫
臺　　　山	kot	uot	pot	hot
石　　　南	kut	ut		thut
岑　　　溪	kot	wut		thut
蒼　　　梧	kɔt	ut		thut
賓　　　陽	köt	hut		thut
藤　　　縣	kɔt	wut	ʔbut	thut
海　　　心	ket	uet		hot
容　　　縣	kot	ut		thyt
思　　　賀	kot	ut		thyt
廣 州、香 港	kɔt	wut	put	thyt

客家方言像<u>梅縣</u>、<u>沙頭角</u>、<u>大鵬</u>、<u>桃園</u>、<u>下洋</u>、<u>長江</u>、<u>楊村</u>、<u>涼水井</u>諸方言中都分前 *at 和後 *ɑt。前 *at 讀 at（<u>長汀</u>、<u>涼水井</u>方言沒有舌頭塞音韻尾）。<u>萬安</u>殺 *ṣat 讀 sa，割 *kɑt 讀 ka。在鼻音聲母後邊 *pat 和 *puɑt 沒有分別，所八拔和撥潑同韻（潑<u>長汀</u>讀 phue，<u>涼水井</u>讀 phoʔ）。後 *ɑt 不分開合都讀 ot 或 ɔt。*tɑu 和喉擦音聲母拼合像活闊這些字，有讀唇齒擦音的可能，同時韻母也讀成前 *at。這種現象不見於相當的陽聲韻中，陽聲韻字像歡緩換喚還讀後 *ɑn。<u>奉新</u>、<u>高安</u>、<u>臨川</u>三個<u>江西</u>方言仍然保存著舌頭塞音韻尾，與雙唇塞音韻尾不混。

例　字 方　　言	唇音聲母 bat 拔	捲舌音聲母 *tṣhat 察	唇音聲母 *phuɑt 潑	舌音喉音聲母 *khuɑt濶	*khɑt 渴	舌頭音聲母 *thuɑt 脫
梅　　縣	pat	tshat	phat	fat	hot	thot
沙　頭　角	phat	tshat	pat 鈢	fat	hot	thot
大　　鵬	phat	tshat	phat		hot	thot
桃　　園	phat	tshat	phat	fat	hot	thot
下　　洋	phat 鈋	tshat	phat	fat 活	hɔt	thɔt
長　　汀	pha	tsha 擦	phue		ho	thue
楊　　村	phat	tshat	phat		hot	thot
涼　水　井	paʔ 八	tshaʔ 擦	phoʔ	faʔ	hoʔ	thoʔ
奉　　新	phat	tshat	pet 撥	khuet	hot	thot
高　　安	phat	tshat	phɛt	khuɛt	khot	thot
臨　　川	phat	tshɑt	phot	khuot	khot	thuot

上面所討論的方言中塞音韻尾 *-p 和 *-t 都還有分別，並且入聲韻的演變大致和陽聲韻的演變相平行著。下面所討論的方言中 *ap 和 *at 合流，*ɑp 和 *ɑt 合流。<u>南昌</u>方言 *ap 和 *at 都讀 at，*ɑp 和 *ɑt 都讀 *ot(ɔt)。<u>通城</u>方言 *ap 和 *at 都讀 *at(al)，*ɑp 和 *ɑt 都讀 *ot(ol)。

<u>江西貴溪</u>、<u>湖北蒲圻</u>、<u>通山</u>、<u>湖南平江</u>、<u>桂東</u>、<u>安徽蕪湖方村</u>、<u>合肥</u>、<u>江蘇淮</u>

陰、南通市、鹽城、揚州市、高郵、泰州、如皋這些方言只有喉塞音韻尾。江西、
贛縣、湖北陽新、咸寧、廣濟、監利、黄梅、嘉魚、崇陽、大冶、湖南臨湘、醴陵、
寧鄉、華容、湘陰．湘潭、沅江、長沙、南縣、攸縣、新化、茶陵、鄧縣、衡山、
洞口黄橋、汝城、岳陽、湘鄉、雙峯、瀏陽、安化(通道、會同、益陽、文獻不足)、
安徽銅陵，江蘇新海連市這些方言把塞音韻尾完全丟掉了。在這些方言中除了合肥和
新海連市兩個方言之外，前 *at 和後 *ɑt 都清清楚楚的分開了。漢語方言中刷 *ʂuat
字的讀法有兩類：在第一類方言中刷字讀的和前 *at 同韻，這裏所討論的方言多半都
屬於此類，粵語方言也多屬於此類；另外一類像客家方言像梅縣、沙頭角、桃園、下
洋等方言（涼水井方言刷讀 suaʔ）以及奉新、高安、臨川、南昌、貴溪、通城、崇
陽、平江、醴陵、瀏陽等方言都把刷字讀的和後 *ɑt 同韻。

切韻前 *at 在這些方言中讀的比較一致，大多數讀 aʔ 或者 a。蕪湖方村南通市
讀 ɑʔ，可是沒有 aʔ。新海連市讀 ɑ，可是沒有 a。鹽城、揚州市、高郵、泰州讀
æʔ，可是沒有 aʔ。合肥讀 ɐʔ，可是沒有 aʔ。如皋方言讀 eʔ，如皋也有 aʔ，是代
表切韻 *ak 韻的字。大冶方言讀 ɔ，大冶也有 a ，是代表切韻 *ai 韻的字 。前 *a
在有些方言中在不同的環境中演變相同：

*a	*at	*an	
a	at	an	南昌
a	al	an	通城
a	aʔ	an	平江、蒲圻
a	a	an	臨湘、華容、湘潭、湘陰、沅江、監利、黄梅、岳陽、嘉魚
a	aʔ	aŋ	貴溪
a	a̠	aŋ	醴陵
a	a	ã	贛縣、咸寧、廣濟、崇陽、長沙、南縣、新化、茶陵、鄧縣、衡山、洞口黄橋、安化
ɑ	ɑʔ	ã	蕪湖方村

在有些方言中，演變稍有不同，不過只是語音上的變體，例如：

*a	*at	*an	
ɑ	aʔ	ã	淮陰（沒有 a）
ɑ	æʔ	æ̃	鹽城、揚州市、高郵（都沒有 æ）
ɑ	æʔ	ɛ̃	泰州（沒有 æ，ɛ 代表切韻 *ai）
ɑ	eʔ	ẽ	如皋（沒有 e）
ɒ	ɒ	ã	銅陵（沒有 a）
a	a	æ̃	陽新（沒有 ã）
a	a	ãi	攸縣（沒有 ã）

這裏表示 *at 在淮陰、泰州、如皋方言中的演變和陽聲韻相似，在銅陵、陽新、攸縣方言中的演變和陰聲韻相似。在另外有些方言中，像寧鄉、湘鄉、雙峯、南通市、通山這些方言中，切韻的前 *ai（拜帶柴街）讀 a，切韻的 *a 讀成另外一種元音，寧鄉方言讀 ɑ，湘鄉、雙峯、南通市方言讀 o，通山、太平方言讀 ɔ。桂東、汝城方言因為別的原因，切韻的前 *a 也讀成 ɔ 了。 在這些方言中 *at 的演變與陽聲韻的演變互相平行。

*a	*at	*an	
ɑ	a	ã	寧鄉
o	a	ã	湘鄉、雙峯
o	ɑʔ	ã	南通市
ɔ	ɔʔ		
	aʔ	ã	通山
ɔ	aʔ	ã	桂東、太平
ɔ	a	a	汝城

湖北通山入聲韻字有兩讀，切韻 *at 韻字（八拔瞎刮）都讀 aʔ，切韻 *ap 韻字（甲鴨狹）都讀 ɔʔ。aʔ 韻和陽聲韻 ã 相當，ɔʔ 韻和陰聲韻 ɔ 相當。在這裏所討論的這些方言中 *ap 和 *at 都已經合流了，湖北通山方言中所表現的 *at 讀 aʔ，*ap 讀 ɔʔ 的這種分別，是非常有趣的現象。

切韻 *ɑt 韻字在這些方言中有很多可能的演變：oʔ 貴溪、平江、淮陰、鹽城、

蒲圻（割喝），o 臨湘、醴陵、長沙、華容、湘潭、沅江、新化、衡山、陽新、廣
濟、監利、嘉魚（割喝），uʔ 泰州、如臯、高郵（割 kiɪʔ），ɔ 洞口黃橋，ɤ 瀏陽、
安化（割 kuɤ 又讀 kho）、崇陽，ɯʔ 桂東， œʔ 通山，eʔ 蒲圻（末活脫），e
岳陽、嘉魚（末脫），ɛ 太平（潑脫）。後 *ɑ 在有些方言中在不同的環境中演變相
同。

*ɑ	*at	*an	
o	tɔ	nɔ	南昌
o	ol	on	通城
o	oʔ	on	平江（œ 波安左鍋）湘陰（e 末，œ̃ 算，an 干）
o	o	on	臨湘、華容、寧鄉（ɛ 末）、湘潭（ɔn）、黃梅（ən 半、 uan 官）
o	oʔ	oŋ	貴溪
o	o	oŋ	醴陵
o	oʔ	õ	淮陰、蕪湖方村、揚州市
õ	oʔ	õ	鹽城
o	o	õ	贛縣、長沙、南縣、攸縣、新化（ɔ̃）、茶陵（ã 干、 uã 官）、廣濟（ɛ̃ 半、uɛ̃ 官）
u	uʔ	ũ	泰州、高郵（kiɪʔ）、如臯（*ɑːou）、南通市（*ɑː ʊ 與 u 不同）

在有些方言中，入聲韻的 *at 演變和陰聲韻的 *ɑ 演變相似，例如：

*ɑ	*at	*an	
o	o	œn	監利（an 干）
o	o	œ̃	咸寧、陽新
o	o	ɸ	沅江（an 半、干）
o	o	ẽi	大冶
o	o	ã	鄱陽（hue 活）
o	o	ãĩ	衡山（ã 干）

m	ɯ	uã	桂東

在另外有些方言中，入聲韻 *at 的演變和陽聲韻 *an 的演變相似，例如：

*ɑ	*at	*an	
o	ɤ	ũ	瀏陽
o	ɤ	ɤ	安化 (ã 干)
o	ɤ	ɤ	崇陽
o	e	en	嘉魚 (ko 割)
o	ɛ	ɛ̃	太平

湖北通山方言中，*ɑ 韻歌讀 o，多安左玻果讀 u，*at 喝讀 oʔ，*ap 鴿讀 oʔ，和陰聲韻 *ɑ 相當，另外有些 *at 韻字割闊活末脫都讀 œʔ，和陽聲韻 *an 字干官喚換半短酸都讀 œ̃ 相當。蒲圻方言陰聲韻 *ɑ 讀 o，入聲韻 *at 字割讀 oʔ，與陰聲韻相當。陽聲韻 *an 讀 œn。入聲韻 *at 合口字潤活末脫讀 eʔ，和陰聲韻陽聲韻都不相當。湖南岳陽方言陰聲韻 *ɑ 讀 o，陽聲韻 *an 讀 on，入聲韻 *at 讀 e。另外有四個湖南方言在入聲韻方面有些相似之處。

方言 \ 例字	舌根音喉音聲母			唇音聲母 末	舌頭音聲母 脫
	刮 *kuat	闊 *khuat	割 *kɑt	*muat	*thuat
湘 鄉	kue	khue	kue	mie	thye
雙 峯	kuɛ	khuɛ	kuɛ	miɛ	thuɛ
汝 城	kuæ	khuæ	kuæ	muæ	thuæ
安 化	kuɤ	khuɤ	kuɤ	mɤ	thɤ

下面所討論的這些方言有些方言中 *kan 和 *kɑn 已經靠攏了，二者或者讀的完全相同，或者 *kan 發生顎化作用，聲母顎化，產生 i 介音，有時元音提高。可是相當的入聲韻 *kat 和 *kɑt 從來不靠攏；合肥瞎讀 šieʔ，割讀 kɤʔ，同韻；新海連市瞎讀 šia，割讀 kɑ，同韻，這兩個方言中，*kat 和 *kɑt 似乎有靠攏的傾向。在很多前 *an 和後 *ɑn 的分別完全消失了的官話方言中，像南京市和句容等方言中，前

*at 和後 *ɑt 的分別仍然保存著：前 *at 和陰聲韻前 *a 的演變相似，後 *ɑt 和陰聲韻後 *ɑ 的演變相似。太原方言 *ɑt 有兩讀，一讀和 *at 相同。

方言＼例字	唇音聲母 *pat 八	舌根音喉音聲母 *kuat 刮	*hat 瞎	捲舌音聲母 *ʂuat 刷	舌根音喉音聲母 *kɑt 割	*khuɑt 閣	唇音聲母 *muɑt 末	舌頭音聲母 *thuɑt 脫
南昌城	pat	kuat	hat	suot	tɔt	khuɔt	mɔt	thɔt
通城	pal	kual	hal	sol	kol	ghol	mol	dhol
貴溪	paʔ	kuaʔ	haʔ	soʔ	koʔ	khuoʔ	moʔ	thoʔ
平江	paʔ	koʔ	khaʔ	soʔ	koʔ	khoʔ	moʔ	thoʔ
淮陰	paʔ	kuaʔ	haʔ	suaʔ	koʔ	khoʔ	moʔ	thoʔ
蒲圻	paʔ	kuaʔ	šiaʔ	saʔ	koʔ	ghueʔ	meʔ	dheʔ
通山	paʔ	kuaʔ	haʔ		kœʔ	khuœʔ	mœʔ	thœʔ
桂東	paʔ	kuaʔ	haʔ		kɯʔ			thuɯʔ
蕪湖方村	pɑʔ	kuaʔ	hɑʔ		hoʔ 喝	hoʔ 活		
南通市	pɑʔ	kuaʔ	hɑʔ	saʔ	kuʔ	khoʔ	moʔ	thyʔ
鹽城	pæʔ	kuæʔ	hæʔ	suæʔ	koʔ	khoʔ	moʔ	thoʔ
揚州市	pæʔ	kuæʔ	hæʔ	suæʔ	kəʔ	khuəʔ	moʔ	thoʔ
高郵	pæʔ	kuæʔ	hæʔ	šyæʔ	kiɪʔ	khuʔ	muʔ	thuʔ
泰州	pæʔ	kuæʔ	hæʔ / šiæʔ	suæʔ	kuʔ	khuʔ	muʔ	thuʔ
如皋	peʔ	kueʔ	heʔ	sueʔ	kuʔ	khuʔ	muʔ	thuʔ
合肥	paʔ	kuɐʔ	šiɐʔ	suɐʔ	kɐʔ	khuɐʔ	mɐʔ	thɐʔ
臨湘	pa	ua 挖	ha	sa	ko	go	mo	do
醴陵	pa	kua	ha	so	ko	khuo	mo	tho
陽新、長沙	pa	kua	šia	šya	ko	kho	mo	tho
咸寧	pa	kua	ha		ko	khue	mo	tho
寧鄉	pɐ	kua	ha		ko		mɐ	tho

華容、湘潭	pa	kua	ha	sa	ko	kho	mo	tho
湘　　陰	pa	ua挖	ha	sa	ho喝	kho	me	
沅　　江	pa	kua	šia	sa	ho喝	kho	mo	tho
贛　　縣	pa	ua挖	šia		ko鴿		mo	
南　　縣	pa	kua	šia		ko			tho
攸　　縣	pa	kua	ha	sa	ko鴿	khua闊 ho活	mo	ho
廣　　濟	pa	kua	šia	sa	ko	kho	mo	tho
監　　利	pa	kua	šia	sua	ko	kho	mo	tho
新　　化	pa	kua	ha šia	sua	ko鴿	ho	mo	tho
黃　　梅	pa	kua	ha	šya	ko	khuæ闊 hue活	mo	tho
茶　　陵	pa	kua		tšia甲	ko		mo	
鄳　　縣	pa	kua	ha		ko	khua闊 hue活	m o	tho
衡　　山	pa	kua	ha		ko	khɔ	mo	tho
洞口黃橋	pa	kua	ka甲		kɔ		mɔ	tɔ奪
汝　　城	pa	kuæ	ha	suæ	kuæ	khuæ	muæ	thuæ
銅　　陵	pɒ	kuɒ	hɒ	sɒ	kæ	khuæ	mæ	thæ
太　　平	pa		ha			khuɛ	phɛ潑	thɛ
岳　　陽	pa	kua	ha		ke	khue	me	the
湘　　鄉	pa	kue	ha	sua	kue	khue	mie	thye
雙　　峯	pa	kuɛ	ha	sua	kuɛ	khuɛ	miɛ	thuɛ
嘉　　魚	pa	kua	ha	sa	ko	khue	me	the
崇　　陽	pa	kua	ha šia	sɤ	ku	uɤ	mɤ	thɤ
瀏　　陽	pa	kua	ha	sɤ	kɤ	khɤ	mɤ	thɤ
安　　化	pa	kua kuɤ	ha šia	sa	kho kuɤ	khuɤ	mɤ	thɤ
新海連市	pɑ	kuɑ	šiɑ	ṣuɑ	kɑ	khuə	mə	thuə
大　　冶	pɔ	kuɔ	ho šiɔ	sɔ	ko	kho	mo	tho
南京市	paʔ	kuaʔ	šiaʔ	ṣuaʔ	koʔ	khuəʔ	moʔ	thoʔ

句容	paʔ	kuaʔ	haʔ白 šiaʔ文	suaʔ	kəʔ	khuoʔ	moʔ	thəʔ
太原	paʔ	kuaʔ kuəʔ	šiaʔ	suaʔ	kəʔ kaʔ	khuəʔ khuaʔ	məʔ	thuəʔ thuaʔ
榮成	pa	kua	šia	ʂua	ko	kho	muo	thuo
公安、石首	pa	kua	ha白 šia文	sua	ko	kho	mɤ	tho
襄陽	pa	kua	šia	sua	ko	khuo	mo	tho
貴陽	pa	kua	šia	sua	kho渴	ho活	mo抹	to奪
洱源	pɑ	kuɑ	šiɑ		ko	khue	mo	tho
隨縣	pɔ	kuɔ	šiɔ	ʂuɔ	ko	kho	mo	tho
蘄春	pɔ	kuɔ	hɔ	ʂyɔ	ko	kho	mo	tho
蘭坪	pa	kua	šia	ʂua	ku	khu	mu	thu
江川	pa	kua	šia	ʂua	ku	khue hu活	mu	tho
峨帽	pa	kuæ	šiæ	suæ	kɔ	khuæ	mo	tho
郿縣	pa	kua	šia	ʂua	kɤ	khuo	muo	thuo
光化	pa	ua挖	šia	sua	kɤ	kho	mo	tho
靈寶	pa	kua	šia	ʂua	kɤ	khuo	muo	thuo
西安	pa	kua	ha	fa	kɤ	khuo	mo	thuo
蘭州	pa		ha	fa	kɤ	huɤ活	mɤ抹	thuɤ
煙臺	pa	kua	šia	sua	kɤ鴿	khuo	mo	thuo thɤ
濟南	pa	kua	šia	ʂua	kə	khuə	mə	thuə
瀋陽	pa	kua	šia	sua	kə	huə活	mə	thuə
徐州	pɑ	kuɑ	šiɑ	ʂuɑ	kə	khuə	muə	thuə
邳縣	pɑ	kua	šiɑ	ʂuɑ	kə kɑ	khuo	muo	thuo

　　粵語方言、客家方言、江西奉新、高安、臨川方言中，*a, *am, *an, *ap, *at 和 *ɑ, *ɑm, *ɑn, *ɑp, *ɑt 的演變步驟相當一致，前 *a 讀 *a，後 *ɑ 讀 *o。大部分吳語方言，特別是江蘇的吳語方言中，陰聲韻前 *a 和後 *ɑ，尤其是在白讀中，似乎採取單獨行動，前 *a 讀 *o，後 *ɑ 讀 *u。浙江金華武義兩個方言中，陰聲韻和

入聲韻似乎是平行著的。浙江吳語方言在有些地方與江蘇吳語方言不同。例如下表中的幾個浙江吳語方言中 *uat 和 *uɑt 在舌根音喉音聲母後邊讀的相同。除了金華方言，其他的這幾個方言中相當的陽聲韻 *uan 和 *uɑn 在舌根音喉音聲母後邊讀的並不相同。

方言 例字	金 華	寧 波	武 義	溫 嶺	溫 州	平 陽
刮 *kuat	kua	kuaʔ	-uɑʔ	kuəʔ	ko	kɔ
活 *ḫuɑt	ḫua	ḫuaʔ	ḫuɑ	ḫuəʔ	ḫo	vɔ
關 *kuan	kua	kuɛ		kuɛ	ka	kɔ
官 *kuɑn	kua	ku	kuo	kuø	ky	kyø

吳語方言中 *ap 和 *at 合流，大多數都讀成喉塞音，有幾個方言像金華白讀、溫州、平陽把塞音韻尾完全丟掉了；武義方言中入聲字的喉塞音韻尾部分丟掉了。有些方言（崇明、松江、溫州、紹興、平陽）中入聲韻的演變和陽聲韻互相平行著（見下表）。吳語中刷 *ṣuat 的讀法與 *uat 不同韻，反倒與 *uɑt 同韻，有的方言與說字的讀音相同，有的方言與雪字的讀音相同。

方言 韻類	崇 明	溫 州	紹 興	松 江	平 陽
*ap/t	aʔ	a	æʔ	ɛʔ	ɔ
*am/n	a	a	æ̃	ɛ	ɔ

*ap 和 *at 合流。*ɑp（切韻盍韻）讀字在舌頭音聲母後邊讀 *ap，*ɘp（切韻合韻）韻字在舌頭音聲母後邊有的讀 *ap，有的讀 *ɑp（答納雜）。*at（切韻曷韻）韻字在舌頭音聲母後邊讀 *at。有些方言中，入聲韻的演變和陽聲韻的演變互相平行著（見下表）。

方言 / 韻類	紹興	金華	平陽	溫州	溫嶺	武義	常州市	嘉定
ap/at	e?	(u)e	ø, a白脫	ø, y	ç? 雜 tši? 割	ɤ? uo 撥	(u)ə?	(u)ə?
am/n	ẽ	(u)e	ø	ø, y	ø 鹽 tšie 乾	ɤ uo 盤	(u)ɤ	ɤ, ue(?)

例字 / 方言	唇音聲母	舌根音喉音聲母		捲舌音聲母	舌根音喉音聲母		唇音聲母	舌頭音聲母
	*bat 拔	*kuat 刮	*hat 瞎	*ʂuat 刷	*kat 割	*huat 活	*muat 末	*thuat 脫
蘇州市	ba?	kua?	ha?	sə?	kə?	huə?	mə?	thə?
無錫市	ba?	kua?	ha?	siə?	kə?	huə?	mə?	thə?
海門	ba?	kua?	hə?	sə?	kə?	huə?	mə?	thə?
崇明	ba?	-ua?	ha?	-ø?	-ø? / hhə?合	huə?	mə?	thə?
常州市	ba?	kuɑ?	hɑ?	syə?	kə?	huə?	mə?	thə?
上海市	ba?	kuɑ?	hɑ?	sə?	kə?	huə?	mə?	thə? tho?
嘉定	ba?	kuɑ?	hɑ?	sə?	ko?	huə?	mə?	tho?
常熟	ba?	kuɑ?	hɑ?	ʂə?	kə?文 ko?白	huo?	mo?	tho?
松江	bɛ?	kuɛ?	hɛ?	sə?	kə?	huə?	mə?	thə?
紹興	-æ?	-uæ?	-æ?掐	-e?	-e? 渴鴿	-ue?	e?	-ø?奪
溫嶺	bə?	kuə?	hə?狹	šy?	tši?	huə?	mi?	
寧波	ba?	kua?	ha?	sç?	ka?	hua?	ma?	tha?
金華	bua	kua	hua	šye?文	ke	hua	mue	the?文
武義	bua	uɑ?挖	huɑ夾		kɤ?	hua	hmuo	thæ?
平陽	bɔ buo	kɔ	hɔ	sø	kø hɔ喝	vɔ	mø	thø文 tha白
溫州	bo	ko	ha	sø	ky	ho	mø	thø

五、前 *aŋ/k 和後 *ɑŋ/k

　　漢語方言中只有南方方言中有 *aŋ/k 和 *ɑŋ/k 的對立，北方方言沒有這種對立。李方桂先生在上古音研究中假設上古音有三種不圓唇的帶舌根音韻尾的韻類。這三類韻類在上古介音 *r 的後邊，在南方方言中把元音 *i, *ə 和 *ɑ 都降低到 *a。所以 *aŋ（切韻耕庚₂韻）和 *ak（切韻麥陌₂ 韻）的來源有三類：

　　　　*riŋ　　耕耿幸冷爭生省　　　　*rik　　隔軛摘責册脈

　　　　*rəŋ　　橙　　　　　　　　　　 *rək　　革核麥

　　　　*rɑŋ　　庚羹更坑行杏撑橫孟猛　*rɑk　　格客額赫宅澤

在北方方言中 *i, *ə 和 *ɑ 都向上升高，讀成 *ɯ, *ɯŋ 和 *əŋ（切韻登韻）合流，*ɯk 和 *ək（切韻德韻）合流。有的南方方言，因爲受到北方方言的影響，有文白兩讀：文讀和北方方言相似，切韻耕庚₂韻字和登韻字合流，麥陌₂韻字和德韻字合流；白讀保持 *aŋ/k 和 *ɑŋ/k 的對立，是南方方言本有的特色。有的南方方言根本丢掉了本有的特色，找不到 *aŋ/k 和 *ɑŋ/k 對立的痕跡。

　　另外還有三種圓唇的帶舌根音韻尾的韻類。這三類韻類在上古介音 *r 的後邊，*u, *əu *ɑu（只有 *k）都向下向前移動，讀成 *auŋ/k。*auŋ（切韻江韻）和 *ɑŋ（切韻唐韻）合流，*auk（切韻覺韻）和 *ɑk（切韻鐸韻）合流。只有 *auŋ/k 和舌根音喉音聲母拼合時，有發生顎化作用的可能。

　　　　*ruŋ　　江講虹項巷窗雙邦龐尨　*ruk　　角嶽岳確殼涿濁捉剝

　　　　*rəuŋ　降絳　　　　　　　　　 *rəuk　覺學雹

　　　　　　　　　　　　　　　　　　　 *rɑuk　較敲樂濯溺駁

　　這裏所討論的十三個粵語方言中，只有八個方言有 *aŋ 和 *ɑŋ 的分別：*aŋ 讀 *aŋ，ɑŋ 讀 oŋ，南寧平話不在此例。

例字 方言	烹 *phaŋ	爭 *tʂaŋ	硬 *ŋaŋ	橫 *ɦwaŋ	幫 *paŋ	湯 *thaŋ	光 *kwaŋ	筐 *khwaŋ
廣州、香港	phaŋ	tshaŋ 撐	ŋaŋ	uaŋ	pɔŋ	thɔŋ	kuɔŋ	hɔŋ
容　　　縣	phaŋ		ŋaŋ		bɔŋ	thɔŋ	kɔŋ	khɔŋ
藤　　　縣	paŋ 彭		haŋ 坑	uaŋ	ʔbɔŋ	thɔŋ	kɔŋ	
賓　　　陽	phaŋ	tsaŋ	ŋaŋ	uaŋ	pe̥ɔŋ	the̥ɔŋ	kuŋ	khuaŋ
石　　　南	phe̥aŋ	tse̥aŋ	ŋe̥aŋ	ue̥aŋ	pe̥ɔŋ	the̥ɔŋ	kuaŋ	khuaŋ
鬱　　　林	pha	tsa	ŋa	ua	bɔŋ	thɔŋ	kuɔŋ	khɔŋ
南寧平話	phEŋ	tsEŋ	ŋEŋ	uEŋ	paŋ	thaŋ	koŋ	khuaŋ

　　在魏晉時期的韻文中，切韻耕庚二兩韻的字已經可以互押，那就是說上古音的 *riŋ,
*rəŋ 和 *raŋ 已經合流了。切韻的耕、庚、清、青韻字相當於魏晉的耕部，丁邦新為
這部韻母所構擬的主要元音是個前高元音。所以北方方言把耕庚二讀成 *ɯŋ，把清青
讀成 *jiŋ 和 *iŋ，是魏晉時期的繼續（請參看 Ting Pang-hsin, Chinese Phonology
of the Wei-Chin Period, 1975, 140-150 頁，入聲字材料不多見 184-185頁）。西晉
末年正是客家開始向南移動的時期，客家方言中切韻耕庚二：韻字都讀成 *aŋ，和 *ɑŋ
對立。*aŋ 讀 *aŋ，*ɑŋ 讀 *oŋ。這種元音下降為 *aŋ，也許是在客家由北向南移民的
時候發生的。另外一種可能是現在南北方音的差異也許是古今之別。早期的方音現象
漸漸轉移到南方，北方的方音現象可能是晚期演變的結果。平常說禮失求諸野，正是
這個道理。這也就是說粵語方言、客家方言、江西、湖北、湖南、安徽一些方言中的
讀法，把切韻耕庚二 韻讀成 *aŋ，是早期現象；北方方言中的讀法，把切韻耕庚二 韻
讀成 *ɯŋ，是晚近的變化。

例字 方言	硬 *ŋaŋ	撐 *thaŋ	生 *ʂaŋ	冷 *laŋ	幫 *paŋ	倉 *tshaŋ	浪 *laŋ	慌 *huaŋ
梅　　縣	ŋaŋ	tshaŋ	saŋ	laŋ	pɔŋ	tshɔŋ	lɔŋ	fɔŋ
下　　洋	ŋaŋ	tshaŋ	saŋ		pɔŋ	tshɔŋ	lɔŋ	fɔŋ
長　　汀	ŋaŋ		saŋ		pɔŋ	tshɔŋ	lɔŋ	fɔŋ

涼 水 井	ŋaŋ	thaŋ	saŋ	naŋ	poŋ	tshoŋ	noŋ 郎	foŋ
奉 新	ŋaŋ	tshaŋ	saŋ	laŋ	poŋ	tshoŋ	loŋ	huoŋ
高 安	ŋaŋ	tshaŋ	saŋ	laŋ	poŋ	tshoŋ	loŋ	foŋ
臨 川	ŋaŋ白	tshaŋ白	saŋ白	laŋ白	poŋ	tshoŋ	loŋ	foŋ
南 昌	ŋaŋ	tshaŋ	saŋ甥白	laŋ	pɔŋ	tshɔŋ	lɔŋ	fuɔŋ
通 城	ŋaŋ	dzhaŋ		naŋ	poŋ 邦	tshoŋ	loŋ 郎	foŋ 黃
醴 陵	ŋaŋ				poŋ	soŋ 桑	loŋ 郎	foŋ 黃
瀏陽南鄉	ŋaŋ	tshaŋ	saŋ	laŋ	poŋ	thoŋ 湯	loŋ	hoŋ 黃
績溪嶺北	ŋẽ	tsẽ 爭	sẽ	põ	tshõ	lõ	hõ 黃
太 平			šiẽ		põ 膀	tshɔ̃ 蒼	lɔ̃ 郎	fɔ̃ 謊

附註1. 梅縣、沙頭角、大鵬、桃園（謊）、楊村例字相同。

　　2. 績溪嶺北還有庚 kẽ，橫 uẽ 兩個例字。

　　湖南雙峯方言也有 *aŋ 和 *ɑŋ 的對立，可是 *aŋ 讀圓唇鼻化韻 õ，*ɑŋ 讀 aŋ；和普通 *aŋ 讀 *aŋ，*ɑŋ 讀 *oŋ，正好相反。有些方言 *aŋ 和 *ɑŋ 合流，並非對立。例如湖南洞口黃橋硬讀 ŋõ，爭讀 tsɔ̃，*ɑŋ 韻也讀 ɔ̃。湖北咸寧硬讀 ŋoŋ白，生讀 soŋ白，*ɑŋ 韻也讀 oŋ。陽新冷讀 loŋ，撐讀 tshoŋ，*ɑŋ 韻也讀 oŋ。通山硬讀 ŋòŋ，冷讀 loŋ，撐讀 tshoŋ，*ɑŋ 韻也讀 oŋ；另外爭讀 tsaŋ，生讀 saŋ，*uŋ 韻也讀 aŋ。崇陽硬讀 ŋaŋ白，冷讀 naŋ白，橫讀 uaŋ，*ɑŋ 韻也讀 aŋ。

　　吳語方言中有的方言前 *aŋ 和後 *ɑŋ 合流，例如金華方言不論前後都讀 aŋ，常州市方言不論前後都讀 ɑŋ，海門方言不論前後都讀 ã；其他方言前後有別。

　　吳語方言中前 *aŋ 有文白兩讀，這裏採取白讀。

*aŋ	*ɑŋ	
aŋ	ɒŋ	紹興
ã	ã	上海市、蘇州市、無錫市、常熟、嘉定、松江、崇明
ã	ɔ̃	溫嶺、寧波
a	ɑŋ	武義

a	o	平陽
iɛ	uɔ	溫州

這裏所討論的十三個粵語方言中，只有八個方言有 *ak 和 *ɑk 的分別：*ak 讀 *ak，*ɑk 讀 *ok，南寧平話不在此例。

例字 方言	拍 *phak	摘 *ṭak	客 *khak	博 *pɑk	落 *lɑk	各 *kɑk	郭 *kuɑk
廣州、香港	phak	tsak	hak	pɔk	lɔk	kɔk	kuɔk
容　　縣	phak	ḍɪk	hak	bɔk	lhɔk	kɔk	kɔk
藤　　縣	phak	tsak	hak	ʔbɔk	lɔk	kɔk	kɔk
賓　　陽	phak	tsak	hak	pe̥ok	le̥ok	ke̥ok	kuk
石　　南	phe̥ak	te̥ak	he̥ak	pe̥ok	le̥ok	ke̥ok	kuak
鬱　　林	pha	ḍa	ha	bɔk	lɔk	kɔk	kuɔk
南 寧 平 話	phɛk	tsɛk	hɛk	pak	lak	kak	kok

客家方言、江西奉新、高安、臨川、南昌、安徽績溪嶺北、太平、湖北通山、崇陽、湖南瀏陽南鄉也都有 *ak 和 *ɑk 的分別（見下表）。績溪嶺北還有麥 ma、宅 tsha 兩個例字，太平還有脈 mɛ 字，通山還有伯 pɔʔ白、麥 mɔʔ白 兩個例字，咸寧有麥 ma白字。

例字 方言	白 *bak	客 *khak	額 *ŋak	薄 *bɑk	樂 *lɑk	作 *tsɑk
梅　　縣	phak	khak	ŋiak	phok	lok	tsok
沙 頭 角	phak	khak		phok	lok	tsok
大鵬、楊村	phak	khak	ŋak	phok	lok	tsok
桃　　園	phak	khak		phok	lok	tsok
下　　洋	phaʔ	khaʔ	niaʔ	phɔʔ	lɔʔ	tsɔʔ
涼 水 井	phaʔ	khaʔ		phoʔ	loʔ	tsoʔ

長	汀	pha	kha	nia	pho	lo	tso
奉	新	pha? 白	kha? 白		pho?	lo?	tso?
高	安	phak	khak	iak白	phok	lok	tsok
臨	川	phɑ? 白	khɑ? 白	n̠iɑ? 白	pho?	lo?	tso?
南	昌	phak	khak		phɔk	lɔk	tsɔk
績溪	嶺北	pha	kha	ŋa		lo	tso
通	山	pa? 柏					tsu?
崇	陽	pha					tso
瀏陽	南鄉		kha		pho	lo 落	tsho 鑿
太	平	phiɛ	khiɛ	ɛ	phɔ		tsɔ

　　吳語方言前 *ak 和後 *ɑk 從不合流。前 *ak 多半有文白兩讀，這裏採取白讀。*ak 有與 *ap, *at 合流的，例如寧波方言都讀 a?，上海市、常州市、常熟、嘉定都讀 ɑ?。

*ak	*ɑk	
a?	o?	紹興、金華、溫嶺、寧波
a?	o?, ɑu?	武義
ɑ?	o?	上海市、蘇州市、海門、崇明
ɑ?	ɔ?	無錫市、常熟、嘉定、松江、常州市
a	o	平陽、溫州

　　*auŋ（切韻江韻）和 *auk（切韻覺韻）和舌根音喉音聲母拼合可能發生顎化作用。顎化作用有幾種象徵：可能在聲母和主要元音之間發生介音 *i；可能把聲母顎化；在某種情況之下，還可以把主要元音提高。*kauŋ（江講）和 *kauk（覺角）這類字在北方方言中常常發生顎化作用，讀的和 *kiaŋ（薑）和 *kiak（腳）同韻。北方方言的 *(i)aŋ 和 *(i)ak 的主要元音不圓唇化。可是南方方言多半把 *(i)ɑŋ 和 *(i)ɑk 讀成 *(i)oŋ 和 *(i)ok。在這些元音圓唇化的方言中，顎化作用仍然可以發生。廣西思南粵語方言江講讀 kɛaŋ，角讀 kɛak，福建萬安方言江讀 kiaŋ，江西贛

縣方言江講讀 tšiã，這都顯然是受北方方言的影響。其他方言有圓唇化同時也有顎化作用的可能的，請看下表。

方言＼例字	江 *kauŋ	覺 *kauk	學 *hauk	方言＼例字	江 *kauŋ	覺 *kauk	學 *hauk
涼水井	ȶioŋ	koʔ角	hoʔ	平江	koŋ	tšioʔ	šioʔ
南昌	kɔŋ	tšhiɔk文 碓	hɔk	瀏陽	tšioŋ	khio	hio
通城	tšioŋ	tšioʔ	šioʔ文	醴陵	tšioŋ	kio	hio
蒲圻	tšioŋ	tšioʔ	šioʔ	新化 茶陵 耒陽	tšiɔ̃	tšio	šio
大冶 咸寧 陽新	tšioŋ	tšio	šio	安仁	kõ	tšio	šio
益陽 衡山	tšioŋ	tšio	šio	績溪 嶺北	kõ	tšio文	šio

　　在漢語方言中 *auŋ（切韻江韻）與 *ɑŋ（切韻唐韻）合流，唯一的不同就是 *auŋ 與舌根音喉音聲母拼合可能發生顎化作用，所以江字與鋼字同韻，也可能與薑字同韻。有些方言有文白兩讀，文讀顎化，白讀不顎化。吳語方言中這些字有兩派讀法：一派是不圓唇的讀法，大多數是江蘇省的吳語（常州市、海門、上海市、蘇州市、無錫市、常熟、嘉定、松江、崇明）和浙江金華、武義方言；另外一派是圓唇的讀法，都是浙江省的吳語（溫嶺、寧波、平陽、溫州），紹興讀 ɒŋ，也是圓唇元音。吳語方言中 *auŋ 韻字中帶喉音聲母的字（降項巷）只有白讀，不顎化（金華文讀顎化）；腔字只有文讀，都顎化了；江字在常州市、蘇州市、無錫市只有白讀，不顎化，在其他吳語方言有文白兩讀；講字在蘇州市只有白讀，不顎化，在其他吳語方言有文白兩讀；降字在常州市、海門、蘇州市、無錫市、常熟、嘉定、松江都有文白兩讀。

　　吳語方言中 *auk（切韻覺韻）與 *ɑk（切韻鐸韻）合流。*auk 與舌根音喉音聲母拼合可能發生顎化作用，所以角覺可能與各閣同韻，也可能與腳同韻。吳語入聲 *auk, *ɑk 與陽聲韻 *auŋ, *ɑŋ 並不平行；*auk, *ɑk 白讀都有圓唇作用：oʔ（蘇州市、海門、上海市、崇明、溫嶺、寧波、金華），ɔʔ（無錫市、常熟、嘉定、松

江、常州市），auʔ（武義），o（平陽、溫州），au（武義），ye（寧波）。吳語方言
中 *auk 與舌根音喉音聲母拼合發生顎化作用之後有兩種讀法：大部分是從白讀經過
顎化作用產生了一個 i 介音，有時聲母顎化，讀 ioʔ（蘇州市、海門、上海市部分），
iɔʔ（無錫市、常熟、嘉定）；另外一種讀法是讀的和 *iak（切韻藥韻）合流，讀 iɑ̌
（常州市、上海市部分、松江），不見圓唇作用。

例字 方言	殼 *khauk	角 *kauk		覺 *kauk		學 *hauk		確 *khauk
蘇 州 市 海 門	khoʔ	koʔ			tšioʔ	hoʔ	hioʔ	tšhioʔ
上 海 市	khoʔ	koʔ			tšioʔ	hoʔ	hiɑ	tšhiɑ
溫 嶺	khoʔ					hoʔ	khoʔ	
寧 波	khoʔ	koʔ			tšye	hoʔ		tšhye
金 華	khoʔ	koʔ	koʔ			hoʔ	khoʔ	
平 陽 溫 州	kho	ko	ko			ho	kho	
無 錫 市 常 熟	khɔʔ	kɔʔ	tšiɔʔ		tšiɔʔ	hɔʔ	hiɔʔ	tšhiɔʔ
嘉 定	khɔʔ	kɔʔ			tšiɔʔ	ɔʔ	hiɔʔ	tšhiɔʔ
松 江	khɔʔ	kɔʔ			tšiɑʔ		hiɑʔ	tšhiɑʔ
常 州 市	khɔʔ	kɔʔ	tšiɑʔ		tšiɑʔ	hɔʔ	hiɑʔ	tšhiɑʔ

六、前 *au 和後 *ɑu

前 *au（切韻肴韻）和後 *ɑu（切韻豪韻）的分立是從齊梁時期開始的（見何大
安南北朝韻部研變研究1981, 249-250, 253-256頁）。在現在漢語方言中，根據已經發
表的材料，這種分別還保存在粵語方言（南寧平話是例外），幾個客家方言（梅縣、
大鵬、桃園、下洋）、幾個江西方言（高安、廣豐）、和幾個浙江方言（溫州、平陽、
武義），和安徽休寧方言（平田昌司1982）中。粵語方言和非粵語方言分列兩表：

例字 方言	飽 *pau	鬧 *nau	巢 *dẓau	巧 *khau	保 *pau	腦 *nau	曹 *dzau	告 *kau
廣州 香港	pau	nau	tshau	khau	pou	nou	tshou	kou
海心	uau	nau	tshau	khau	uo	no	tho	ko
臺山	pou	nau	tshau	khau	pou	nou	thou	kou
賓陽	peu	neu	tsheu	hau	peo	neo	tsheo	keo
鬱林	bɑu	nɒu	tshɒu	hɒu	bau	nau	thau	kau
蒼梧	pau	nau	tshau	hau	pou	nou	thou	kou
岑溪	bau	nau	tshau	hau	bou	nou	tshou	kou
容縣	bau	nhau	tshau	khau	bəu	nəu	ɬheu	kəu
思賀	peu	nau	tsau	hau	pou	nou	tshou	kou
石南	pau	nau	tshau	hau	peu	neu	tsheu	keu

例字 方言	跑 *phau	鬧 *nau	爪 *tṣau	炒 *tṣhau	冒 *mau	腦 *nau	桃 *dau	好 *hau
梅縣	pau飽	nau	tsau	tshau	mɔ	nɔ	thɔ	hɔ
大鵬	phau	nau	tsau	tshau	mou	nou	thou	hou
桃園	phau	nau	tsau	tshau	mo	no	tho	ho
下洋	phau	lau	tsau	tshau	mou	lau	thou	hou
高安	phau		tsau	tshau	mou	lou	thou文 hou白	hou
廣豐	ɑɔ	ɑɔ	ɑɔ	ɑɔ	ɑɔ	ɑɔ	ɑɔ	ʌɤ
溫州	buɔ	nɔ	tsɔ	tshɔ	mə	nə	də	hə
平陽	phɔ	nɔ	tsɔ	tshɔ	mœ	nœ	dœ	hœ
武義	phau炮		tsau	tshau	pau保	hnɤ	dɤ逃	hɤ
休寧	po飽		tsho巢	tšhio巧	mɤ	lɤ老	thɤ	hɤ

　　大多數的漢語方言中前 *au 和後 *ɑu 都已經靠攏了。 有的方言前 *au 和舌根音喉音聲母拼合不發生顎化作用，所以交膠和高糕同音。有的方言讀複合元音，有的方言讀單元音。吳語方言多有文白兩讀，文讀顎化，白讀不顎化。

au	南寧平話、沙頭角、奉新	ɔ	長汀、常熟白、海門白、崇明白、	
ɑu	臨川、貴溪		上海市白、嘉定白、松江白、溫嶺	
ao	金華白	ʌ	無錫市白	
ɐu	常州市白	ɒ	寧波白、紹興白	
		æ	蘇州市白	

有的方言前 *au 和舌根音喉音聲母拼合發生顎化作用，交膠顎化，高糕不顎化。顎化作用不但把聲母顎化，並且有時會把主要元音提高。

*au	*ɑu	
iau	au	北京、瀋陽、西安、太原、濟源、武昌、通城、平江、岳陽、安鄉、成都、貴陽、桂林
iao	ao	金華文、靈寶、江華、沅陵、郴縣、洱源、鄧川、峨嵋
iaɤ	aɤ	瀏陽、湘鄉、道縣
iaʌ	aʌ	桂東、漵浦
iaɯ	aɯ	常州市文、沅江
iʌɤ	ʌɤ	武岡
iɤɯ	ɤɯ	瀘溪
iɔu	ɔu	如臯、南京市、句容
iɔo	ɔo	邡縣、江川
iɛu	au	南昌
iəu	au	華容、洞口黃橋
ieu	au	醴陵
iɑ	ɑ	大冶
iɒ	ɒ	寧波文、紹興文
iɔ	ɔ	常熟文、海門文、崇明文、上海市文、嘉定文、松江文、泰州、

揚州市、徐州市、新海連市、高郵、鹽城、淮陰、蕪湖方村、
合肥、濟南、贛縣、咸寧、陽新、崇陽、鄂縣、安仁、安化、
衡山、昆明、呈貢、蘭州、西寧

iʌ　　ʌ　　無錫市文、永順

iɤ　　ɤ　　南通市、新化

iə　　ə　　雙峯

iæ　　æ　　蘇州市文

結　　論

　　這篇文章從簡化切韻的韻類出發，並不是創舉。這種辦法和宋朝等韻學家分攝論
等是一樣的。文中的討論是以韻類（元音加韻尾）為根據，因為元音的演變常常受輔
音韻尾的影響，並且輔音聲母對於元音的演變也有影響。關於方言中的語音演變實在
是千變萬化，文中雖然羅列了很多的現象，眞正能夠解說清楚的實在只佔很小的一部
分。可是並不應該因為我現在不能解釋就把這些現象輕輕放過。也許我自己將來可以
看出些線索來；卽或我自己不能解釋，也許別人可以加工理出一個頭緒來。所以我囉
囉嗦嗦的把我看到的一些語音演變的現象都發表出來。

　　前 *a 和後 *ɑ 在漢語方言中的演變可以簡單的說有三個趨勢：第一個是前 *a
讀 *a，後 *ɑ 讀 *o，這個趨勢可以清清楚楚的在南方方言（粵語方言、客家方言、
一些江西、湖北、湖南、安徽、蘇北方言）中看得出來。第二個趨勢是前 *a 和後 *ɑ
合流，這個趨勢可以在官話方言中看得出來。第一個趨勢和切韻接近，第二個趨勢和
切韻相距稍遠。這兩個趨勢現在是非官話和官話或者是南北的關係，也可能是古今早
晚的關係。也就是說，漢語本來有前 *a 和後 *ɑ 的對立，這種對立在南方一些方言
中還保存著，接近原來的狀態；經過種種變化，這種對立在官話裏已經消失了，與原
來的狀態相差稍遠。第三種趨勢是吳語中的演變。吳語的現象應該是一種特殊的現
象，吳語中的輔音韻尾的分別多半都消失掉了，元音的位置也多半重新安排過了，吳
語的音韻結構和切韻的韻類形式差別很大。同時吳語不斷的與其他方言發生接觸，受
到不同的影響，所以吳語內部的差異非常複雜。吳語的形成早在編定切韻之前。

　　前 a 是前低元音，i 是前高元音，二者常常相輔而行；後 ɑ 是後低元音，u 是後高元音，二者常常相輔而行。前 a 與舌根音喉音聲母拼合，很容易發生顎化作用。顎化作用包括三種現象：發生 i 介音，聲母顎化，主要元音升高。浙江武義方言中 *ai 讀ia，*ɑi 讀 a，也證明前 a 和 i 的關連。屬於切韻 *ai 韻的字有街解界揩鞋這些字，這些字讀 tšia、tšhia、hia，還有些唇音聲母字像拜排買賣這些字，這些字讀 pia、bia、hmia。後 ɑ 很容易引起圓唇化。在切韻中在鼻音聲母後邊，後 *ɑ、後 *ɑi、後 *ɑn、後 *ɑt 都讀合口，有 *u 介音。波屬戈韻，杯屬灰韻，盤屬桓韻，撥屬末韻。另外切韻後 *ɑ 韻和後 *ɑk 韻的字在有些現代官話方言中讀合口，這些字都是舌頭音聲母的字，像多左託落作昨等字。

多 *tɑ	左 *tsɑ	託 *thɑk	作 *tsɑk	
tuo	tsuo	thuo	tsuo	北京、西安、榮成、煙臺、靈寶、郿縣
tuə	tsuə	thuə	tsuə	濟南、瀋陽、徐州、邳縣
tuɤ	tsuɤ	luɤ落	tsuɤ昨	蘭州
tuə, tə	tsuə	thuəʔ, thuaʔ	tsuəʔ	太原
tuə	tsuə	luaʔ落	tsuaʔ	濟源

另外有兩個湖南方言（桂東、酃縣）也有顯示後 ɑ 與 u 的關連的例證。在桂東、酃縣兩個方言裏，前 *ai 和後 *ɑi 同韻，前 *an 和後 *ɑn 同韻，可是在舌根音聲母後邊，*kai（皆街）桂東讀 kæ，酃縣讀 ke，kɑi（該蓋）桂東讀 kuæ，酃縣讀kue；同樣的，*kan（間）桂東、酃縣都讀 kã，*kɑn（干）桂東酃縣都讀 kuã。

方言材料書目

香港廣東

1. 香港：Oi-kan Yue Hashimoto（余靄芹），*Studies in Yüe Dialects*: *Phonology of Cantonse*, 1972.

2. 臺山、開平海心：Nobuhisa Tsuji（辻伸久），*Comparative Phonology of Guangxi Yue Dialects*, 1980.

3. 廣州：鄭少君，廣州話聲韻調與廣韻的比較，語文論叢 1.134-180, 1981。

4. 沙頭角：Henry Henne, Sathewkok Hakka Phonology, *Norsk Tidskrift for Sprogvidenskap* 20.1-53, 1964.

   Henry Henne, An Annotated Vocabulary of Sathewkok Hakka, *Acta Orientalia*.28.½.61-127, 1964.

   Henry Henne, A Sketch of Sathewkok Hakka Grammatical Structure, *Acta Linguistica Hafniensia*, 10.1.69-108, 1966.

5. 梅縣：Mantaro Hashimoto（橋本萬太郎），*The Hakka Dialect*, 1973。

廣西

1. 藤縣：Anne Oi-kan Yue（余靄芹），*The Tengxian Dialect of Chinese*, 1979.

2. 賓陽、鬱林、蒼梧、岑溪、南寧、思賀、石南：Nobuhisa Tsuji（辻伸久），*Comparative Phonology of Guangxi Yue Dialects*, 1980.

3. 大鵬：李玉，原始客家話的聲調和聲母系統（油印），1984。

4. 桂林：楊煥典，桂林語音，中國語文，1964：454-462 及 444。

福建

1. 長汀：羅美珍，福建長汀客家話連讀變調，語言研究 3.188-197, 1982。

2. 永定下洋：黃雪貞，永定（下洋）方言形容詞的子尾，方言 1982：190-195.

   黃雪貞，永定（下洋）詞滙，方言 1983：148-160, 220-240, 297-304。

   長汀，永定下洋又見李玉，原始客家的聲調和聲母系統（油印），1984。

3. 萬安：張振興，福建省龍岩市境內閩南話與客家話的分界，方言1984：165-178。

臺灣

桃園：楊時逢，臺灣桃園客家方言，1957。

江西

1. 龍南楊村：李玉，原始客家話的聲調和聲母系統（油印），1984。

2. 奉新：余直夫，奉新音系，1975。

3. 高安：顏森，高安（老屋周家）方言的語音系統，方言 1981：104-121。

　　顏森，高安（老屋周家）方言詞滙，方言 1982：6-80, 156-160, 234-240。

4. 臨川：羅常培，臨川音系，1940, 1958（再版）。

5. 廣豐：金有景，江西廣豐效攝字的讀音，中國語文 1961：97。

6. 南昌：漢語方音字滙 1962。

　　楊時逢，南昌音系，中央研究院歷史語言研究所集刊 39.125-204, 1969。

7. 贛縣：楊時逢，贛縣音系，中央研究院總統蔣公逝世週年紀念論文集 1187-1202 頁，1976。

湖南

1. 長沙、湘潭、寧鄉、益陽、安化、桃源、慈利、臨灃、灃縣、安鄉、漢壽、沅江、南縣、華容、湘陰、岳陽、臨湘、平江、瀏陽、醴陵、黔陽、會同、綏寧、城步、通道、新寧、武岡、漵浦、新化、邵陽、祁陽、湘鄉、衡山、攸縣、茶陵；汝城、常寧、寧遠、嘉禾、藍山、耒陽、安仁、郴縣、常德、龍山、酃縣、桂東、資興、桂陽、臨武、宜章、東安、零陵、道縣、永明、江華、石門、桑植、大庸、永順、永綏、古丈、沅陵、鳳凰、瀘溪、芷江、靖縣、晃縣、麻縣、乾城、辰谿：楊時逢，湖南方言調查報告，1974。

2. 洞口黃橋：唐作藩，湖南洞口縣黃橋鎮方言，語言學論叢 4.83-133, 1960。

3. 雙峯：漢語方音字滙，1962。

　　向熹，湖南雙峯縣方言，語言學論叢 4.134-171, 1960。

4. 瀏陽南鄉：夏劍欽，瀏陽南鄉方言記略，方言 1983：47-58。

湖北

武昌、漢口、漢陽、漢川、沔陽、天門、江陵、枝江、來鳳、利川、竹谿、竹

山、鄖縣、光化、襄陽、鍾祥、崁陽、安陸、雲夢、孝感、黃安、羅田、英山、浠水、黃梅、廣濟、蘄春、大冶、嘉魚、咸寧、陽新、通山、崇陽、蒲圻、通城、監利、石首、公安：趙元任等，湖北方言調查報告，1948。

四川

1. 華陽、五通橋、眉山、射洪、南溪、西昌、雅安、渠縣、遂寧、南江、黔江、青川、重慶、會理、寧南、自貢、榮縣：四川方言音系，四川大學學報，社會科學版，1960：3.1-123。

2. 成都：漢語方言字滙 1962。

   甄尚靈，成都語音的初步研究，四川大學學報，社會科學版，1958：1.1-30 及字表。

3. 峨嵋：陳紹齡郝錫炯，峨嵋音系，四川大學學報，社會科學版，1959：1.1-66.

4. 華陽涼水井：董同龢，華陽涼水井客家話記音，中央研究院歷史語言研究所集刊 19.81-210, 1948。

雲南

昆明、羅次、呈貢、祿豐、元謀、廣通、彌渡、楚雄、雙柏、嵩明、江川、玉溪、峨山、新平、寧洱、瀾滄、緬寧、建水、蒙自、陸良、會澤、平彝、永勝、鳳儀、洱源、劍川、鶴慶、鄧川、賓川、祥雲、石屏、維西、保山、景東、鎮庸、蘭坪、麗江：楊時逢，雲南方言調查報告，1969。

貴州

貴陽：汪平，貴陽方言的語音系統，方言 1981：122-130.

安徽

1. 合肥：漢語方言詞滙，1964。

2. 績溪嶺北：趙元任楊時逢，績溪嶺北方言，中央研究院歷史語言研究所集刊 36. 11-113, 1965。

3. 蕪湖方村：方進，蕪湖方村話記音，中國語文 1966：137-146。

4. 休寧：平田昌司，休寧音系簡介，方言 1982：276-284。

5. 太平：張盛裕，太平（仙源）方言的聲韻調，方言 1983：92-98。

張盛裕，太平（仙源）方言兩字組的連讀變調，方言 1983：170-174。

6. 銅陵：王太慶，銅陵方言記略，方言 1983：99-119。

江蘇

1. 徐州市、邳縣、新海連市、南京市、句容、州揚市、高郵、鹽城、淮陰、泰州、
   如皋、南通市、蘇州市、無錫市、常熟、常州市、海門、上海市、嘉定、松江：
   江蘇省和上海市方言概況，1960。

2. 崇明：強惠英，崇明方言的連讀變調，方言 1979：384-302。

    張惠英，崇明方言三字組的連讀變調，方言 1980：15-34。

浙江

1. 金華：約齊，金華方音與北京語音的對照，方言與普通話集刊 5.25-98, 1958。

2. 紹興：王福堂，紹興話記音，語言學論叢 3.73-126, 1959。

3. 溫州：漢語方音字滙，1962。

4. 溫嶺：杭州大學中文系方言調查組，溫嶺方言，杭州大學學報，1959：151-205。

    李榮，溫嶺方言語音分析，中國語文 1966：1-9。

    李榮，溫嶺方言的變音，中國語文 1978：96-103。

    李榮，溫嶺方言的連讀變調，方言 1979：1-29。

5. 平陽：陳承融，平陽方言記略，方言 1979：47-74。

6. 寧波：徐通鏘，未發表材料。

7. 武義：傅國通，武義方言的連讀變調，方言 1984：109-134。

山東

1. 濟南：漢語方音字滙，1962。

2. 榮成：陳舜政，榮成方言音系，1974。

3. 煙臺：錢曾怡等，煙臺方言報告，1982。

遼寧

    瀋陽：漢語方言詞滙，1964。

河南

1. 靈寶：楊時逢荊允敬，清華學報新第九號，第一二期合刊，106-147頁，1971。

2. 濟源：賀巍，濟源方言記略，方言 1981：5-26。

山西

　　太原：漢語方音字滙，1962。

陝西

　　西安：漢語方音字滙，1962。

甘肅

　　蘭州：高葆泰，蘭州音系略說，方言 1980：224-231。

青海

　　西寧：張成材，西寧方言記略，方言 1980：280-302。

TONAL DEVELOPMENTS AMONG
CHINESE DIALECTS

This paper was revised during the summer of 1974 when I was a visiting professor at National Taiwan University under the sponsorship of the China Foundation for the Promotion of Education and Culture. During the same period I had the privilege of using the Academia Sinica field notes of the Hunan and Kiangsi dialects which I quote in this paper. I wish here to express my gratitude to both National Taiwan University and Academia Sinica.

I. Introduction

Chinese is a tonal language; that is, every stressed syllable has a fixed tone. Chinese syllabic structure can be described in terms of tones, initials, medials, nuclei, and endings. In stressed position, the tone and the nucleus are the essential elements of the syllable; initials, medials, and endings may or may not be present. Vowels (simple and diphthongal) are the most frequent nuclei. The less frequent consonantal nuclei, or syllabic consonants (e.g. m, ŋ, v) cannot be preceded by medials or followed by endings, though they can follow initials (e.g. hŋ, tv).

The earliest recognition of a four-tone system for Chinese was that of Shen Yüeh (441–513) and his associates. In assigning words to these historical categories, now symbolized A (p'ing), B (shang), C (ch'ü), and D (ju), I follow the classifications given in the extant recensions of Lu Fa-yen's *Ch'ieh-yün* (601 A.D.): *Wang-yün* (706) and *Kwang-yün* (1007-8). (These recensions, while retaining the *Ch'ieh-yün's* system, contain many new items. Some of these may have been assigned to the wrong categories, and some are dialect variants.) Although the compilers of the *Ch'ieh-yün* claimed that their goal was a dictionary which would embrace all dialect variations, they were prejudiced in favor of the dialects of the south, a region which at that time enjoyed the greatest economic prosperity and the highest cultural prestige. The modern dialects whose tone systems bear the closest resemblance to the system preserved in the *Ch'ieh-yün* are the Wu. It is only in the Wenchow (溫州) dialect, for example, that the distribution of words with A, B, C, D tones coincides with that of the *Ch'ieh-yün*.

Words with the D tone had voiceless-stop endings. The A, B, and C tones may also have had their source in segmental contrasts, but this is not certain; they may once have been differences in stress. However, study of rime patterns has shown that even at the *Shih-ching's* time, the Chinese language had a tonal system similar to that recognized by Shen Yüeh. The contrasts among the A : B : C tones may have been those of level or even (E), rising (R), and falling (F) or mid (M), high (H), and low (L). The phonetic values of these tones cannot be reconstructed with data from modern dialects.

As early as the eighth century, the northern tonal system and the southern tonal system formed a dichotomy. In his work on Sanskrit phonology (Siddham) written in 880 A.D. the Japanese monk Annen (安然) told of two different Chinese tonal systems. The Chinese dialects introduced into Japan by Yüan Chin-ch'ing (袁晉卿) in 735 showed one tonal system, which from Annen's description appears to have been similar to that of modern Mandarin dialects, with Ancient A and B-tone splits, but no C-tone split. Words with the Ancient B tone and Ancient voiced initial stops and affricates or fricatives had merged with the words which had the Ancient C tone. The existence of a tonal system in the north during the T'ang Dynasty similar to that of the present-day Mardarin dialects in which the *Ch'ieh-yün*'s B2 category had merged with the C category is also confirmed by the riming practice of some T'ang poetry as well as by Li Fu's (李涪) criticism of the *Ch'ieh-yün*. Annen had learned of the second tonal system from the accounts of two Japanese visitors to China: in 847 Master Issei (惟正) and in 877 Master Chisō (智聰) returned to Japan with reports of a Chinese tonal system in which all four tones had split into two subcategories, presumably on the basis of voiceless and voiced initials. A modern example of such a tonal system is found in the Wenchow dialect of Chekiang.

Tonal systems such as those described by Annen appear to have been the contending forces behind the subsequent tonal developments among Chinese dialects. In the north there are dialects in which the Ancient A and B tones have split but the Ancient C tone remains one entity, and the B2 tone is identical with the C tone. (Words with the D tone have changed in different ways in different dialects.) Modern Mandarin and Hakka dialects are of this type. In the south there are dialects in which all Ancient tones have split. Thus, some of the modern Wu, Yüeh, and Min dialects have eight tones. It was the influence of the prestigious northern tradition on the southern dialects which produced the literary pronunciations characteristic of some modern dialects in the south.

There is no modern dialect whose vocabulary falls into the same four tonal categories as in the *Ch'ieh-yün:* dialects with four tones have different classifications of vocabulary; Wenchow, which has the *Ch'ieh-yün's* classification, had tonal splits which increased the number of its tonal categories to eight. Chinese tonal systems now have from three to ten tones. Increases in number were effected by splits, conditioned mainly by the contrast of voiceless and voiced initials; reductions were achieved by tonal mergers.

II. Tonal Splits Conditioned by Voiceless : Voiced Initials

II.1. High : Low Contrasts and Voiceless : Voiced Initials

Tonal developments are often related to features of the initial. The distinctions between voiceless and voiced initials has, for example, frequently induced a tonal split. This distinction is still preserved in a number of modern dialects:

浙江：永康，溫州（永嘉），溫嶺，武義，海鹽通圓，金華，紹興，（嘉興，吳興，杭縣，諸暨，嵊縣，餘姚，鄞縣，黃巖，衢縣．）

江蘇：高淳，蘇州（吳縣），無錫，吳江城區，吳江黎里，吳江盛澤，常州（武進），常熟，海門，江陰，嘉定，寶山，松江，上海縣，（宜興，溧陽，金壇，丹陽永豐鄉，靖江，江陰，崑山，寶山，南滙．）

江西：廣豐，都昌，湖口，玉山．

湖南：耒陽，祁陽，東安，新寧，臨湘，城步．

(In the Hunan group, initials of words with $\bar{\text{B}}$, C, and D tones have been sporadically devoiced.)

In some of these dialects the voiced initials are unaspirated; in others they are aspirated. In the dialects of P'u-ch'i （蒲圻） and T'ung-ch'eng （通城） in Hupeh and in the dialect of Lin-hsiang （臨湘） in Hunan, both Ancient voiced and Ancient voiceless aspirated stop and affricate initials have yielded modern voiced aspirated stops and affricates.

Among the dialects which preserved the contrasts of voicing in initials and in which all four Ancient tones have split into two subcategories, the words with voiceless initials generally have a higher tone than the words with voiced initials (Chart 1). The height contrasts are less regular among those dialects which have had the tonal splits but which have not preserved the contrasts of initial voicing (Chart 2).

Chart 1

Tonal Systems of Dialects with Four Tonal Splits and Voicing Contrasts

[Initials of words in the "1" subcategories were voiceless in Ancient Chinese; those in the "2" subcategories were voiced.]

Dialect	A1	A2	B1	B2	C1	C2	D1	D2
溫州 (字滙)	44	31	54	24	42	11	23	12
羲烏	33	11	42	31	55	35	ʔ323	ʔ212
紹興	51	231	335	113	33	11	45*	12
永康	44	22	35	13	52	241, 24	52**	13***
海鹽通圓	54	31	34	242	25	213	5	2
武義	24	213	44	13	53	31	5	212
海門 (概況²)	53	14	23	31	34	213	5	2
常熟	53	33	423	31	324	213	5	2
松江	53	31	44	22	35	13	5	3
宜興	55	13	52	45	424	31	5	2
無錫	55	14	324	33	35	213	ʔ5	ʔ2
廣豐 (金)	55	31	42	24	423	213	ʔ4	ʔ2

* Underlining indicates shortness.   ** In sandhi, 33.   *** In sandhi, 22.

Chart 2

Tonal Systems of Dialects with Four Tonal Splits but without Voicing Contrasts

[On the splits in the D1 and D2 categories, see VI.2.]

Dialect	A1	A2	B1	B2	C1	C2	D1	D2
廣州	55	21	35	13	33	22	5 : 33	22
台山 (王力)	33	22	55	21	33	32	55 : 33	32 : 21
香港船戶	53	31	45	11	55	33	55 : 33	32
貴縣	HE	LFR	HR	LR	HF	HFR	HE : MR	LR
蒼梧吉陽鄉	HF	MF	HE	R	HFR	MFR	HE : HF	LF
恩陽	LR	LF	HE, MF	MF	HR	LE	ME : LE	LE
韶州城	LR	HF	HR	ʔFR	HE	LE	ʔMF	ʔLF
潮州 (字滙)	33	55	52	35	12	11	1	5
揭陽	44	55	52	13	313	22	ʔ31	ʔ44
定安	24	22	21	33	35	24	55	33
晉江	44	35	55	33	31*	31**	53	35
建陽	53	33	21	32	32	43	35	43

* In sandhi, 55.   ** In sandhi, 11.

II.2. The Devoicing of Initials

Devoicing is not always, if ever, accomplished at one stroke. Among the dialects of Hunan, for example, the devoicing process has operated independently on Ancient voiced stops, affricates, and fricatives in different tonal categories and different dialects. Among the dialects of Wu-kang (武岡), Shuang-feng (雙峯), and Tung-k'ou Huang-ch'iao (洞口黃橋), the devoicing process was accomplished only among words with the D tone. Among the dialects of Ling-ling (零陵), Hsü-p'u (敍浦), Yung-shun (永順), Pao-ching (保靖), Yung-sui (永綏), Ku-chang (古丈), Juan-ling (沅陵), Lu-hsi (瀘溪), Ch'ien-ch'eng (乾城), Ch'en-hsi (辰溪), and Shao-yang (邵陽) only words with B, C, and D tones experienced devoicing. Initials of words with the probably abrupt D tone were, then, most susceptible to the devoicing process, in contrast to those in words with the longer level or mid A tone, which often remain intact.

Ancient voiced initial stops and affricates may have been unaspirated in one dialect or in words of certain tones but aspirated in another dialect or in words of other tones: the devoiced reflexes of Ancient voiced initial stops and affricates are voiceless unaspirated stops and affricates in some dialects and voiceless aspirated stops and affricates in other dialects; in yet other dialects, the reflexes of the Ancient initials are unaspirated in words of certain tones and aspirated in words of certain other tones.

Ancient voiced initial stops and affricates have been completely devoiced and are unaspirated in some Hunan dialects: Ch'ang-sha (長沙), Hsiang-t'an (湘潭), Ning-hsiang (寧鄉), Yi-yang (益陽), An-hua (安化), Juan-chiang (沅江), Nan-hsien (南縣), Hsiang-yin (湘陰), Yüeh-yang (岳陽), Ch'ien-yang (乾陽), Hui-t'ung (會同), T'ung-tao (通道), Hsiang-hsiang (湘鄉), and Tzu-hsing (資興). Though this has been described as a characteristic of the Hsiang dialects, it is also true of the Yüeh dialects of Shun-te (順德白話？), T'eng-hsien (藤縣), and Ts'ang-wu Chi-yang-hsiang (蒼梧吉陽鄉).

The change of Ancient voiced initial stops and affricates to their aspirated voiceless counterparts is exemplified in many modern dialects. This is a characteristic previously attributed to the Kan-Hakka dialects:

江西：新喻, 奉新, 玉山, 弋陽, 臨川, 貴溪, 南康, 虔南, 南昌, 新建, 修水, 靖安, 銅鼓, 都昌, 餘干, 南城, 南豐, 興國, 大庾, 寧都, 會昌, 龍南, 尋鄔, 定南, 安遠, 鄱陽, 雩都, 高安, 上猶, 宜春, 宜豐, 萬載, 瑞金, 崇義, 萬安, 贛縣, 信豐, 上饒, 峽江, 永新, 湖口, 萍鄉, 樂平, 廣豐, 石城.

湖南：平江, 瀏陽, 新化, 耒陽, 酃縣, 桂東, 攸縣, 常寧, 醴陵, 綏寧, 茶陵, 華容, 江華, 永興.

湖北：大冶, 嘉魚, 咸寧, 陽新, 崇陽, 京山白話.

福建：邵武, 光澤, 泰寧, 建寧, 將樂, 順昌, 三明縣, 長汀, 寧化, 清流, 連城, 武平, 上杭, 永定.

廣東：韶州灣頭村, 梅縣, 大埔, 興寧, 五華, 蕉嶺, 豐順, 和平, 龍川, 紫金, 河源, 連平, 始興, 英德, 翁源, 仁化, 平遠, 赤溪.

廣西：廉州.

四川：華陽涼水井.

臺灣：桃園 (四縣, 海陸兩種), 新竹饒平.

We know now, however, that it is also a common phenomenon among the dialects spoken in southern Anhwei, norther Kiangsu, and Po-pai, Kwangsi:

安徽：績溪, 石埭, 涇縣, 銅陵, 繁昌, 青陽, 宿松, 太平, 休寧, 祁門, 歙縣, 望江, 潛
　　山, 岳西.
江蘇：如皋, 大豐, 興化, 東臺, 泰州, 海安, 泰興, 如東, 南通市, 南通縣.
廣西：博白.

In the dialect of Fang-ts'un (方村) in the district of Wu-hu (蕪湖) in An-hwei, these voiced initial stops, affricates, and fricatives have become aspirated fricatives: *b → fh, *d → rh, *dz/z → sh, *d/ḏ → sh, *dž/ž → sh, *gj → šh, *ḥ → sh or h (Fang 1966).

In the Mandarin dialects all Ancient voiced initial stops and affricates have been devoiced. The initials of Ancient A-tone words are aspirated; those of B-tone and C-tone words are not. D-tone words show developments varying in both tone and aspiration. Some Hunan dialects share this Mandarin characteristic: 桃源, 慈利, 臨澧, 安鄉, 漢壽, 衡山, 衡陽, 寧遠, 嘉禾, 藍山, 郴縣, 常德, 龍山, 桂陽, 新田, 臨武, 宜章, 道縣, 永明, 石門, 桑植, 大庸, 鳳凰, 芷江, 靖縣, 晃縣.

The devoicing process was also accomplished among the Yüeh dialects. For example: 廣州, 順德白話, 中山, 東莞, 三水, 梧州, 蒼梧城, 貴平, 貴縣, 南寧白話, 陽江, 四邑. The initials of A2-tone words are aspirated; those of C2 and D2-tone words are unaspirated. One subset of Ancient B-tone words which had Ancient voiced initials has aspirated initials and the B2 tone which contrasts with the A2, C2, and D2 tones; another subset has unaspirated initials and the C2-tone reflex.

Corresponding to the one series of Ancient voiced initial stops and affricates the Min dialects have both voiceless unaspirated and voiceless aspirated stops and affricates:

	Voiceless Unaspirated	Voiceless Aspirated
Labial	肥病飯白	皮被抱鼻曝
Dental	茶重箸大直碟	頭糖蟲田𧕟狋柴柱賊
Velar	鹹近厚縣滑	跽白

To account for the two series of Min reflexes, Norman (1973, 1974) reconstructed two series of Proto-Min voiced initial stops and affricates, one unaspirated (*b, *d, *dz, *dž, *g, yielding p, t, ts, tš, k) and one aspirated (*bh, *dh, *dzh, *džh, *gh, yielding ph, th, tsh, tšh, kh). The two series are, however, more likely the result of the conflicting influences of two groups of dialects, represented by the dialect of Ch'ang-sha in Hunan (where, for example, *b yields

p) and the dialect of Nan-ch'ang in Kiangsi (where, for example, *b yields ph).

The dialect of Shao-wu (邵武) in Fukien, which Norman considers a Min dialect, does not share this characteristic: all Ancient voiced stop ˹and affricate initials have Shao-wu aspirated reflexes.

II.3. Ancient A-tone Splits

Tonal splits conditioned by voiceless versus voiced initials have failed to affect some tonal categories in some dialects. Obviously, a tonal split need not involve all tones simultaneously; tonal splits may have taken place in succession, and spread from one tone to another. The group of Ancient A-tone words has, however, been almost universally divided by a tonal split: words with Ancient voiceless stops, affricates, and fricatives have one tone (A1 or ying-p'ing); those with Ancient voiced initial stops, affricates, and fricatives have another (A2 or yang-p'ing). For the most part, words with Ancient initial nasals, laterals, and j have the same tonal reflex as words with Ancient voiced initials. On the basis of the few exceptions where words with initial nasals or laterals have A1 tones, some scholars have speculated on the existence at an earlier stage of voiceless or preglottalized nasal and lateral initials.

In a number of conservative dialects in the provinces of Hopeh and Shansi there is no A-tone split to testify to the former distinction between voiceless and voiced initials in this group. (All these dialects have also preserved the D-tone words as an entity.) Some of these dialects have an even A-tone reflex: high level (55) in the Huo-lu (獲鹿), Hsing-t'ang (行唐), and Feng-nan (豐南), districts of Hopeh, mid level (33) in the Luan-hsien (灤縣) district of Hopeh and the Wu-t'ai (五臺) district of Shansi, and low level (11) in the T'ai-yüan (太原) and Wen-shui (文水) districts of Shansi. More often the tone is falling: 54 (河北贊皇), 52 (河北龍關), 51 (河北崇禮), 43 (河北康保, 建屏), 42 (河北張家口 [or 31], 張北, 宣化, 沽源, 商都, 陽原, 萬全, 元氏), 41 (河北懷安), 32 (河北井陘), 31 (河北尚義, 磁縣), or 21 (河北平山, 靈壽, 山西楡次). In one district in Shansi (平遙), the tone is falling-rising (324). In the Tan-yang (丹陽) dialect of Kiangsu, all Ancient A-tone words have a low falling tone (21) in the literary style of pronunciation. In one stratum of the Chien-yang (建陽) dialect of Fukien, words which had the Ancient A tone remain one entity, with the same low falling tone (31).

According to the *Fang-yen ho P'u-t'ung-hua Ts'ung-k'an* (1.169), there has been no Ancient A-tone split in either the dialects of K'ang-lo (康樂), Chuang-lang (莊浪), and Ch'in-an (秦安) in Kansu or the dialects of Feng-jun (豐潤) and Wei-hsien (蔚縣) in Hopeh. *Hopeh Fang-yen Kai-k'uang*, however, contradicts this for Feng-jun, with 55 for A1, 11 for A2, and Wei-hsien, with 54 for A1, 42 for A2.

In dialects with coexistent tonal systems, one with and one without a split, we may identify two types of branching, bilateral and unilateral:

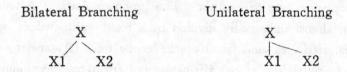

The Hunan dialects provide an example of unilateral branching, in which the C2, but not the C1, category branched off from the C category. In the Min dialects of Chien-yang (Chart 3) and Chien-ou (建甌), on the other hand, both the A1 and the A2 categories branched off from the A category:

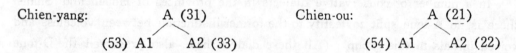

(To be sure, the bilateral nature of the Chien-ou split has been almost obscured: though one-third of the A-tone words with Ancient voiced initials have the 21 tone, just one word with an Ancient voiceless initial, 缸, has this tone.)

(The Tan-yang dialect of Kiangsu provides another example of bilateral branching. Here all Ancient A-tone words have a low-falling tone (21) in the literary style of pronunciation, but the colloquial style shows a split (Lü 1947): words with Ancient voiceless initial stops, affricates, and fricatives and with Ancient initial laterals and nasals have a mid level tone (33); words with Ancient voiced initial stops, affricates, fricatives, and j have a rising tone (35). Words with the Ancient B tone and voiced initials, including laterals and nasals, and with the Ancient C tone and voiceless initials, also have the 35 tone.)

Chart 3

Bilateral Branching in the Chien-yang A-tone Split

[Examples are from Norman 1969]

The Unsplit A Tone 31

巴	va 31	甜	laŋ 31	巢	theu 31
搬	voiŋ 31	松	leŋ 31	旗	ki 31
崩	vaiŋ 31	猴	eu 31	鹹	kiŋ 31
斑	vaiŋ 31			球	kiu 31

The Post-split A Tone (53 : 33)

A1

巴	pa 53	氷	paiŋ 53
搬	poiŋ 53	丁	taiŋ 53
崩	paiŋ 53	肩	kaiŋ 53
斑	paiŋ 53	中	teŋ 53

A2

甜	tieŋ 33	袍	vau 33
松	suŋ 33	肥文	poi 33
猴	xeu 33	肥白	py 33
		桐	tuŋ 33
		臺	lai 33
		田	lieŋ 33
		葵	y 33

II.4.   Ancient B and C-tone Splits

In the Yüeh dialects of Chung-shan Shih-ch'i (中山石岐) and Ho-p'u (合浦) (the latter mentioned briefly in Yüan 1960), the Ancient B and C tones have not split. In the Chung-shan Shih-ch'i dialect, the reflexes of voiced initial stops and affricates in B-tone words are voiceless aspirated; in C-tone words they are voiceless unaspirated. The following examples are from Chao 1948:

B (13)			C (22)		
*voiceless unasp.	*voiceless asp.	*voiced	*voiceless unasp.	*voiceless asp.	*voiced
主 tsy	貯 tshy	柱 tshy	貸 to:i	透 thau	豆 tau
九 kau		舅 khau	蔽 pai	次 tshi	字 tsi
保 pou	跑 pha:u	抱 phou	峻 tsan	盼 pha:n	辦 pa:n

In a few instances, however, Ancient B-tone words with Ancient voiced initials have both the Chung-shan C-tone reflex and voiceless unaspirated initials: 弟 ti 22, 斷 ty(:)n 22, 近 kan 22, and 罪 tsu(:)i 22.

In the literary pronunciation of the Lung-tu (隆都) dialect (Egerod 1956), both the Ancient B tone and the Ancient C tone lack tonal splits, but in the colloquial pronunciation these tones have split into two subcategories each, and

B2 is identical with C2. In the colloquial pronunciation the B tone has been unilaterally split into two subcategories by the branching off of words with voiced initials:

Literary: B (24)

Colloquial: (24) B1   B2 (42) [= C2]

In the literary pronunciation, words with the Ancient C tone all have a mid even tone (33), but in the colloquial pronunciation words with the Ancient C tone are subdivided into two categories: words with original voiceless initials have a low even tone (11); words with original voiced initials, though these are now devoiced, have a high falling tone (42):

C (33)

(11) C1   C2 (42) [= B2)

Two coexistent tonal systems, one with a B-tone split, the other without, are also found in many other dialects: I-hsien (黟縣), Chi-hsi Ling-pei (績溪嶺北), Hsiu-ning (休寧), Ch'i-men (祁門), and She-hsien (歙縣) in Anhwei, Yang-chiang (陽江) in Kwangtung, Shao-wu (邵武) in Fukien, T'ung-k'ou Huang-ch'iao (洞口黃橋) in Hunan, Chin-hua (金華) in Chekiang, Mei-hsien (梅縣) in Kwangtung, T'ao-yüan (桃園) in Taiwan, and Hua-yang Liang-shui-ching (華陽涼水井) in Szechuan.

In the Hui dialect of I-hsien (黟縣) there are pairs of homonymous B-tone words which in Ancient Chinese were distinguished by the presence or absence of voicing. (Conditions for the modern presence or absence of aspiration cannot be ascertained.) Examples from Wei 1935:

*Voiceless: 補 pu   堵 tu   反 fo   草 thə   彼 phɛi   飽 pɔu
*voiced: 部 pu   杜 tu   犯 fo   造 thə   被 phɛi   鮑 pɔu

These examples represent the stage where the Ancient B tone remained unsplit. In some instances there are, however, reflexes of words with the Ancient B tone and voiced initials which have the same tonal reflex as C2 words, indicating a partial split which preceded the devoicing change: no Ancient B-tone word with an Ancient voiceless initial has this tone. Examples:

Voiceless/Voiced Initials		Voiced Initials	
	B		B2 = C2
杏	xa	幸倖	xa
父婦負	fu	腐	fu
件	khiɛ	鍵	khiɛ
撰饌	thuə	篆	thuə
近	khiɛi	覲	khiɛi
待	thuəɯ	怠迨殆	thuəɯ
是氏柿侍	s⊙	士仕	s⊙

Conversely, some words with Ancient voiced initials which are classified in the *Ch'ieh-yün* as members of the C-tone category have the unsplit I-hsien B tone. Examples from Wei 1935: 澹淡 to, 暫朕 tho, 氾 fo, 佩珮暴 phə, 卞汴 piɛ, 旬佃墊 thiɛ, 膳檀 siɛ, 倦 khyɛ, 轎 kiu, 宙胄驟 təɯ, 授 səɯ, 惰 tɔu, 丈杖仗 khiŋ, 仲 thaŋ, 鳳 faŋ, 治嗣飼 ts⊙, 侍視 s⊙.

In the Hui dialect of Chi-ch'i Ling-pei (績溪嶺北), words with the Ancient B tone which had voiced initials have variously the Ling-pei B tone (55), the Ling-pei B2/C2 tone (24), and both of these tones (Chao and Yang 1965), illustrating the two coexistent tonal systems in this dialect:

$$
\begin{array}{c}
\text{B (55)} \\
(55)\ \text{B1} \quad \text{B2 (24)}\ [= \text{C2}]
\end{array}
$$

Examples:

B (55)		B (55)/B2 = C2 (24)		B2 = C2 (24)	
弟	thi	在	tshæ	待	thæ
柱	tšhy	坐	tsho	被	pi
斷	thæ̃, thuã	肚	thu	造	tshə
近	tšhiæ	道	thə	似士市是	sĩ
重	tšhuæ̃	鳳	fæ		
件	tšhi				

In Hsiu-ning (休寧), Ch'i-men (祁門), and She-hsien (歙縣), also commonly considered Hui dialects, the treatment of words with the Ancient B tone which had voiced initials is analogous to that of Chi-hsi Ling-pei: some words remain in the B-tone category, while others have the same tonal reflex as C2 words (Meng 1961).

In the Yüeh dialect of Yang-chiang (陽江), Ancient B-tone words, for the most part, remain unsplit. Examples from the *Tz'u-hui* (1964):

*Voiceless initials: 紙 tʃi 21   昇 pei 21   睬 tʃho 21
                      [originally unaspirated]   [originally aspirated]
*Voiced initials: 柱 tʃhi 21   被 phei 21   在 tʃhoi 21

In a few cases, however, words classified in the *Ch'ieh-yün* as having voiced initials and the B tone have the Yang-chiang tone 454, which is the tone for words with the Ancient C tone which had voiced initial stops and affricates. That is:

$$B\ (21)$$
$$(21)\ B1\quad B2\ (454)\ [=C2]$$

These B2 words have voiceless unaspirated stop and affricate initials: 件 kin 454, 伴 pun 454, 在 tʃoi 454.

A similar unilateral branching among Ancient B-tone words is found in the Hakka dialect of Shao-wu (邵武). One subset of these words retains the original B tone, but another has branched off and merged with the C2 tone:

$$B\ (55)$$
$$(55)\ B1\quad B2\ (35)\ [=C2)$$

Examples from Norman 1969:

Voiceless Initials		Voiced Initials	
底	ti 55	弟	thi 55
飽	pau 55	抱	phau 55
短	ton 55	斷	thon 55
補	pu 55	部	phu 35
腿	thei 55	罪	thei 35
早	thau 55	稻	thau 35
卵	son 55	伴	phon 35

In the colloquial pronunciation of the Ch'u dialect of Tung-k'ou Huang-ch'iao (洞口黃橋) in Hunan, the category of Ancient B-tone words remains unsplit; in the literary pronunciation, however, words with Ancient B tone and voiced initials have a low-rising tone (13) identical with that of the C2 words. That is:

Colloquial: B (21)

Literary: (21) B1 B2 (13) [= C2]

B-tone examples from T'ang 1960:

Voiceless Initials		Voiced Initials	
		Colloquial Style	Literary Style
主 tṣy 21		柱 dẓy 21	dẓy 13
補 pu 21		部 bu 21	bu 13
死 sǐ 21		是 zǐ 21	zǐ 13
斗 tiəu 21		豆 diəu 21	diəu 13
懂 təŋ 21		動 dəŋ 21	dəŋ 13
腫 tṣəŋ 21		重 dzəŋ 21	dzəŋ 13

(The preservation of Ancient voiced initials is a characteristic shared by the Ch'u and Wu dialects.)

The double pronunciations of the Ancient B2 words in the Wu dialect of Chin-hua (金華) in Chekiang reveal the same story: in the colloquial pronunciation, Ancient B-tone words remain one entity, with no tonal split, but in the literary pronunciation such words have the same tone as words with the C tone and voiced initials. Examples from Yüeh-chai 1958 (where double vowels indicate B tone and vowels followed by h indicate C tone):

Colloquial (B):	bhuee	bhaao	dhaa	dhaao
	伴拌絆	抱	淡	道稻
Literary (C):	bhuahn	bhaoh	dhahn	dhaoh
Colloquial (B)	dhee	dhuung	ghiin	ghiiu
	斷	動	近	臼舅
Literary (C)	dhuahn	dhuhng	ghihn	ghiuh
Colloquial (B)	ghyy	hsuee		
	柱	坐		
Literary (C):	ghyh	hzoh		

Among the Hakka dialects of Mei-hsien (梅縣) in Kwangtung (*Tzu-hui* 1962), T'ao-yüan (桃園) in Taiwan [both Szu-hsien and Hai-lu varieiies] (Yang 1957), and Hua-yang Liang-shui-ching (華陽涼水井) in Szechuan (Tung 1948), there are several coexistent tonal systems: in one, Ancient B-tone words remain an entity; in another, these words are in two categories, and the B2 reflexes are phonetically identical with the A1 reflexes:

Mei-hsien	T'ao-yüan 1 (Szu-hsien)	T'ao-yüan 2 (Hai-lu)	Hua-yang
B (31)	B (31)	B (13)	B (31)
B1 B2 [= A1]	B1 B2 [= A1]	B1 B2 [= A1]	B1 B2 [= A1]
(31) (44)	(31) (24)	(13) (53)	(31) (55)

Some examples are shared by all three dialects:

Pre-split stage:

	*Voiceless Initials 鬼	*Voiced Initials 跪	*Voiceless Initials 掌	*Voiced Initials 杖
Mei-hsien	kui 31	khui ˋ 31	tsoŋ 31	tshoŋ 31
T'ao-yüan 1	kui 31	khui 31	tsoŋ 31	tshoŋ 31
T'ao-yüan 2	kui 13	(khui 22)	tsoŋ 13	tshoŋ 13
Hua-yang	kuei˧31	khuei 31	tsoŋ 31	tshoŋ 31

Post-split stage:

	*Voiceless Initials 補	*Voiced Initials 簿	*Voiceless Initials 短	*Voiced Initials 斷
Mei-hsien	pu 31	phu 44	ton 31	thon 44
T'ao-yüan 1	pu 31	phu 24	ton 31	thon 24
T'ao-yüan 2	pu 13	phu 53	ton 13	thon 53
Hua-yang	pu 31	phu 55	ton 31	thon 55

	*Voiceless Initials 主	*Voiced Initials 柱	*Voiceless Initials 左	*Voiced Initials 坐
Mei-hsien	tsu 31	tshu 44	tsɔ 31	tshɔ 44
T'ao-yüan 1	tšu 31	tšhu 24	tso 31	tsho 24
T'ao-yüan 2	tšu 13	tšhu 53	tso 13	tsho 53
Hua-yang	tsu 31	tshu 55	tso 31	tsho 55

	*Voiceless Initials	*Voiced Initials
	九	舅
Mei-hsien	kiu 31	khiu 44
T'ao-yüan 1	kiu 31	khiu 24
T'ao-yüan 2	kiu 13	khiu 53
Hua-yang	tĭəu 31	thĭəu 55

In most Hakka dialects, of course, the majority of Ancient B-tone words which had voiced initials have joined the Ancient C-tone words. This tone change is also represented in the Mei-hsien, T'ao-yüan, and Hua-yang dialects in the words 弟 and 像:

	B2	C
	弟	像
Mei-hsien	thi 42	tshiɔŋ 42
T'ao-yüan 1	thi 55	tshiɔŋ 55
Hua-yang	thi 53	t̂hiɔŋ 53 (似)
		šiɔŋ 53 (畫)

Here the Hai-lu T'ao-yüan dialect, which has a C1 (31) : C2 (22) distinction, diverges, with 弟 thi 22 and 替 thi 31, 匠 siɔŋ 22 and 像 siɔŋ 31.

The Shao-wu dialect, considered a Min dialect by Norman but labelled Hakka here and by Pan et al., does not share this Hakka phenomenon.

The degree of variety in the phonetic realizations of the pre-split B tone is striking; even more striking is the not infrequent failure of the post-split B2 tone to correlate with lower pitch (Chart 4). On acoustic grounds we expect voiced initials to have a lowering effect, and in Shao-wu and Chi-hsi Ling-pei this expectation is not disappointed. In Mei-hsien and Hua-yang, on the other hand, the B2 tone is higher in pitch.

Words with the Ancient C tone remain together as one entity in all Mandarin and almost all Hakka dialects; the Hai-lu (海陸) variety of the dialect spoken in the district of T'ao-yüan in Taiwan has, however, undergone a split in the Ancient C tone. In all Wu and almost all Yüeh dialects the Ancient voicing contrast in initials has led to a split in this tone. The Yüeh dialects of Tung-kuan (東莞) (Wang 1949), Hsin-hui Ho-ts'un (新會河村) (Hashimoto 1970), and Ts'ang-wu Chi-yang-hsiang (蒼梧吉陽鄉) (Hashimoto 1972) are exceptions

Chart 4

Dialects with Vestiges of the Pre-split B Tone

	Pre-split Voiceless and Voiced B	Post-split Voiceless B1	Post-split Voiced B2
1. 隆都	24	24	42 (= C2)
2. 陽江	21	21	454 (= C2)
3. 邵武	55	55	35 (= C2)
4. 洞口黃橋	21	21	13 (= C2)
5. 績溪嶺北	55	55	24 (= C2)
6. 梅縣	31	31	44 (= A1)
			42 (= C)
7. 桃園（四縣）	31	31	24 (= A1)
			55 (= C)
8. 桃園（海陸）	13	13	53 (= A1)
9. 華陽涼水井	31	31	55 (= A1)
			53 (= C)

to this rule: in the Yüeh dialect of Tung-kuan, 醉 (*ts-), 對 (*t-), 變 (*p-), 愛 (*ʔ-), and 漢 (*h-), for example, have the same tone as the words 暫 (*dz-), 盜 (*d-), 備 (*b-), 共 (*g-), 樹 (*ž-). Min dialects are in this regard similar to the Yüeh and Wu dialects. In the Min dialect of Chin-chiang (晉江) (Tung 1959), for example, both 句 (C1) and 舊 (C2) are in isolation pronounced ku 31; in the sandhi forms of connected speech, however, the former has a low even tone (11), the latter a high even tone (55). A similar phenomenon is reported for the Mandarin dialect of Pao-ting (保定) (Yang 1960, cf. Giet 1946, 1950): Ancient C-tone words all have a high falling tone except in the first position of a disyllabic expression where those with Ancient voiceless initials have a high even tone (55), while those with Ancient voiced initials have a low even tone (11).

Meng (1961) reports that eleven Anhwei dialects exhibit the Ancient C-tone split: 懷寧, 望江, 太湖, 潛山, 岳西, 宿松, 祁門, 歙縣, 績溪, 休寧, and 屯溪.

In the provinces of Hupeh (Chao et al. 1948), Hunan (Yang 1974, Chang 1974a), and Kiangsi (Yang 1971, Chang 1974b), some dialects have the Ancient C-tone split, some do not:

Hupeh.　A.　Without C-tone split (C = B2):

光化, 竹谿, 鄖西, 鄖縣, 武昌, 恩施, 來鳳, 興山, 宣恩, 利川, 京山, 保康, 襄陽, 南漳, 棗陽, 均縣, 隨縣, 房縣, 鍾祥, 江陵, 巴東, 荊門, 宜都, 枝江, 長陽, 宜昌, 漢口, 漢陽, 秭歸, 當陽, 安陸, 孝感, 應城, 雲夢, 漢川, 黃陂, 大悟 (＝禮山?), 天門, 沔陽, 松滋, 應山.

　　B.　With C-tone split (C2 = B2):

陽新, 蒲圻, 咸寧, 禮山 (＝大悟?) (趙), 黃梅, 竹山, 鶴峯, 公安, 監利, 嘉魚, 應山 (趙), 孝感 (趙), 石首, 安陸 (趙), 應城 (趙), 雲夢 (趙), 鄂城, 崇陽, 黃陂 (趙), 黃安, 黃岡, 通山, 蘄春, 廣濟, 羅田, 英山, 浠水, 通城, 麻城.

(In the Ta-yeh [大冶] dialect C1 is 35, C2 = B2 = A1 are 22.)

The Ancient C-tone split in the Hupeh dialects of 安陸, 雲夢, 應城, 孝感, 應山, 禮山 (= 大悟?), and 黃陂 reported by Chao et al. (1948) is absent from Ch'en Chen-ya's description (1959) (Chart 5). Though this could be due to recent changes in these dialects, it is more likely that Chao and Ch'en described two coexistent tonal systems.

Chart 5

The Ancient C-tone Split in Some Hupeh Dialects

	Ch'en Chen-ya (1959)	A1	A2	B1	B2/C	D	Chao Yuen-ren (1948)	A1	A2	B1	B2/C2	C1	D
1.	安陸	44	31	53	12	22	安陸	34	21	52	45	25	13
2.	雲夢	44	33	54	55	12	雲夢	34	12	53	44	35	14
3.	應城	44	33	21	54	12	應城	34	12	53	55	45	13
4.	孝感	44	22	53	12	22	孝感	34	21	52	33	25	213
5.	應山	31	54	12	213	53	應山	34	21	53	55	25	13
6.	大悟	44	52	55	13	12	禮山	33	42	53	55	35	313
7.	黃陂	44	31	55	33	12	黃陂	23	212	42	44	35	24

Hunan.　A.　Without C-tone split (C = B2):

常德, 麻陽, 桑植, 永興, 龍山, 寧遠, 衡陽, 永順, 古丈, 永綏, 鳳凰, 保靖, 乾城, 芷江, 晃縣, 桂陽, 江華, 郴縣, 耒陽, 安仁, 湘潭, 常寧, 大庸, 武岡, 沅陵, 石門, 醴陵, 瀏陽, 攸縣, 祁陽, 永明, 桂東, 零陵, 靖縣, 新化, 慈縣, 邵陽隆同.

　　B.　With C-tone split (C2 = B2):

岳陽, 會同, 洞口黃橋, 華容, 平江, 邵陽城區, 新寧, 城步, 雙峯, 湘鄉, 敘浦, 茶陵, 衡山, 黔陽, 沅江, 汝城, 慈利, 臨澧, 桃源, 臨湘, 綏寧, 通道, 安化, 澧縣 (C1 = A2) 瀘溪, (C2 = B1) 辰溪 (C2 = B1?).

C. With two tonal systems, one with the C-tone split (C2 = B2), the other without (C = B2):

Unilateral splits: 長沙, 安鄉, 南縣, 湘陰, 東安, 資興, 漢壽, 益陽, 沅江, 臨武, 寧鄉.

Bilateral splits: 嘉禾, 道縣, 新田, 宜章.

Kiangsi. A. Without C-tone split (C = B2):

萍鄉, 信豐, 萬載, 龍南, 會昌, 貴溪, 瑞金, 崇義, 尋鄔, 萬安, 贛縣, 宜豐, 南康 (B2 independent), 定南 (B2 = A1), 廣豐 (Chang 1974b: B2 = A2?).

B. With C-tone split (C2 = B2):

弋陽, 新喻, 餘干, 靖安, 興國, 都陽, 上猶, 玉山, 虔南, 修水, 都昌, 銅鼓, 峽江, 永新, 定遠, 高安, 南昌, 新建, 大庚, 寧都, 奉新, 臨川, 南城, 南豐, 雩都, 湖口, 寧岡, 遂川, 安福, 黎川, 樂安, 九江, 廣豐 (Yang 1971: C1 = A2), 石城 (C1 = B1), 上饒 (C2 = A2), 樂平 (C1 = B1).

In the Ch'ang-sha (長沙), Ning-hsiang (寧鄉), Juan-chiang (沅江), Yi-yang (益陽), Nan-hsien (南縣), Hsiang-yin (湘陰), Han-shou (漢壽), Tung-an (東安), Tzu-hsing (資興), Lin-wu (臨武), and An-hsiang (安鄉) dialects of Hunan, words with the Ancient B2/C tone, which in literary pronunciation remain an entity, have in colloquial pronunciation unilaterally split into C1 and B2/C2 subcategories (cf. Chart 6 and, for Ch'ang-sha examples, Chart 7).

The Chia-huo (嘉禾), Tao-hsien (道縣), Hsin-t'ien (新田), and Yi-chang (宜章) dialects of Hunan have two tonal systems. In the one, words which had the Ancient C tone remain an entity, and words which had the Ancient B tone and voiced initials joined them. In the other, words which had the Ancient C tone have split into two subcategories, C1 and C2, and words which had the Ancient B tone and voiced initials have gone with the C2 category. A comparison of these two tonal systems shows the relationship of the C1 and B2/C2 categories to the B2/C system to be one of bilateral splitting:

Chia-huo		Tao-hsien		Hsin-t'ien		Yi-chang	
B2/C (35)		B2/C (35)		B2/C (35)		B2/C? (35)	
C1	B2/C2	C1	B2/C2	C1	B2/C2	C1	B2/C2?
(44)	(53)	(11)	(53)	(53)	(11)	(54)	(33)

Chart 6

The Ancient C-tone Split in Some Hunan Dialects

		Literary	Colloquial	
		B2/C	C1	B2/C2
1	長沙 (*Tzu-hui*)	55	55	21
	長沙 (Yang)	35	35	11
2.	寧鄉	55	55	31
3.	沅江	55	55	31
4.	益陽	55	55	11
5.	南縣	35	35	31
6.	湘陰	35	35	11
7.	漢壽	35	35	33
8.	東安	35	35	33
9.	資興	35	35	33
10.	臨武	35	35	53
11.	安鄉	24	24	33

Chart 7

The Development of Ancient B2/C-category Words
in the Ch'ang-sha Dialect (*Tzu-hui*)

*B Tone		*C Tone		*C Tone	
With Voiced Initials		With Voiced Initials		With Nasal, Lateral, and j Initials	

| 55 | 罷惰似祀
士恃父肚子
柱豎戶互
拒距聚序
敘緒待怠
鮑道稻皂
造紹善旱
辦篆圈慎
忿甚腎盾
棒象杏幸 | 55 or 21 | 社
技妓
部在抱
被兆犯
趙拌淡
范限盡
辮斷菌杖
近丈杖
仗上山
像項動
重 | 55 | 乍座謝飼治
示視敝斃篦
劑忌系埠附
度住助護互惠
備兌穗睡惠
暴導盜掉調
轎效校后袖
便漸健膪陷
餡緞患宦倦
慎恨遁匠贈
鄭剩仲 | 55 or 21 | 大
自步具
賀事樹
貸柜繪豆授
號會辦蛋暫
壽舊彈汗
飯站殿佃現
賤縣段陣尚
賺順巷鳳
狀俸縫定
鄧淨洞
共 | 55 | 麗吏義議暮慕
墓幕怒路誤悟
與譽裕喻賣邁
妹銳偽衛未魏
謂蛸茂貿溽
傲祐柚釉難
濫飲練鍊煉
戀蔓悶任刈賃
客韻運暈浪諒
輛恙旺 | 55 or 21 | 利
痢藝務
異霧耐昧
碼類淚味
位胃冒貌
帽鬧料又
閙漏慢面
漫岸念願
院認潤問
孕亮望另
忘孟弄 |
| 21 | 夏坐禍柿
弟婦杜倍
罪滙受厚
伴棧件笨
並 | 21 | 畫下話和字
寺避第遞地袋傳
渡鍍候就盛
害壞份鈍巷病
換 | 21 | 罵磨糯例屬
勱隸易露慮
濾遇寓奈賴
艾外內累廟妙
尿右慢爛硯
亂嫩論夢命
令硬用 |

Chart 8

A1, A2, B1, B/C2, D1, D2 Tonal Systems:

Hakka, Kan, and Mandarin Dialects

I. Hakka Dialects

Dialect	A1	A2	B1	B2/C	D1	D2
廣東梅縣（袁）	44	11	31	52	1	5
（何）	44	12	21	42	21	44
（王力）	335	14	22	51	11	44
（李，語文）	44	34	21	42	21	4
（李，集刊）	44	34	21	51	32	55
（Vömel）	44	13	21	52	2	5
大埔（袁）	35	11	31	52	1	5
始興	LR	HF	LF	MF	HE	ME
寶安沙頭角	33	11	32	53	3	5
中山第五區	R	LE	F	HE	LE	HE
香港新界	33	11	42	53	2	4
海陸（橋本）	ME	LE	MF	HE	MF	HR
四川華陽涼水井	55	13	21	42	ˀ42	ˀ55
臺灣桃園四縣	24	11	31	55	22	55

II. Kan Dialects

Dialect	A1	A2	B1	B2/C	D1	D2
江西會昌	24	53	11	31	32	55
龍南	44	31	53	33	21	23
尋鄔	24	42	31	55	11	34
定南	24	31	42	53	22	55

III. Mandarin Dialects

Dialect	A1	A2	B1	B2/C	D1	D2
江蘇大豐	21	35	213	45	4	5
泰興	21	45	213	42	4	5
東台	31	35	212	44	?4	?5
泰州	21	45	213	33	3	4
海安	31	35	213	33	3	4
如皋	21	35	213	33	3	4
陝西吳堡	213	33	312	52	5	13
河南洛陽	55	21	42	?14	44	42

II.5. Splits of B2/C Tones

A tonal system with A1, A2, B1, B2/C2, and C1 categories may have had splits of the A, B, and C categories, followed by the merging of the B2 and C2 categories. Examples of this type of development are the dialects listed in Charts 9 and 10. It may, however, also derive from the predominant tonal system of the north, with its A1, A2, B1, and B2/C categories (cf. Chart 8 for Hakka, Kan, and Mandarin examples), followed by secondary splitting of the B2/C category into C1 and B2/C2 categories along the line between voiceless and voiced initials. Examples of this second type of development are the tone systems of the Hakka dialects of T'ao-yüan (Hai-lu variety) in Taiwan, Shao-wu (邵武) in Fukien, and Lien-chou (廉州) in Kwangsi (Hashimoto 1970):

	A1	A2	B1	B2/C2	C1	D1		D2
桃園	53	55	13	22	31	55		32
邵武	21	22	55	35	13	53		35
						D1a	D1b	
廉州	HR	ME	MR	LE	HR	ME	LR	LE

The assumption that these systems represent a development of the northern type of system and were achieved through a secondary splitting of the B2/C category is based on the fact that most Hakka dialects have a tonal system with A1, A2, B1, and B2/C categories, that is, one in which there has been no Ancient-C-tone split. The assumption that the Hunan dialects listed above in Chart 6 also had this type of development is supported by the existence and nature of the two tonal systems found in these dialects: one has an unsplit B2/C category; the other had the B2/C category split into C1 and B2/C2 categories, and the post-split C1 tone is phonetically identical with the unsplit B2/C tone. Since there is no evidence for a phonetic change in either the unsplit B2/C category or the post-split C1 category, I interpret the phonetic identity of these two tones, in contrast to the post-split B2/C2 tone, as a reflection of the unilateral branching off of the B2/C2 category from the B2/C category. That is:

II.6. The Merging of B2 and C2 Tones

The majority of the dialects in the south have seven tones: A1, A2, B1, B2/C2, C1, D1, and D2. Among the dialects which preserve the contrast of voiceless and voiced initials, tone A2 is generally lower than A1, B2/C2 is lower than both B1 and C1, and D2 is lower than D1, but among those which lack the voicing contrast the correlation of odd-numbered tones with higher pitch is less constant (Charts 9 and 10).

Chinese dialects often have the same tone for words of both the B2 and the C2 categories, and in most cases the direction of merging cannot be determined. We know, however, that in the Yüeh dialects of Canton (廣州), Tung-kuan, and T'ai-shan (台山) the B2 category has merged in part with the C2 category, while in the Min dialects of Ch'ao-chou (潮州) in Kwangtung and Wan-ning (萬寧) on the Island of Hainan the C2 category has in part merged with the B2 category. In the dialects of Canton and Ch'ao-chou, for example, there are splits among the words with A, B, C, and D tones, but membership in the B2 and C2 categories often fails to correspond to the *Ch'ieh-yün's* classifications. Both dialects show partial merging of the B2 and C2 categories, but in different directions. In the dialect of Canton, many words which had the Ancient B tone and voiced initials have joined the C2 group. Words with the Ancient B tone and voiced initial stops and affricates which have the Canton B2 tone have aspirated initials, while those which joined the C-tone group have the unaspirated initials characteristic of words with the Ancient C tone and voiced initial stops and affricates (Chart 11).

Chart 9

Tnal Systems of Southern Dialects with Seven Tones and Voicing Contrasts

Dialect	A1	A2	B1	B2/C2	C1	D1	D2
浙江溫嶺	33	31	42	13	55	ʔ55	ʔ11
江蘇常州	55	213	45	24	423	ʔ5	ʔ2
蘇州	55	24	52	31	412	ʔ5	ʔ2
太倉	55	32	52	213	423	5	2
江陰	42	13	35	312	413	5	2
川沙	53	12	44	13	34	5	2
海門（手冊）	53	24	31	213	34	5	2
上海縣	53	21	44	13	24	ʔ5	ʔ2
江西廣豐（楊）	44	33	55	11	33	55	23
玉山	33	535	55	22	51	55	23

Chart 10

Tonal Systems of Southern Dialects with Seven Tones but without Voicing Contrasts

[L: Literary; C: Colloquial]

Dialect	A1	A2	B1	B2/C2	C1	D1	D2
江西新喻	44	31	13	24	53	55	23
奉新	42	13	35	11	53	55	22
弋陽	33	13	53	31	35	55	23
臨川	42	24	35	11	53	32	55
貴溪	22	24	35	51	53	55	23
南康	35	11	42	24	53	32	55
虔南	33	31	53	22	55	32	55

江蘇興化	33	34	213	21	53	4	5
如東	32	35	213	21	33	3	4
南通縣	31	35	24	21	53	?4	?5
南通市	21	35	55	213	42	?4	?5
浙江平陽	44	24	451	31	11	?45	?24
浙南	55	24	453	31	11	54	24
福建漳州 (朱)	55	13	51	33	21	32	<u>121</u>
福鼎	55	21	52	12	24	5	24
仙游	55	24	33	21	53	?32	?54
廈門 (袁)	55	24	51	33	11	<u>32</u>	5
福州 (袁)	44	53	22	232	212	13	4
泉州 (朱)	33	35	53	22*	53*	43	34
寧德	33	11	41	41	35	<u>33</u>	55
建甌(Norman)	54	22	<u>21</u>	<u>43</u>, 44	22	35	43 44
建甌 (黃)	53	33	11	55	22	13	31
福安, 柘洋	43	11	41	35	13	<u>54</u>	21
龍溪	24	323	53	33	31	32	13
莆田	533	11	453	11	42	21	?4 (L) ?35 (C)

* In sandhi forms; in isolation, 41.

Dialect	A1	A2	B1	B2/C2	C1	D1	D2
臺灣臺北（董）	44	24	53	33	11	ʔ31	ʔ44
臺中	44	13	42	33	21	21*	44*
臺南（鄭）	HE	R	HF	ME	LF	LF	ME

* In sandhi forms; in isolation, 3.

Dialect	A1	A2	B1	B2/C2	C1	D1	D2
廣東隆都	55	33	24	42 (C)	11	5	1
海南島文昌	33	11	ʔ21	53	24	4	21
萬寧	33	11	ʔ21	53	13	44	12
海口	23	22	212	33	24	5	3

Chart 11

Canton Reflexes of Ancient B2 Words

B2 (13)		B2 (13)/C2 (22)		C2 (22)	
抱	phou	伴	phu : n/pu : n	部	pou
婦	phou, fu	淡	tha : m/ta : m	父	fu
倍	phu : i	斷	thy : n/ty : n	范	fa : n
肚	thou	坐	tsho/tso	杜	tou
似柿	tshi	造	tshou/tsou	待	toi
柱	tshy	重	tshuŋ/tsuŋ	稻	tou
舅	khɩu	近	khɩn/kɩn	動	tuŋ
拒	khɛy	腎	sɩn	在	tso : i
厚	hɩu			罪	tsøy
旱	ho : n			近	ki : n

Similar phenomena are reported for the Yüeh dialects of Tung-kuan and T'ai-shan. In the Tung-kuan dialect some words with the Ancient B tone and Ancient voiced initials have voiceless aspirated initials and the B2 (23) tone; many others have voiceless unaspirated initials and the C (332) tone, which has not split in the Tung-kuan dialect. (Wang 1949 provides only examples of the former sort, e.g. 道, 淡, 斷, 柱, 坐, 倍, 舅, 抱, 近, and 互.) In the T'ai-shan dialect, some words (e.g. 倍 and 舅) have the B2 (21) tone and voiceless aspirated initials, while others (e.g. 待, 在, 罪, and 近) have the C2 (32) tone and voiceless unaspirated initials (Wang 1950).

In the dialect of Ch'ao-chou, the four Ancient tones have split into two subcategories each, resulting in an eight-tone system, but some words with the Ancient C tone and Ancient voiced initials (including Ancient nasals, laterals, and j) have joined the B2 group. Among these words are doublets, one with the Ch'ao-chou C2 tone, the other with the Ch'ao-chou B2 tone (Charts 12 and 13).

Chart 12

Ch'ao-chou Reflexes of Ancient C2 Words
with Ancient Stop, Affricate, and Fricative Initials

[Examples are mainly from Li Yung-ming 1959, supplemented by Chan 1959 and *Tzu-hui* 1962.]

C2 (11)		C2 (11)/B2 (35)		B2 (35)	
鼻	phĩ	大	tua/tai	備敝	pi
地	ti	樹	tshiu/su	第	tõĭ
豆	tau	匠	tshĩẽ/tsiaŋ	盜導	tau
殿	tõĭ	飯	puŋ/hueŋ	電	tieŋ
贈	tsaŋ			藏臟	tsaŋ
舊	ku			具	ku
校	hau			效	hau
壽	siu			授	siu

Chart 13

Ch'ao-chou Reflexes of Ancient C2 Words
with Ancient Nasal, Lateral, and j Initials

C2 (11)		C2 (11)/B2 (35)				B2 (35)	
怒	no	生命	mia/meŋ	命令		二	no
路	lou	希望	mo/buaŋ	朔望		陋	lou
吏例	li	利息	lai/li	利		麗厲	li
煉練	lieŋ	破爛	nua/laŋ	燦爛		吝	lieŋ
霧	bu	上任	zim/zim	信任姓		務	bu
類	lui					淚	lui
妹	mue					昧寐	mue
閏	zuŋ					潤	zuŋ
萬	bueŋ					慢漫	bueŋ
用	eŋ					孕	eŋ

With unfortunately very few examples, Chan (1958) presents a tone system for the Min dialect of Wan-ning on the Island of Hainan in which, as in Ch'ao-chou, many words with Ancient voiced initials and the C tone have the same reflex as words with Ancient voiced initials and the B tone:

Ancient B Tone		Ancient C Tone	
Voiceless Initials	Voiced Initials	Voiced Initials	Voiceless Initials
ʔ21	53		13

Clearly, in its B2 and C2 classifications the *Ch'ieh-yün* was based on a precursor of the Wenchow dialect or a dialect not yet recorded. In Canton and Ch'ao-chou there appear to have been either tone changes preceding the major tonal splits or seven-tone subsystems, one (Canton) in which B2 had changed to C2, the other (Ch'ao-chou) in which C2 had changed to B2:

Ch'ieh-yün	Wenchow	Canton	Ch'ao-chou
B2	24 (B2)	13 (B2)	35 (B2)
B2	24 (B2)	22 (C2)	35 (B2)
C2	11 (C2)	22 (C2)	35 (B2)
C2	11 (C2)	22 (C2)	11 (C2)

Examples:

(1) *Ch'ieh-yün* B2

Wenchow B2 : Canton B2 : Ch'ao-chou B2

婦倍被¹抱棒弟肚怠¹殆¹淡¹道¹斷¹坐¹造似柱¹重¹社柿市恃善¹腎上拒距舅近¹下¹夏¹
蟹厚後¹旱

(2) *Ch'ieh-yün* B2

Wenchow B2 : Canton C2 : Ch'ao-chou B2

罷部簿爻負被²伴范犯辯辨奉並杜待怠²殆²道²稻淡²動坐²聚在罪皂造²盡靜祀序叙緒
象像橡柱²趙兆篆丈杖伏重²是士豎紹受善²甚枝妓互跪儉件圈近²禍戶后限項杏幸

(3) *Ch'ieh-yün* C2

Wenchow C2 : Canton C2 : Ch'ao-chou B2

敝幣斃捕備暴飯¹便鳳大¹惰第兌導盜但斷²電佃遁鈍鄧自就漸藏臟匠¹袖頌訟住助
驟狀撞仲視睡授順尚盛忌具健¹腱倦競下²系互護壞滙會惠慧校後²患宦混

(4) *Ch'ieh-yün* C2

Wenchow C2 : Canton C2 : Ch'ao-chou C2

弊鼻避步腐辦飯² 份縫病敗稗大² 地度渡代袋隊棹調豆痘殿段緞定洞座字賤淨謝
寺匠²治傳記陣鄭示射樹壽事剩上櫃轎舊健²共夏²畫話賀害號效候汗陷現縣換巷

II.7. The Merging of B2, C2, and D2 Tones

In the Min dialect of Chien-ou (建甌), for which Huang 1957 and Norman 1969 offer limited data, the B2, C2, and D2 categories each have the same two reflexes: 31 and 55 in Huang's recording, 42 and 44 in Norman's (Chart 14). Most words with the Ancient B tone, and all with the D tone, which have Ancient nasal, lateral, and j initials have the 31/42 reflex. All words with the Ancient C tone and Ancient nasal, lateral, and j initials have the 55/44 reflex. Some words with Ancient voiced stop, affricate, and fricative initials and Ancient B and D tones have the 31/42 reflex; others have the 55/44 reflex. (There are discrepancies in Huang's and Norman's data for the B category: 部 [B2], Huang pu 55, Norman pu 42; 被 [B2], Huang phyɛ 55, Norman phyɛ 42; 妗 [B2], Huang keiŋ 55, Norman keŋ 42.) Words of the C2 category with stop, affricate, and africative initials more often have the 55/44 reflex. The most likely inference to be drawn from all this is that the B2, C2, and D2 tones merged and the one resulting tone then split, though the conditions for such a split are not

Chart 14

B2, C2, and D2 Reflexes in the Min Dialect of Chien-ou

Examples are from Norman 1969. I: Ancient nasal, lateral, and j initials; II: Ancient stop, affricate, and fricative initials.

		*B2		*C2		*D2	
		I	II	I	II	I	II
42		米瓦我五 蟻咬耳領 灉癢	部被動 趙重罪 坐跬(踦) 近脆姈 厚下上		第地畫	目麥玉 額月日 肉入箬 辣六綠 蠟落藥	薄讀碟 學滑劃 食舌
44		老李卯雨	抱伴弟 稻斷丈 柱臼是 市柿象 像	磨罵賣妹 帽慢面問 命夢艾外 硯二認閏 露路利位 胃院樣用	病稗鼻步 縫吠飯定 豆大袋箸 住鄭字坐 舊汗縣尚 上事樹下 謝夏話 後		白雹曝 直賊席 石秫核 合盒翼

apparent. In the Min dialect of Yung-an, B2/C2/D2 words all have the ʔ43 reflex.

In the Hakka dialect spoken in the district of Shao-wu in Fukien, we see a clear-cut case of the merging of the B2, C2, and D2 categories, here in a 35 tone (Chart 15). Other instances of such merging are found among Kiangsi,

Chart 15

B2, C2 and D2 Reflexes in the Min Dialect of Chien-ou: Tone 35

Examples are from Norman 1969. I: Ancient nasal, lateral, and j initials;
II: Ancient stop, affricate and fricative initials.

*B2	*C2		*D2	
II	I	II	I	II
舵部罪是	罵露路賣妹	大夏謝步箸	蠟入辣	合盒十拔
柿市稻趙	外離利二櫃	樹袋弟畫話	月密日落	舌活滑
厚後伴象	位未胃帽漏	吠鼻地字事	藥麥脈	薄鑿學直
	慢面硯院認	豆舊餡汗換	綠玉	食白尺石
	閏問樣命夢	飯縣尙上病		讀菊
	用	鄭定		

Hunan, and Hupeh dialects (cf below, section VI.6: The Merging of Split D-tone
Categories with Other Tonal Categories).

II.8.   The Merging of B2, C2, and C1 Tones

In the Min dialect of Chien-yang (Norman 1969) the borders between the
B2, C1, and C2 categories appear blurred. All members of the C1 category,
most members of the B2 category, and some members of the C2 category have
tone 32; most members of the C2 category and some members of the B2
category have the slightly higher falling tone, 43 (cf. Chart 16 for examples):

Chart 16

Ancient B2 and C2 Words with the Chien-yang 32 and 43 Tones

*B2	*C2
32　蟹瓣在待淡杏抱造 道皂近厚是弟社並辮 善鱔件儉競趙兆上 癢象像丈伏杖受舅 臼柱坐婢伴盡靜棒 項簿部祀已似肚戶 父婦範犯亥旱誕斷 撰禍動重奉具聚序 叙巨拒篆	32　會暫后後侍示視地 佃膳宙第治宕妒泛 梵但繪俸鳳羨綬
	43　夏敗代寨辦殿鄧贈 行恨莧病棧憾陷導 盜効校號皓筧共訟 頌順仲郡豆逗候忌餇 鼓妓技系係繫謝藉 射定鄭避地便臽電 賤墊現莧盛剩掉 調轎匠尚上樞就壽 授住舊座惰舵賀備 鼻地字寺痔自定袖淨 陣藏狀步助自事度 渡互護話畫大壞害 彈段汗喚幻患飯綬 焙袋兌隊滙會洞巷
43　幸限稻竇市漸甚腎士 負罪跪笨盾慎忿	吠樹遂瑞箸櫃慧卉 惠諱縣傳健倦范遁份

II.9. The Voiceless/Voiced Status of Ancient Lateral, Nasal, and j Initials.

In the Yüeh dialects, where the four Ancient tones have split into two sub-categories each according to the voiceless or voiced nature of the word initials, words with Ancient lateral, nasal, and j initials have generally gone along with those with voiced initials. The Mandarin and Hakka dialects are among those in which the Ancient C-tone words remain an entity. These dialects have, however, had A and B-tone splits, and it is a characteristic of the Mandarin dialects that words with Ancient lateral, nasal, and j initials and the Ancient A tone behave tonally like words with voiced initials, while words with the same initials but the Ancient B tone behave like words with voiceless initials. (This fact was reported by Annen in 880; it is also implicit in the arrangements of the phonological charts designed by Shao Yung for his *Huang-chi Ching-shih Shu*, which was based on the Mandarin dialects spoken in K'ai-feng during the eleventh ceutury.) Dialects spoken in the provinces of Kiang-si, Hupeh, and Hunan, and in northern Kiangsu and southern Anhwei, are in this respect generally like the Mandarin dialects. This dichotomous correlation of the tonal features of voiced and voiceless initials with words which had Ancient lateral, nasal, and j initials, depending on whether they had the Ancient A or Ancient B tone, is even found in the Wu dialects of Ch'ang-chou (常州), Wen-ling (溫嶺), and except for words with Ancient j initials and the B tone, which have joined the voiced group, Chin-hua (金華). For the most part, however, the Wu dialects are like the Yüeh dialects in that the words with Ancient lateral, nasal, and j initials and the Ancient B tone behave tonally like words with voiced initials.

There have been double, and even triple, developments of words with Ancient lateral, nasal, and j initials and the Ancient B tone in the Hakka dialects, the Yüeh dialect of T'ai-shan, and many Min dialects. In the Hakka dialect of Mei-hsien, for example, some of these words, reflecting the northern origin of the Hakka speakers, have a low falling tone, 31, the tone customarily found among Ancient B-tone words with Ancient voiceless initials; others, showing the effects of the Hakka move to the south, have a high level tone, 44, the tone of Ancient B-tone words with Ancient voiced initials (Chart 17). (This high level tone is also the tonal reflex for the Ancient A tone among words with Ancient voiceless initials.)

The Yüeh dialect of T'ai-shan (Wang Li 1950) shows a triple development of words with Ancient lateral, nasal, and j initials and the Ancient B tone: some have the T'ai-shan B1 tone, 55; others have the B2 tone, 21; still others have the C1 tone, 33:

Ancient B-tone words with lateral, nasal, and j initials	Ancient B and C-tone words with stop, affricate, and fricative initials
55　五女老眼努滿米	(B1)　古紙好楚
21　武曖某柳雨	(B2)　柱倍似舅憒
33　買軟卵有	(C1)　試蓋醉漢唱怨祀

Chart 17

Ancient B-tone Reflexes in the Hakka Dialects

(Mei-hsien data are from *Tzu-hui*, Hai-lu and Szu-hsien in T'ao-yüan from Yang 1957, and Hua-yang Liang-shui-ching from Tung 1948.)

Mei-hsien　31	Mei-hsien　44 (= A1)
Hai-lu　　　13	Hai-lu　　　53 (= A1)
Szu-hsien　31	Szu-hsien　24 (= A1)
Hua-yang　31	Hua-yang　55 (= A1)
Words with Ancient voiceless stop, affricate, and fricative initials 鬼榜短董左主九己幾稈	Words with Ancient voiced stop, affricate, and fricative initials 被*蚌*斷動坐柱舅妓*技*旱* * Not recorded for Hua-yang
Words with Ancient lateral, nasal, and j initials 李裏了柳兩欖米畝武舞網猛女腦惱眼擾野偉脣引	Words with Ancient lateral, nasal, and j initials 禮里理鯉魯櫓滷旅懶臉領買尾卯某免勉曖語惹軟忍養癢

In the Min dialect of P'u-ch'eng (浦城), words with Ancient lateral, nasal, and j initials and the Ancient B tone have joined the group of words with Ancient voiced stop, affricate, and fricative initials and the Ancient B tone and have the B2 tone, 54. In other Min dialects, most words with Ancient lateral, nasal, and j initials and the Ancient B tone have the B1 reflex (Chart 18), but there

Chart 18

Min B1 Reflexes for Words with the Ancient B Tone and Ancient Lateral, Nasal, and j Initials

(Exceptions are indicated in parentheses.)

Dialect	李	領	米	馬	尾	野
潮州	li	nia	bi	be	bue	ia
揭陽	li	nia	bi	be	bue	
晉江		nia	bi	be	bə	
廈門	li	niä	bi	be	be	ia
龍溪	li	nia	bi	be	bue	
臺北	li	nia	bi	be	be, bue	
定安	li	lia	vi	ve	vue	ze
隆都	lĭ	liaŋ	mĭ	mǎa	mǔaj	iǎa
福鼎			mi	ma	moi	
柘陽			mi	ma	mue	
福安			mi	ma	mui	
寧德			mi	ma	mɣy	
福州	li		mi	ma	mui	ia
建陽	loi	liaŋ (B2)	moi (B2)	ma	mui	ia
建甌	li	liaŋ (B2)	mi (B2)	ma	mye	ia

are some words which have either the B2 reflex, in those dialects where B2 and C2 differ, or, in dialects where B2 and C2 are the same, the B2/C2 reflex (Chart 19). (For the Ning-te [寧德] dialects, finals must be used to determine whether words belong to the B1 category or the B2/C2 category, since the tonal categories B1, B2, C2 are a phonetically identical 41, [Norman 1973].) On the basis of the tonal reflexes in the Min dialects, Norman (1973) has suggested contrasts of *l : *lh, *m : *mh, *n : *nh, *ň : *ňh, and *ŋ : *ŋh for Proto-Min.

Chart 19

Min B2 or B2/C2 Reflexes for Words with the Ancient B Tone and Ancient Lateral, Nasal, and j Initials

(Exceptions are indicated in parentheses.)

Dialect	老		卵		兩		耳	
潮州	lau	B2	nɤŋ	B2	no	B2	hĭ	B2
揭陽			nŋ	B2	no	B2	hi	B2
晉江	lau	B2	nŋ	B2			hi	B2
廈門	lau	B2/C2	nŋ	B2/C2	nŋ	B2/C2	hi	B2/C2
龍溪	lau	B2/C2	nui	B2/C2	nɔ	B2/C2	hi	B2/C2
臺北	lau	B2/C2	nŋ	B2/C2	nŋ	B2/C2	hi	B2/C2
定安	lau	B2/C2	nui	B2/C2	no	B2/C2	hi	B2/C2
隆都	laau	B2/C2			laaŋ	B2/C2	ŋi	B2/C2
福鼎			loŋ	B2/C2				
柘洋			lon	B2/C2				
福安			lɔn	B2/C2				
寧德			lɔ : n	B2/C2				
福州	lau	B2/C2	lauŋ	B2/C2				
建陽	seu	B2	syn	B2			noiŋ	B2
建甌	sei	(C2)	soŋ	(C2)			neŋ	B2

Dialect	蟻		五		瓦		網	
潮州	hia	B2	ŋou	B2	hia	B2	maŋ	B2
揭陽	hia	B2	gou	(C2)	hia	B2		
晉江			gɔ	B2	hia	B2	baŋ	B2

廈門	hia B2/C2	gɔ̃	B2/C2, B2/C2	ua	(B1)	baŋ	B2/C2
龍溪		gɔ	B2/C2	hia	B2/C2	baŋ	B2/C2
臺北	hia B2/C2	gɔ	B2/C2				
定安	hia B2/C2	ŋou	B2/C2	hia	B2/C2		
隆都	ŋia B2/C2	ŋu	B2/C2	ŋua	B2/C2		
福鼎		ŋu	B2/C2	ua	B2/C2	meŋ	B2/C2
柘洋		ŋu	B2/C2	ua	B2/C2	moeŋ	B2/C2
福安		ŋou	B2/C2	wo	B2/C2	moeŋ	B2/C2
寧德		ŋo:u	B2/C2	uɔ	B2/C2	moe:ŋ	B2/C2
福州		ŋou	B2/C2	ŋua	B2/C2	moiŋ	B2/C2
建陽	ŋye B2	ŋu	B2	ua	B2		
建甌	ŋye B2	ŋu	B2	ua	B2		

Dialect	雨		遠		有		也	
潮州	hou	B2	hŋ	B2	u	B2	ia	(C2)
揭陽	hou	B2	hŋ	B2			ia	B2
晉江	hɔ	B2			u	B2	ia	B2
廈門	hɔ	B2/C2	hŋ	B2/C2	u	B2/C2	a	B2/C2
龍溪	hɔ	B2/C2			u	B2/C2	ia	B2/C2
臺北	hɔ	B2/C2	hŋ	B2/C2	u	B2/C2	ia	B2/C2
定安	hou	B2/C2	huɪ	B2/C2	u	B2/C2		
隆都	fua	B2/C2	fuan	B2/C2	u	B2/C2		
福鼎	huo	B2/C2			u	B2/C2		
柘洋					u	B2/C2		
福安	hu	B2/C2			ou	B2/C2		
寧德	hu	B2/C2			o:u	B2/C2		
福州	huo	B2/C2			ou	B2/C2		
建陽	xy	B2			iu	(B1)	ia	(B1)
建甌	xy	(C2)			iu	(B1)		

As in the case of the Min reflexes for Ancient voiced initial stops and affricates I would interpret the differences in Min reflexes as due rather to the influences of the northern and southern traditions.

III. Aspiration and Tonal Diversification

In the dialect of Nan-ch'ang (南昌) in Kiangsi (Yang 1969, *Tzu-hui*), the Ancient, and modern, aspiration contrast among Ancient C-tone words with voiceless initials correlates with a modern tonal contrast: words with aspirated initials have a falling-rising tone, e.g. 佩 phi 313 (Yang) or 213 (*Tzu-hui*); those with unaspirated initials have a high-rising or high-even tone, e.g. 閉 pi 35 (Yang) or 55 (*Tzu-hui*). In the Ancient A and B-tone categories, however, the contrast of aspirated voiceless with unaspirated voiceless has had no effect on tone: cf. 悲 pi 31 (Yang) or 42 (*Tzu-hui*), (A1, *unasp.), 披 phi 31 (Yang) or 42 (*Tzu-hui*) (A1, *asp.); 比 pi 313 (Yang) or 213 (*Tzu-hui*) (B1, *unasp.), 鄙 phi 313 (Yang) or 213 (*Tzu-hui*) (B1, *asp.). Ancient voiced initial stops and affricates have voiceless aspirated reflexes in this dialect, and in the Ancient A and B (but not C or D) tone categories, words with these initials have a different, and generally lower, tone than do the other words with Ancient voiced initials (fricatives, laterals, nasals, and j), initials which are not aspirated. For example:

A2: 迷 mi 35 (Yang), 55 *Tzu-hui*　　　　皮 phi (24)
B2: 米 mi 313 (Yang), 213 (*Tzu-hui*)　　倍 phi 11 (Yang), 31 (*Tzu-hui*)
C2: 妹 mi 11 (Yang), 31 (*Tzu-hui*)　　　備 phi 11 (Yang), 31 (*Tzu-hui*)
D2: 密 mit 5　　　　　　　　　　　　　鼻 phit 5

In the Wu dialect of Wu-chiang (吳江), aspiration is responsible for the tonal diversification of words with Ancient voiceless initials and B, C, and D tones (Chart 20). At least the tonal onset, then, and sometimes the entire tone,

Chart 20

Aspiration and Tone in the Wu-chiang Dialect

(a) Words with Unaspirated Initials; (b) Words with Aspirated Initials

(Examples are from Yeh 1958)

		黎里	盛澤	城內	
B1	(a)	41	51	51	古展紙剪短比襪好手死粉
	(b)	41	12	323	口丑楚淺體普
C1	(a)	513	412	423	蓋帳正醉對變受漢世送放
	(b)	213	?13	323	杭唱菜怕
D1	(a)	5	4	4	急桌職接得百一里說惜福
	(b)	45	4	34	曲尺七鐵匹

has been lowered by aspiration in the Nan-ch'ang and Wu-chiang dialects (Chart 21). Aspirated initials appear to have had the same effect in the Hsiang-hsiang (湘鄉) dialect of Hunan (Chang 1974a), where in the following pairs the word with the aspirated initial has a lower tone than the word with the unaspirated one: 格 (*k-, D1), 客 (*kh-, D1); 續 (*ts-, D1), 戚 (*tsh-, D1); 的 (*t-, D2), 笛 (*d- → th-, D2); 蓋 (*k-, C1), 快 (*kh-, C1).

Chart 21

The Lowering of Tone by Aspiration:
The Nan-ch'ang and Wu-chiang Dialects

Dialect		Tones of Words with Aspirated Initials	Tones of Words with Unaspirated Initials
南昌	A2	24	35 or 55
南昌	C1	313 or 213	35 or 55
吳江盛澤	B1	12	51
吳江城內	B1	323	51
吳江黎里	C1	213	513
吳江盛澤	C1	213	412
吳江城內	C1	323	423
吳江黎里	D1	45	5
吳江城內	D1	34	5

IV. Vowels and Tones

Tone features may bring about phonetic changes in vowels. Vowels may, however, also have an effect on tone, and the two kinds of change may be found side by side in the same dialect.

IV.1. The Influence of Tones on Vowels

Among the finals of the Foochow (福州) dialect, there are two sets whose alternation depends on tone contrasts: e, i(-), u(-), y(-) occur in words with high or nonrising tones, but are lowered to a, ei(-), ou(-), ɾy(-) in words with low or rising tones (Chart 22). The same tone contrasts, however, have no effect on the finals ie, ieŋ, iek, ue, eu, ieu, ai, uai, au, iau, aŋ, ak, ua, uaŋ, uak, ia, iaŋ, iak, o, uo, uoŋ, uok, yo, yoŋ, yok, ǿ.

In the Min dialect of Ning-te, the tonal distinctions of the B1 : B2/C2 categories have been lost, but not the correlated distinctions of vowel height and length which they had brought about (Chart 23).

Chart 22

The Influence of Tones on Vowels in the Foochow Dialect

High or Nonrising Tones: 44 (A1), 42 (A2), 31 (B1), 4 (D2)			Low or Rising Tones 213 (C1), 242 (B2/C2), 23 (D1)		
e			a		
i	iŋ	ik	ei	eiŋ	eik
	eiŋ	eik		aiŋ	aik
u	uŋ	uk	ou	ouŋ	ouk
	ouŋ	ouk		auŋ	auk
y	yŋ	yk	ǿy	ǿyŋ	ǿyk
	ǿyŋ	ǿyk		ayŋ	ayk

Chart 23

The Influence of Tones on Vowels in the Ning-te Dialect

(Examples are from Norman 1972)

B1			B2/C2		
虎	hu	41	戶	(B2) ho(:)u	41
語	ŋy	41	御	(C2) ŋǿy	41
海	hâi	41	害	(C2) ha(:)i	41
斗	tâu	41	豆	(C2) ta(:)u	41
膽	tâm	41	淡	(C2) ta(:)m	41
捍	kân	41	汗	(C2) ha(:)n	41

In thr Omei (峨嵋) dialect of Szechuan, the development of the vowels of Ancient *ia, *iap, and *iat after Ancient palatal initials depends on tone: -e is found with tones 44 (A1), 21 (A2), 42 (B1), 13 (B2, C), -æ with tone 55 (B2, C, D) (Chart 24). The Omei final -æ, like -ye and -yo, is limited to the high level tone, 55. Doublets with another tone in alternation with this tone also have an accompanying vowel alternation. For example: 舌 (D), sæ 55, se 13; 社 (B2), se 13, sæ 55.

Chart 24

The Influence of Tones on Vowels in the Omei Dialect

(Examples are from Ch'en and Hao 1959)

	*ia			*iap	*iat
	*A	*B	*C	*D	*D
*tš-	遮 tse 44	者 tse 42	蔗 tsæ 55	摺 tsæ 55	浙 tsæ 55
*tš'h-	車 tshe 44	扯 tshe 42			
*dž-	蛇 se 21		射 se 13, sæ 55		舌 se 13, sæ 55
*š-	賒 se 44	捨 se 42	赦 sæ 55	攝 sæ 55	設 sæ 55
*ž-		社 se 13, sæ 55		涉 sæ 55	析本 sæ 55
*ń-		惹 ze 42			熱 zæ 55

IV.2. The Influence of Vowels on Tones

In the dialects of Canton, Yang-chiang, and Tung-kuan, there are two tonal reflexes for the Ancient D1 category, a higher tone in the words with short or tense vowels, a lower tone in words with long or lax vowels (Chart 25). In

Chart 25

The Influence of Vowels on Tones in Yüeh Dialects: The D1 Category

	High or Short Vowels				Low or Long Vowels		
	Tone				Tone		
Canton	5	-ɾp	-ɾt	-ɾk	33	-a(:)p	-a(:)t	-a(:)k
(*Tzu-hui*)				-ɪk		-i(:)p	-i(:)t	-ɛ(:)k
			-ɕt				-ɔ(:)t	-ɔ(:)k
				-ʋk			-u(:)t	-œ(:)k
							-y(:)t	
Yang-chiang	<u>24</u>*	-ap	-at	-ak	<u>21</u>**	-aap	-aat	-aak
(*Tź'u-hui*)				-ɪk		-ip	-it	
			-ʋk			-ɔt	-ɔk	
						-iɛp	-iɛt	-iɛk
Tung-kuan	44	-ɾp	-ɾt	-ɾk	224	-a		
(Wang 1949)			-wɾt	-ok		-ɔ	-wɔ	
			-ut	-ɔk	-wɔk	-ɛ	-wɛ	
			-œt	-œk				
			-it					

* Yüan 45.   **Yüan 11.

the Tung-kuan dialect, a further condition applies: the low vowel ɔ has the higher tone when the stop ending -k is retained; the appearance of the lower tone correlates with the loss of this ending.

In the Omei dialect of Szechuan (Ch'en and Hao 1959), B2/C-tone words with one group of finals (-a, -e, -ər, -i, -u, -n, -ŋ) have a low rising tone (13); others, with an only partly overlapping group of finals (-ɔ, -o, -ie, -ɿ ∼ -ʅ, -i, -u, -y), have the same high even tone, 55, as words of the D category, though among this latter group are occasional doublets, one member with the unraised tone (e.g. 播 po 55, 13; 四 sɿ 55, 13).

V. Irregular Tonal Developments

V.1. The A2 Tone in the Min Dialect of Chien-ou

In the Min dialect of Chien-ou, words with the Ancient A tone and Ancient voiced initials (including laterals, nasals, and j) have double developments. The conditions for the split are not apparent, nor are the details of its realization unambiguous. Both Huang (1957) and Norman (1969) acknowledge that in one development the A2 and B1 tones have the same reflex. Norman, however, shows the reflex of A2 in a second development to be the same as that of C1; according to Huang, the two reflexes are distinct:

	A2a	B1	A2b	C1
Huang	11	11	33	22
Norman	21	21	22	22

Examples from Norman:

A2a		B1			A2b	C1
kiu 21	球	久九	pou 22		賠	背
paiŋ 21	瓶	板	ieŋ 22		鹽	燕
toŋ 21	同銅	長	pueŋ 22		盤	半
ai 21	鞋	矮				
pai 21	牌		pai 22		排	
ty 21	除		ty 22		厨	
thai 21	抬		thai 22		苔	
mi 21	彌		mi 22		迷	
li 21	離		li 22		梨	

V.2. Miscellaneous Mergings

In many dialects the number of tones has been reduced by the merging of Ancient tonal categories, in various ways and under conditions yet to be identified:

(1) A1 and B1 merge:

Dialects	A1	A2	B1	B2/C	D
1. 雲南麗江	42	31	42	55	24
2. 河北臨漳	33	51	33	212	4

（2）　A2 and B1 merge:

Dialects	A1	A2	B1	B2/C	D
1. 河北青縣	13	44	44	31	
2. 河北滄縣	34	55	55	31	
3. 河北慶雲, 黃驊, 鹽山	324	55	55	31	
4. 河北孟村	45	55	55	31	
5. 山東膠縣	level	rising	rising	fallig	
6. 雲南鎮康	44	41	41	35	313
7, 安徽蕪湖方村	21	.24	24	53	5

（3）　A2 and C merge:

Dialects	A1	A2	B1	B2/C
1. 遼寧長海	312	52	213	52
2. 遼寧新金, 莊河, 安東縣	312	53	213	53

（4）　B1 and C1 merge:

Dialects	A1	A2	B1	B2/C2	C1	D1	D2
1. 上海市	53	14	34	14	34	5	2
2. 江蘇嘉定	53	31	34	13	34	5	3
3. 江西石城	53	13	42	22	42	32	44
4. 江西樂平	42	55	24	13	24	55	24

The major differences between the Wu dialects of Shanghai (4.1) and Chia-ting (4.2) and the Kan dialects of Shih-ch'eng (4.3) and Lo-p'ing (4.4) is that while in the Wu dialectcs words with Ancient lateral, nasal, and j initials generally have the same tonal reflexes as other words with voiced initials, in the Kan dialects words with these initials and the Ancient rising (B) tone behave like words with voiceless initials. In the City of Shanghai dialect (4.1 and 5.1), which has in common with the Wu dialect of Chia-ting the B1/C1 merging, the A2 and B2/C2 categories have also merged, thus further reducing the number of tones in this dialect. For example:

A1			B1	C1			A2	B2	C2		
東	toŋ	53	懂	凍	toŋ	34	同	洞	動	doŋ	14
刀	tɔ	53	討	套	thɔ	34	桃	盜	稻	dɔ	14
糾	tšiɤ	53	久	救	tšiɤ	34	求	舅	舊	džiɤ	14

(5) A2 and B2/C2 merge:

Dialects	A1	A2	B1	B2/C2	C1	D1	D2
1. 上海市	53	14	34	14	34	5	2
2. 江西上饒	42	22	53	22	35	55*	

* D (unsplit)

(6) A1 and B2/C2 merge:

Dialects	A1	A2	B1	B2/C2	C1	D1	D2
1. 江蘇大豐	21	35	213	21	45	4	5
2. 江蘇東臺	31	35	212	31	44	4	5
3. 江蘇泰州 (白話)	21	45	213	21	33	3	4
4. 江蘇海安	31	35	213	31	33	3	4
5. 江蘇泰興	21	45	213	21	42	4	5
6. 江蘇如皋	21	35	213	21	33	3	4
7. 湖北大冶	22	212	43	22	45	13	13, 22

The dialects spoken in the districts of Ta-feng (6.1), Tung-t'ai (6.2), T'ai-chou (6.3), Hai-an (6.4), T'ai-hsing (6.5), and Ju-kao (6.6) in northern Kiangsu share another characteristic, in addition to the merging of the A1 and B2/C2 categories: in all of these dialects, words with Ancient voiced stop and affricate initials have voiceless aspirated initials.

In the dialect of Ta-yeh in Hupeh (6.7), there is an added ramification to the merging of the A1 and B2/C2 categories seen in the dialects of northern Kiangsu; that is, a subset of the D-category words with voiced stop, affricate, and fricative initials has merged with the A1 and B2/C2 categories.

(7) A2 and C1 merge:

Dialects	A1	A2	B1	B2/C2	C1	D1	D2
1. 江西廣豐 (楊)	44	33	55	11	33	55	23
2. 湖南澧縣	55	13	31	33	13	35	33

(For two Anhwei dialects, 屯溪 and 休寧, Meng 1961 reports A2/C1 merging, but gives no phonetic details.)

（8） B1 and B2/C2 merge:

Dialects	A1	A2	B1	B2/C2	C1	D
1. 湖南瀘溪	44	13	42	42	35	13
1. 湖南辰溪	44	13	53	53	24	13 (?)

						D1	D2
3. 福建寧德	33	11	41	41	35	33	55

（9） In the Hakka dialect of Lien-chou （廉州） in Kwangsi, A1 and C1 categories are phonetically identical (Hashimoto 1970).

（10） In the Yüeh dialect of T'ai-shan (Wong 1970), all words in the A1 and C1 categories with lateral, nasal, and j initials, and some in the B1 category, have the same tone:

A1			C1			B1		
憂	yiu	33	幼	yiu	33	有	yiu	33
酸	lhon	33	算	lhon	33	暖	non	33
相	lhiaŋ	33	相	lhiaŋ	33	領	liaŋ	33
鬆	lhuŋ	33	送	lhuŋ	33	攏	luŋ	33
昆	khun	33	困	khun	33	軟	ŋun	33
貪	ham	33	探	ham	33	喊	ham	33 [sic!]

（11） In the Hakka dialect of Jao-p'ing in the district of Hsin-chu in Taiwan there are, according to Yang's brief reports (1961, 1967), several types of merging, and a given tonal category may be involved in more than one type. So, A1, B, and C may merge (e.g. 都 [A1, 21], 左 [B1, 21], 在 [B2, 21], 做 [C1, 21], 大 [C2, 21]); A2, B2, and C2 may merge (e.g. 提 [A2, 33], 跪 [B2, 33], 大 [C2, 33]); and B1 and C1 may merge (e.g. 走 [B1, 51], 做 [C1, 51]). Only the D-tone categories stand apart (e.g. 級 [D1, 31] and 十 [D2, 45]). (The pitch values given above are those of Yang 1961. The corresponding values in Yang 1967 are: 11 for 21, 44 legato for 33, 41 for 51, and 44 staccato for 45; 31 remains 31.)

（12） The Wu dialect of Tan-yang is spoken in an area bordering on Mandarin territory and in general shows heavy Mandarin influence; its colloquial style of pronunciation indicates a Mandarin merging of the B2 and C tonal categories, coupled with the Wu C-tone split (Lü 1947):

Ancient Tones	Ancient Initials	Tan-yang Tones	Examples
A1	voiceless*	33	江天東西
	laterals and nasals	33	如來門年魚
A2	j-, jw-	35	鹽油王雲
	voiced*	35	橋同袍蠶
B1	voiceless*	55	懂好土草
	j-, jw-	55	有養遠雨
B2	laterals and nasals	35	老馬瓦曖
	voiced* (1)	35	近厚稻抱
	voiced* (2)	21	件亥杜棒
C1	voiceless*	35	對叫去炭
C2	voiced (including laterals, nasals, and j-)	21	事大夢外換樣

* Stop, affricate, and fricative initials.

(13)   In the Lu-shan (蘆山), Lu-ting (瀘定), Pao-hsing (寶興), Ming-shan (名山), Han-yüan, (漢源), and Shih-mien (石棉) dialects of Szechuan (Szechuan University 1960), some words of the B2/C category have the same reflexes as words of the A2 category; in a number of instances these reflexes are in free variation with the characteristic B2/C reflex.

VI. The Ancient D Tone

VI.1. The D-tone Split

The Ancient abrupt (D) tone accompanied words with the final stop endings -p, -t, -k. Depending on the presence or absence of voicing in the initial, the D category has split into two subcategories in the Yüeh, Min (exception: P'u-ch'eng 浦城), Hakka, and Wu dialects, some dialects spoken in Kiangsi and northern Kiangsu, and a few dialects spoken in Anhwei (Hsiu-ning 休寧), Shansi (T'ai-yüan 太原, Yü-tz'u 榆次, P'ing-yao 平遙), Shensi (Wu-pao 吳堡), Honan (Lo-yang 洛陽), and Hopeh (Wan-ch'üan 萬全). Dialects in which words with Ancient lateral, nasal, and j initials have the tonal reflexes of words with voiceless initials are generally found in the north, e.g. T'ai-chou (泰州) in Kiangsu, T'ai-yüan in Shansi, Lo-yang in Honan, and Wan-ch'üan in Hopeh. Dialects in which they have the reflexes characteristic of words with voiced initials are more often found in the south, e.g. the Yüeh, Min, Hakka, and Wu dialects, and some Kiangsi and northern Kiangsu dialects. (The Wu dialects of Chia-hsing 嘉興 and Wu-hsing 吳興, however, do not follow this pattern.)

VI.2. Further Splits of the D1 and D2 Tones in the Yüeh Dialects

Except for the dialects of Chung-shan (中山), with a 55 reflex for the D1 category and 22 for D2, and Nang-ning P'ing-hua (南寧平話), with high-level D1 and low-level D2 reflexes, the Yüeh dialects so far recorded show a split in the D1 category which correlates with vowel features (Chart 26). In the dialect of

Chart 26

Yüeh Splits in the D1 and D2 Tones

Dialect	D1a	D1b	D2
廣州, 三水, 南寧白話	5	33	22
合浦	33	13	11
東莞	44	224	22
香港船戶	53	33	32
蒼梧吉陽鄉	HE	HF	LF
貴縣	HE	MR	LR
恩陽	ME	LE	LE
新會河村	LR (= B1)	LE	LF = C, HF = B2

Dialect		D1a	D1b	D2a	D2b
陽江	(*Tz'u-hui*)	24	21	454	443
陽江	(Yüan 1960)	45	11	55	42
台山	(Wang 1950)	55	33	32	21*
博白		cb**	cl**	ob**	ol**

* Only a few words have this tone.

** c 'clair', o 'obscur', b 'brusque', l 'lent' (Wang 1932).

Canton, for example, the D1a tone appears in words with short-vowel finals, while words with long-vowel finals have the D1b tone (cf. Chart 25 for details); the relatively few exceptions are chiefly onomatopoetic words (Hashimoto 1972. 205–397).

The source of the D2-tone split, which is also found in some Yüeh dialects (Chart 26), is unclear; it does not, for example, correlate with vowel features, and the D2a and D2b categories of the T'ai-shan dialect do not coincide with, that is, do not include the same lexical items as, the D2a and D2b categories of the Po-pai dialect (Wang 1932).

In the Wu dialects, which preserve the contrast of voiceless and voiced initials, the D1 tones are higher in pitch than the D2 tones. The Chia-ting (嘉定) dialect, for example, has 5 for D1 and 23 for D2; the Wu-chiang (吳江) dialect has 5 ～ 45 for D1 and 23 for D2. (See Charts 1 and 9 for other examples.)

In the northern Kiangsu dialects, where voiced initials have been devoiced, D1 tones are consistently lower than D2 tones (cf. Charts 8 and 10). Other dialects which have devoiced voiced initials show no consistent correlation of tonal height with the D1 : D2 contrast. In some Min dialects, for instance, D1 tones are higher than D2 tones; in others, the reverse obtains (cf. Charts 2 and 9):

D1 is higher than D2	D1 is lower than D2
定安, 建陽, 海口, 福鼎, 隆都,	潮州, 揭陽, 寧德, 廈門, 仙游,
文昌, 萬寧, 浙南, 平陽, 福安,	臺北, 臺中上楓, 莆田, 福州
建甌(Norman), 龍溪, 漳州(朱)	

In three Min dialects, the D1 : D2 contrast is one of pure contour (falling versus rising), not height:

Dialect	D1	D2
晉江	53	35
泉州 (朱)	43	34
建甌 (黃)	13	31

The Hakka dialect of Shao-wu also has a pure contour contrast (53 : 35) for the D1 and D2 tones, and Hakka dialects often distinguish D1 : D2 pairs by contour as well as height. The D1 tone is, however, generally lower than the D2 tone (cf. Chart 8 for additional details):

D1, low : D2, high	D1, high : D2, low
華陽涼水井, 寶安, 桃園四縣, 梅縣,	桃園海陸 (55 : 32) 始興
大埔, 中山, 海陸 (橋本), 香港新界,	
新竹饒平 (31 : 45)	

Kiangsi dialects in which D1 is lower than D2 are almost evenly matched by other Kiangsi dialects in which D1 is higher than D2:

D1, low : D2, high		D1, high : D2, low	
44 : 55	上猶 (D1 = A1)	55 : 22	高安 (D2 = C2 = B2)
32 : 55	臨川, 南康, 虔南, 會昌	55 : 22	奉新
32 : 44	石城	55 : 23	玉山, 弋陽, 貴溪, 廣豐
23 : 55	安遠 (D2 = C2 = B2)		(楊), 新喻
22 : 55	定南	55 : 24	樂平 (D1 = A2,
21 : 23	龍南		D2 = B1/C1)
11 : 34	尋鄔	55 : 42	雩都 (D2 = C2 = B2)
		55 : 11	鄱陽 (D2 = C2 = B2)
		55 : 535	大廋 (D2 = C1)
		?4 : ?2	廣豐 (金)
		3 : 2	南豐

A few dialects spoken in the north have also undergone the D-tone split:

D1, high : D2, low		D1, low : D2, high	
3 : 32	平遙	2 : 54	太原
5 : 13	吳堡	32 : 54	榆次
44 : 42	洛陽	21 : 43	萬全

VI.3. The Reduction of Stop Endings

Dialects with three reflexes for Ancient *-p, *-t, *-k are found, to varying degrees, in the Yüeh, Min, Kan, and Hakka groups.

Most Yüeh dialects preserve the *-p, *-t, *-k endings intact. All stop endings have been lost, however, in the dialect of Tung-kuan after the low vowels a and ɛ, and except for some instances of -k, after ɔ. (Wang 1949 cites as examples 革百發各策託殺刮宅霍.) These words have a low level rising tone, 224; where stop endings are preserved, Tung-kuan has 44 for D1, 22 for D2.)

In one word, 法, the Yüeh dialects show a *-p to -t change (*fap → fa:t);

this may, however, be merely an isolated example of labial dissimilation.

The Min dialects of Amoy (廈門), Chin-chiang (晉江), Lung-hsi (龍溪), Lung-tu (隆都), T'ai-pei (臺北), T'ai-chung (臺中), and, indications are, Ning-te (寧德) and Fu-an (福安) (Norman 1972), retain the three stop endings in the literary style but have a glottal stop in their place in the colloquial style. In the Min dialect of Ting-an (定安) (Norman 1969), the loss of stop endings appears restricted to words with voiced initials, which have merged with words of the B2/C2 category.

The Kan dialect of Kao-an (高安) (Yang 1971) in Kiangsi has independently undergone the same change as the Min dialect of Ting-an (定安): words with Ancient voiced initials and stop endings have lost their endings and have merged with words of the B2/C2 category (tone 22); words with Ancient voiceless initials and stop endings have retained these endings.

The Kan dialect of Lin-ch'uan (臨川) in Kiangsi has -p for *-p, -t for *-t, but a glottal stop for *-k. Other Kan dialects in Kiangsi (Yang 1971)' have -l for *-t (either primary *-t or secondary *-t derived from *-k or *-p):

Dialect	Examples							
寧都	骨	kuol	月	nal	穴	fiel		
南豐	骨	kul	突	hul	忽	hul		
銅鼓	骨	kuəl	直	tshəl	日	ləl	物	vəl
	必	pil	髮	fal				
都昌	熱	ləl	栗	dil	笛	dil	七	dzil
	集	dzil	筆	pil	臘	lal	甲	kal

The Hakka dialect of Mei-hsien has three stop endings, -p, -t, and -k, but there has been a change of velar stop endings to dental after the front vowels e and i ~ ə. The inventory of Mei-hsien finals with velar and dental stop endings is, then, uk, ok, ak, et (from *ek and *et), it (from *ik, *iuk [via *ik], and *it), ət (from *ək and *ət [ultimately from *ik and *it after retroflex initials]), ut, and at.

Dialects with just two reflexes for Ancient *-p, *-t, and *-k have either -t : -k or -p : -k contrasts:

(1) -t : -k

Like the Hakka dialect of Mei-hsien, the Kan dialect of Nan-ch'ang has had a *-k to -t change after the front vowels e and i ～ ə. In addition, however, Nan-ch'ang has had an unconditioned change of *-p to -t. The Min dialect of Che-yang (柘洋) (Norman 1972) has also had a *-p to -t change; the Min dialect of Wan-ning (萬寧) (Chan 1958) has only -t and -k endings in free variation.

(2) -p : -k

Ancient *-t has changed to -k in the Min dialects of Ch'ao-chou (Li 1959), Chieh-yang (揭陽) (Tung 1959), and Lung-hsi (龍溪) (Tung 1959), except for -ut in Lung-hsi. Like the southern Min dialects, in which the three stop endings characterize the literary style while the colloquial style has only a glottal stop, the -p : -k contrast in these dialects is literary, and corresponds to a colloquial glottal stop.

Some northern Min dialects have -k or -ʔ as their sole reflex for Ancient *-p, *-t, *-k: Foochow (福州; Lan 1953), P'u-t'ien (莆田; Huang 1962), Hsien-yiu (仙游; Tai 1958), P'u-ch'eng (浦城; Norman 1969), Fu-ting (福鼎; Norman 1972), and P'ing-yang (平陽; Yüan 1960). Dialects with the glottal-stop reflex include most Wu dialects, some southern Min dialects (colloquial style), and some Mandarin dialects.

The majority of the Mandarin dialects, some Wu dialects, and the Min dialects of Chien-yang (建陽; Norman 1969) and Chien-ou (建甌; Huang 1957 and Norman 1969) show no trace of the Ancient stop endings.

In modern Chinese dialects we see, then, reflex systems for Ancient Chinese *-p, *-t, *-k ranging from retention of all three stop endings to their complete loss. Dialects with one or two reflexes appear to have in common a history of changes characterized by backing: from labial or dental to velar, and from velar to glottal. Northern Min dialects are in a transitional stage from a velar to a glottal stop. We may assume that those southern Min dialects with a -p : -k literary contrast but a colloquial glottal stop went through an intermediate stage of *-k, which derived in part from *-p. A conditioned change may front a back ending after front vowels, as in the Hakka dialect of Mei-hsien or the Kan dialect of Nan-ch'ang, but in no dialect yet recorded has a front ending prevailed at the expense of a back ending. It would be fairly safe to predict that if non-contrastive endings in these dialects are simplified it will be in favor of -k.

VI.4. Preservation of D-tone Categories with Loss of Stop Endings: Mandarin Dialects.

In some Mandarin dialects, Ancient D-tone words remain an entity: there have been no tonal splits and no merging with other tone categories. The three Ancient stop endings, however, either have been replaced by a glottal stop or, and more commonly, have been lost. I list below the districts where this type of dialect is spoken and, where these have been reported, the D-category reflexes.

Level: 55 （四川）峨嵋，夾江，洪雅，（湖北）陽新，崇陽，（湖南）岳陽，臨湘.

55 （河北）曲周，（湖北）蒲圻，通城，（江西）南昌，都昌，餘干，南城，南豐，萬載，瑞金，崇義，萬安，贛縣，信豐，上饒，（江蘇）鹽城，儀徵，江浦，南京，句容.

44 （四川）樂山.

44 （河北）磁縣，邯鄲市，沙河，成安，臨漳，魏縣，肥鄉，（江西）新建，宜豐，（江蘇）灌雲，淮陰，漣水，射陽，泗洪，高郵，揚州.

44? （河北）尚義.

33 （四川）溫江，華陽，崇慶，什邡，大邑，灌縣，彭縣，邛崍，郫縣，新都，雙流，新津，崇寧，新繁，蒲江，五通橋，犍爲，沐川，丹稜，瀘州，合江，叙永，古宋，納溪，綦江，西充，射洪，榮經，宜賓，慶符，興文，（雲南）綏江，（湖南）邵陽城區，茶陵，耒陽.

33 （河北）鷄澤，廣平，（河南）獲嘉，（江西）修水.

33? （河北）商都，（河南）安陽，（山西）五臺.

22 （四川）江津，（湖北）安陸（陳），孝感（陳），（湖南）黔陽，永明，新田白話.

11 （雲南）鄧川，景谷，（湖南）大庸，沅陵，零陵.

11 （河南）溫縣，（江西）興國.

Rising: 45 （四川）南溪，（湖北）松滋.

35 （湖南）華容，石門，藍山白話.

35? （湖南）桂東.

34 （河北）平山，建屏，贊皇，元氏，（四川）古藺，江安，長寧，珙縣，高縣.

25 （湖北）監利.

24 （四川）眉山，屏山，彭山，（雲南）鳳儀，麗江，（湖南）長沙，湘潭，寧鄉，南縣，新寧，新化，安仁.

23　（河北）靈壽,（四川）青神,（江西）靖安（？）.

13　（河北）獲鹿,（河南）汲縣, 沁陽,（四川）鹽亭,（雲南）劍川, 雲龍,
　　（湖北）鄂城, 漢川（陳）,（湖南）城步, 衡山, 資興, 靖縣,（江蘇）新
　　海連.

12　（湖北）雲夢（陳）, 應城（陳）, 大悟（陳）, 黃陂（陳）.

Falling: 54　（河北）邯鄲縣.

53　（湖北）應山（陳）, 漢陽（涷）,（湖南）東安白話.

43　（內蒙古）包頭.

43　（河北）涉縣, 武安.

43?　（河北）崇禮, 涿鹿, 赤城,（內蒙古）呼和浩特（歸綏）

42　（雲南）尋甸,（湖南）平江, 劉陽.

32　（河北）永年,（江西）銅鼓, 宜春.

32?　（河北）張家口市, 張北, 宣化, 沽源, 龍關, 懷來.

31　（四川）西昌,（雲南）洱源, 賓川, 鹽興, 霑益, 曲靖.

31?　（河北）懷安.

21?　（河北）陽原, 康保.

Falling-Rising:　313　（雲南）鎮康, 陸良.

For the following dialects no phonetic details have been given to corroborate the reported preservation of the D-tone category:

陝西：延川, 清澗, 靖邊.

安徽：安慶市, 淮南市, 懷遠, 樅陽, 貴池, 東流, 至德, 蕪湖方村, 銅陵市, 太平, 祁門,
　　歙縣, 績溪, 宿松, 黟縣.

　　（短調）合肥市, 肥東, 肥西, 舒城, 巢縣, 和縣, 含山, 無爲, 廬江, 六安, 霍山,
　　安遠, 嘉山, 滁縣, 全椒, 來安, 炳輝, 桐城, 蕪湖市, 蕪湖縣, 南陵, 宣城, 馬鞍
　　山, 廣德, 郎溪, 青陽, 繁昌, 當塗, 黟縣, 屯溪.

海南島：崖縣軍話.

福建：南平市區, 長樂洋嶼.

VI.5.　The Merging of Unsplit D-tone Categories with Other Tone Categories.

In many dialects (some of them Mandarin) spoken in the provinces of Hupeh, Hunan, Szechuan, Yünnan, Kwangsi, and Anhwei, the D-tone category, though unsplit, has merged with another tone category, so that D = A1, D = A2, D = B, D = C, or D = C1:

(1) D = A1

Level: 55 （四川）鹽亭，雅安，天全，漢源，蘆山，石棉，名山，瀘定.

(1) D = A1 (cont.)

Level: 44 （四川）寶興.

33 （江西）萍鄉，峽江.

Rising: 24 （江西）永新.

(2) D = A2

Level: 22 （湖南）衡陽，永順，永綏，古丈.

11 （湖南）保靖，鳳凰，乾城，（湖北）興山，巴東，恩施，宣恩，來鳳，
利川.

Rising: 35 （湖南）道縣白話.

14 （湖北）荊門.

13 （湖北）京山，枝山，宜都，宜昌，長陽，（湖南）宜章文，桂陽文，
永興，麻陽，芷江，瀘溪，辰溪（?）.

12 （四川）鄷都.

Falling: 53 （雲南）箇舊.

52 （湖北）襄陽.

51 （雲南）富寧.

42 （雲南）雙柏，石屏，開遠，蒙自，文山，馬關，西疇，大理，華坪，
鎮南，玉溪，昆陽，羅次，富民，嵩明，宜良，晉寧，馬龍，建水，昭
通，易門，（湖北）鄖縣，均縣，房縣，南漳，鍾祥，棗陽，隨縣.

(2) D = A2 (cont.)

Falling: 32 （四川）北川.

31 （雲南）維西，永勝，漾濞，蒙化，永善，大關，鎮雄，巧家，會澤，
武定，廣通，瀾滄，思茅，寧洱，墨江，元江，河西，江川，通海，彌
勒，屏邊，蘭坪，騰衝，潞西，龍陵，雙江，鶴慶，永平，昌寧，順寧，
雲縣，緬寧，景谷，永仁，鹽豐，大姚，元謀，姚安，祥雲，彌渡，牟
定，楚雄，景東，鎮沅，新平，峨山，安寧，祿豐，祿勸，昆明，呈貢，
澂江，華寧，路南，宜威，瀘西，羅平，師宗，邱北，廣南，瀾川，平
彝，（四川）綿陽，劍閣，德陽，安縣，旺蒼，昭化，青川，合川，銅
梁，永川，酉陽，彭水，秀山，長壽，墊江，武隆，黔江，開江，南江，
資中，南部，岳池，營山，廣安，蓬安，武勝，蒼溪，申江，安岳，蓬

溪，樂至，德昌，會理，米易，（湖南）江華文，藍山文，臨武文，嘉禾文，道縣文，寧遠，新田文，郴縣，龍山.

21 （廣西）桂林，（四川）重慶市，成都市，廣漢，金堂，綿竹，江油，梓潼，羅江，廣元，彰明，平武，巴縣，大足，江北，璧山，榮昌，開縣，雲陽，梁平，巫山，巫溪，城口，奉節，涪陵，南川，渠縣，宣漢，巴中，大竹，平昌，通江，鄰水，萬源，資陽，簡陽，南充，儀隴，遂寧，三臺，潼南，鹽源，鹽邊，寧南，忠縣（？），達縣（？）.

(2)　D ＝ A2 (cont.)

Falling-
Rising:　313　（湖南）晃縣.

313 213　（四川）萬縣，（湖北）武昌，漢口，漢陽，江陵.

212　（湖北）當陽，秭歸.

(3)　D ＝ B2/C

Level:　22　（四川）昆寧.

Rising:　24　（四川）自貢市，（雲南）鹽津，（湖南）桑植.

14　（四川）筠縣.

13　（四川）富順，隆昌.

Falling-
Rising:　315　（四川）仁壽.

214　（四川）榮縣，威遠.

213　（四川）井研，內江.

(4)　D ＝ C1

Level:　55　（湖南）沅江，益陽，安化，（江西）湖口.

22　（湖南）茶陵（？）.

Rising:　35　（湖南）湘陰.

VI.6.　The Merging of Split D-tone Categories with Other Tone Categories.

In some dialects in the provinces of Hupeh, Hunan, and Kiangsi, there are exceptions to the preservation of the D-tone category as an entity, where D-tone words with Ancient voiced-stop, voiced-affricate, and voiced-fricative initials have the tones of A2, C2, C1, or unsplit C categories:

1.　Some D2 ＝ A2:

（湖南）常寧，祁陽，東安文，（湖北）嘉魚，漢川，沔陽，黃陂，雲夢，應城，應山，安陸，天門，禮山，孝感.

2. Some D2 = B2/C:

（湖南）醴陵，武岡，鄜縣.

3. Some D2 = B2/C2:

（湖南）安鄉，桃源，澧縣，（通北）通山（次濁或讀陽上/陽去），咸寧，公安，鶴峯，石首，麻城，黃岡，廣濟，黃梅，蘄春，黃安，英山，羅山，浠水，（江西）靖安（？）.

4. Some D2 = C1:

（湖南）攸縣（？），（江西）大庾.

In the dialect of Ning-tu (寧都) in Kiangsi, some D1 words have the B2/C2 tone.

In the dialect of Ta-yeh (大冶) in Hupeh, some words with Ancient voiced initials and the D tone have the same reflex as words with Ancient voiceless initials and the A tone; B-tone words with Ancient voiced stop, affricate, or fricative initials and C-tone words with voiced initials also have this reflex.

Some words with the Ancient D tone have joined the A2 category tonally in the dialect of Hsiang-hsiang (湘鄉) in Hunan, but, unlike the A2 words, have aspirated initials.

In the dialect of Ju-ch'eng (汝城) in Hunan, some words with Ancient voiceless initials and the D tone have merged with the B1 category (11); others have merged with the C1 category (35). Words with Ancient voiced initials (including laterals, nasals, and j) and the D tone have merged with the C2 category (44), the C1 category (35), and, in rare instances, the B1 category (11).

In some Hunan and Hupeh dialects, there are double developments in the D-tone category (Chart 27). Frequently, there is in one stratum no D-tone split, and the D category has merged with the voiceless-initial subcategory of another tone (A1, B1, or C1); in another stratum there has been a D-tone split, and words with voiced initials have merged with the voiced-initial subcategory of either the A tone or the B/C tone. In four dialects (鄖西，光化，竹谿，and 雙峯), however, the unsplit D category appears to have merged with the voiced-initial subcategory of the A tone, a common phenomenon among the dialects of Hupeh, Szech'uan, and Yünnan. In the Hupeh dialects of Yün-hsi (鄖西), Kuang-hua (光化), and Chu-hsi (竹谿), it is the words with voiceless initials which, in another stratum, appear to have branched off, merging with the voiceless-initial subcategory of the A tone:

The Chu-hsi Dialect

D (42) [= A2]

(24) [= A1] D1　D2 (42) [= A2]

The Yün-hsi and Kuang-hua Dialects

D (53) [= A2]

(24) [= A1] D1　D2 (53) [= A2]

Chart 27

Double D-tone Developments in Hunan and Hupeh

I:　Words with Ancient voiceless initials

II:　Words with Ancient lateral, nasal, and j initials

III:　Words with Ancient voiced initials

Province	District	I	II	III
湖南	洞口黄橋	44 (= A1)	44 (= A1)	
			24 (= C1)	24 (= C1)
湖南	慈利	35 (= A1)	35 (= A1)	35 (= A1)
				33 (= B2/C2)
湖南	漢壽	35 (= B2/C)	35 (= B2/C)	35 (= B2/C1)
				33 (= A2)
湖南	常德	35 (= B2/C)	35 (= B2/C)	35 (= B2/C)
				13 (= A2)
湖南	敘浦（？）	35 (= C1)	35 (= C1)	35 (= C1)
				13 (= A2)
湖南	綏寧	24 (= A1)	24 (= A1)	24 (= A1)
			35 (= A2)	35 (= A2)
湖南	會同	24 (= B1)	24 (= B1)	24 (= B1)
				35 (= C1)

Chart 27 (cont.)

Province	District	I	II	III
湖北	竹山	34 (= A1)	34 (= A1)	34 (= A1) 323 (= C2)
湖南	臨澧	24 (= C1)	24 (= C1)	24 (= C1) 33 (= B2/C2)
湖北	鄖西, 光化	24 (= A1) 53 (= A2)	24 (= A1) 53 (= A2)	53 (= A2)
湖北	竹谿	24 (= A1) 42 (= A2)	24 (= A1) 42 (= A2)	42 (= A2)
湖南	雙峯	23 (= A2)	23 (= A2) 35 (= C1)	23 (= A2) 35 (= C1)
湖南	通道	13 (= A1)	13 (= A1)	13 (= A1) 35 (= C1)

In some Kiangsi dialects, the subcategory of D-tone words with Ancient voiced initials (including laterals, nasals, and j) has merged with the B2/C2 subcategory; in one dialect, the subcategory of D-tone words with voiceless initials has merged with the corresponding subcatgory of A-tone words (Chart 28 [based on Yang 1971, which, however, gives insufficient supporting examples]). In the Yung-ming dialect of Hunan (colloquial pronunciation), where the C2 and B2 reflexes contrast (33 : 24), the D2 subcategory has merged with the C2 subcategory.

From Meng's sketchy and sometimes inconsistent phonological descriptions (1961), the mergings, either complete or partial, of Ancient D-tone words with other tonal categories in the dialects of Anhwei appear to be the following:

D = A1: 屯溪 (部分字)
D = A2: 石埭, 寧國
D = B1: 涇縣, 太平 (部分字)
D = C: 旌德
D = C1: 懷寧
Some D = C1; some D C2: 望江, 太湖, 潛山
D = C2: 岳西 (部分字), 宿松 (部分字)

Ancient D-tone words are dispersed among other tonal categories in the dialects of 阜陽, 阜南, 穎上, 鳳台, 壽縣, 蒙城, 渦縣, 臨泉, 界首, 太和, 亳縣, 碭山, 宿縣,, 靈壁, 濉溪, 泗縣, 蕭縣, 鳳陽, 五河, 蚌埠市, 金寨, 霍邱.

Chart 28

D-tone Developments in Some Dialects of Kiangsi and Hunan

I: Words with Ancient voiceless initials

II: Words with Ancient lateral, nasal, and j initials

III: Words with Ancient voiced initials

District		I	II/III
江西	上猶	44 (D1 = A1)	55 (D2)
	高安	55 (D1)	22 (D2 = B2/C2)
	雩都	55 (D1)	42 (D2 = B2/C2)
	鄱陽	55 (D1)	11 (D2 = B2/C2)
	安遠	23 (D1)	55 (D2 = B2/C2)
湖南	永明	55 (D1)	33 (D2 = C2)

VI.7.   The Dispersion of the D-tone Category in Some Northern Mandarin Dialects.

In some northern Mandarin dialects, the Ancient stop endings have been lost, there has been a D-tone split, and the D-tone subcategories have merged with subcategories of other tones. Words with Ancient lateral, nasal, and j initials may conform to words with voiceless or voiced initials (Chart 29, A and B). In two instances, words with these initials merge independently (Chart 29, C). The Peking dialect is representative of a group of dialects with a fourway D-tone split: in addition to the separate developments of words with Ancient voiceless, voiced, and lateral/nasal/j initials, there is a further split in the subcategory of words with voiceless initials. This phenomenon appears limited to Shantung, Anhwei, Honan, Hopeh, and Liaoning. (The complicated developments of the Peking dialect have been discussed by various scholars. See, in particular, R.A.D. Forrest, The ju-sheng tone in Pekinese, *Bulletin of the School of Oriental and*

African Studies 13.443-7 [1950]; Hisao Hirayama, On the rule of correspondence between Ancient Chinese ru-sheng and modern Pekinese tones, *Bulletin of the Sinological Society of Japan* 12.139–56 [1960]; Hugh Stimson, Ancient Chinese -p, -t, k endings in the Peking dialect, *Language* 38.376–84 [1962]; and H. I. Hsieh, The development of the Middle Chinese entering tone in Pekinese, Ph.D. dissertation, University of California, Berkely, 1971.)

Chart 29

The Dispersion of the D-tone Category in Some Northern Mandarin Dialects

I: Words with Ancient voiceless initials

II: Words with Ancient lateral, nasal, and j initials

III: Words with Ancient voiced initials

Province	District	I	II	III
A.				
陝西	西安	21 (= A1)	21 (= A1)	24 (= A2)
河南	靈寶	31 (= A1)	31 (= A1)	35 (= A2)
江蘇	徐州, 邳縣	313 (= A1)	313 (= A1)	55 (= A2)
江蘇	阜陽	212 (= A1)	212 (= A1)	35 (= A2)
B.				
江西	樂平	55 (= A2)	24 (= B1)	24 (= B1)
C.				
山東	濟南	213 (= A1)	31 (= B2/C)	42 (= A2)
山東	安丘	24 (= A1)	31 (= B2/C)	53 (= A2)

Selected bibliography

袁 家 驊：漢語方言概要, 1960 (Yüan, 1960)

　　　　1. 北方話（北京, 瀋陽, 濟南, 鄭州, 太原, 西安, 蘭州, 成都, 昆明, 漢口, 南京.） 2. 吳方言（蘇州, 永康.） 3. 湘方言（長沙, 雙峯.） 4. 贛方言（南昌.） 5. 客方言（梅縣, 大埔, 五華.） 6. 粵方言（廣州, 中山, 東

莞, 台山, 陽江, 合浦.)　7. 閩南方言（厦門, 潮州, 浙南.）　8. 閩北方言
（福州）.

北京大學：漢語方音字滙, 1962 (Tzu-hui)

北京, 濟南, 西安, 太原, 漢口, 揚州, 蘇州, 溫州, 長沙, 雙峯, 南昌, 梅縣,
廣州, 厦門, 潮州, 福州.

北京大學：漢語方言詞滙, 1962 (Tz'u-hui)

北京, 濟南, 瀋陽, 西安, 成都, 昆明, 合肥, 揚州, 蘇州, 溫州, 長沙, 南昌,
梅縣, 廣州, 陽江, 厦門, 潮州, 福州.

文字改革出版社：方言與普通話集刊 (Chi-k'an)

1. 閩廣方言, 1958.　2. 北方方言, 1958.　3. 北方方言, 1958.　4. 閩湘贛
客方言, 1958.　5. 吳越北方方言, 1958.　6. 北方方言, 1959.　7. 北方方
言, 1959.　8. 北方方言, 1961.

中國語文雜誌社：方言和普通話叢刊 (Ts'ung-k'an)

1. 廣州, 濟南, 1958.　2. 揚州, 潮州, 1959.

次　　序：1. 河北 (Hopeh), 2. 河南 (Honan), 3. 山東 (Shantung), 4. 遼寧
(Liaoning), 5. 山西 (Shansi), 6. 陝西 (Shensi), 7. 內蒙古 (Inner
Mongolia), 8. 四川 (Szechuan), 9. 雲南 (Yünnan), 10. 湖北 (Hu-
peh), 11. 湖南 (Hunan), 12. 安徽 (Anhwei), 13. 江蘇 (Kiangsu),
14. 浙江 (Chekiang), 15. 福建 (Fukien), 16. 臺灣 (Taiwan), 17.
江西 (Kiangsi), 18. 廣東 (Kwangtung), 廣西 (Kwangsi) 及 海南島
(Hainan).

1.　河北 (Hopeh)

河北北京師範學院與中國科學院河北省分院語文研究所編, 河北方言概況, 1961
(Kai-k'uang')

第一區：承德市, 承德縣, 平泉, 青龍, 興隆, 隆化, 灤平, 圍場, 豐寧; 第二區：
唐山市, 秦皇島市, 撫寧, 昌黎, 樂亭, 盧龍, 灤縣, 遷安, 豐潤, 遷西, 遵化, 玉田, 薊
縣, 寶坻, 三河, 大廠, 香河; 第三區：保定市, 武清, 安次, 永清, 霸縣, 固安, 新城,
雄縣, 涿縣, 定興, 容城, 安新, 高陽, 蠡縣, 博野, 淶水, 徐水, 清苑, 易縣, 滿城, 完
縣, 望都, 唐縣, 蔚縣, 淶源, 阜平; 第四區：天津市, 靜海, 青縣, 黃驊, 滄縣, 孟村,
鹽山, 慶雲, 交河, 南皮, 阜城, 東光, 寧津, 武邑, 景縣, 吳橋, 衡水, 冀縣, 棗強, 故
城; 第五區：文安, 大城, 任丘, 河間, 肅寧, 獻縣, 饒陽, 武強, 安平, 深縣, 安國, 定
縣, 深澤, 束鹿, 曲陽, 行唐, 無極, 晉縣, 正定, 石家莊市, 欒城, 藁城, 趙縣, 寧晉,

新河, 高邑, 新樂, 柏鄉, 隆堯, 巨鹿, 威縣, 清河, 內邱, 任縣, 邢臺, 南和, 南宮, 平鄉, 廣宗, 井陘, 臨城; 第六區：邯鄲市, 邯鄲縣, 邱縣, 曲周, 廣平, 肥鄉, 魏縣, 大名, 雞澤, 成安, 臨漳, 永年, 磁縣, 沙河, 武安, 涉縣, 靈壽, 平山, 建屏, 獲鹿, 元氏, 贊皇; 第七區：張家口市, 張北, 宣化, 崇禮, 沽源, 商都, 尚義, 陽原, 涿鹿, 懷安, 龍關, 懷來, 萬全, 康保, 赤城.

1. 保定 (Pao-ting)

Franz Giet, phonetics of North Chinese Dialects, Manumenta Serica II. 233–269, 1946.

Franz Giet, zur Tonität nordchinesischer Mundarten, Vienna, 1950.

楊福綿, 保定東閭方言的聲調, 中國語學 97.9–13, 1960 (Yang, 1960).

2. 河南 (Honan)

河南各地方音與北京語音調值比較表（採自河南省教育廳編印河南二十二個縣市的方音與北京語音的對應關係）, 方言與普通話集刊 6.109, 1959.

1. 鄭州, 2. 開封, 3. 汝南, 4. 原陽, 5. 遂平, 6. 鞏縣, 7. 洛陽, 8. 洛寧, 9. 澠池, 10. 靈寶, 11. 民權, 12. 柘城, 13. 信陽, 14. 羅山, 15. 潢川, 16. 臨潁, 17. 襄縣, 18. 南陽, 19. 內鄉, 20, 安陽, 21. 汲縣, 22. 沁陽, 23. 新鄉, 24. 湯陰, 25. 濬縣, 26. 內黃, 27. 武陟, 28. 獲嘉.

1. 靈寶 (Ling-pao)

楊時逢, 荊允敬, 靈寶方言, 清華學報, 新第九號, 第一二期合刊 106–47, 1971.

2. 溫縣 (Wen-hsien)

徐承俊, 溫縣土話與普通話簡說, 方言與普通話集刊 5.113–8, 1958.

3. 獲嘉 (Huo-chia)

王立達, 山西方音中的聲調與普通話的對應關係, 方言與普通話集刊 5.106–11, 1958.

3. 山東 (Shantung)

1. 安丘 (An-ch'iu)

曹正一, 山東安丘方音和北京語音, 方言與普通話集刊 8.39–54, 1961.

2. 膠縣 (Kiao-hsien)

Gerty Kallgren, Notes on the Kiaohsien dialect, Bulletin of the Museum of Far Eastern Antiguities, 27.11–40, 1955.

4. 遼寧 (Liao-ning)

宋學, 遼寧語音說略, 中國語文 123.104–14. 1963.

第一區：長海, 新金, 莊河, 安東; 第二區：旅大, 復縣, 蓋平, 營口, 岫岩, 安東

市, 寬甸, 桓仁; 第三區：瀋陽, 遼陽, 遼中, 鞍山, 海城, 本溪, 撫順, 清原, 新賓, 鳳城; 第四區：西豐, 開原, 昌圖, 康平, 法庫, 鐵嶺, 新民, 彰武, 阜前蒙古族自治縣 (簡稱阜新縣), 北鎮, 黑山, 盤山, 台安, 錦州, 錦縣, 錦西, 興城, 綏中, 建昌, 建平, 喀刺沁左翼蒙古自治縣 (簡稱喀刺沁), 凌源, 朝陽, 義縣, 北票.

5. 山西 (Shansi)

1. 太原, 榆次, 平遙, 五台.
   王立達, 山西方音中的聲調與普通話的對應關係, 方言與普通話集刊 5. 106–11, 1958.

6. 陝西 (Shensi)

白滌洲, 喩世長, 關中調查報告, 1954

1. 華縣, 2. 華縣瓜坡鎮, 3. 渭南韓馬村, 4. 渭南故市鎮, 5. 臨潼鐵爐鎮, 6. 臨潼, 7. 澄城王莊, 8. 白水, 9. 蒲城, 10. 蒲城義龍鎮, 11. 蒲城荊姚鎮, 12. 富平美原鎮, 13. 富平, 14. 耀縣, 15. 同官梁家原, 16. 高陵外門村, 17. 三原, 18. 涇陽魯橋鎮, 19. 淳化方里鎮, 20. 咸陽窪店鎮, 21. 興平, 22. 武功, 23. 醴泉, 24. 乾縣, 25. 永壽監軍鎮, 26. 枸邑太峪鎮, 27. 邠縣, 28. 長武常劉鄉, 29. 扶風閻村, 30. 郿縣, 31. 岐山青化鎮, 32. 麟遊昭賢鎮, 33. 汧陽, 34. 隴縣朱柿堡, 35. 鳳翔, 36. 寶鷄, 37. 商縣府君廟, 38. 盩厔亞柏鎮, 39. 盩厔, 40. 盩厔終南鎮, 41. 鄠縣, 42. 西安, 43. 藍田, 44. 雒南富劉村, 45. 華陰西王堡, 46. 潼關, 47. 朝邑倉頭鎮, 48. 大荔, 49. 郃陽, 50. 韓城.

1. 吳堡 (Wu-pao)
   王立達, 山西方音中的聲調與普通話的對應關係, 方言與普通話集刊 5.106–11, 1958.

7. 內蒙古 (Inner Mongolia)

張培中, 內蒙古西部區方言語音初探, 方言與普通話集刊 3.70–2, 1958.

1. 呼和浩特 (歸綏) (Huhohaot'e or Kui-sui), 包頭 (Pao-t'ou).
   王立達, 山西方音中的聲調與普通話的對應關係, 方言與普通話集刊 5.106–11, 1958.

8. 四川 (Szechuan)

四川大學, 四川方言音系, 四川大學學報, 社會科學版, 1960, 3.1–123 (Szechuan University 1960)

1. 省轄市：成都市, 重慶市, 自貢市; 2. 溫江專區：溫江, 華陽, 崇慶, 什邡, 大邑, 廣漢, 灌縣, 金堂, 彭縣, 邛崍, 郫縣, 新都, 雙流, 新津, 崇寧, 新繁, 蒲江; 3. 綿陽專區：綿陽, 綿竹, 劍閣, 江油, 梓橦, 羅江, 德陽, 安縣, 廣元, 旺倉, 昭化, 彰明, 北川, 平武, 青川; 4. 樂山專區：樂山, 五通橋, 犍爲, 眉山, 沐川, 峨嵋, 井研, 屏山, 彭山, 夾江, 洪雅, 青神, 丹稜; 5. 瀘州專區：瀘州, 富順, 合江, 古藺, 隆昌, 敍永, 古宋, 納溪; 6. 江津專區：江津, 合川, 巴縣, 大足, 銅梁, 江北, 綦江, 璧山, 永川, 榮昌; 7. 萬縣專區：萬縣, 開縣, 雲陽, 忠縣, 梁平, 巫山, 巫溪, 城口, 奉節; 8. 涪陵專區：涪陵, 酆都, 酉陽, 彭水, 南川, 秀山, 長壽, 墊江, 石柱, 武隆, 黔江; 9. 達縣專區：達縣, 渠縣, 宣漢, 巴中, 大竹, 開江, 平昌, 通江, 鄰水, 南江, 萬源; 10. 內江專區：內江, 仁壽, 榮縣, 資陽, 威遠, 簡陽, 資中; 11. 南充專區：南充, 南部, 岳池, 營山, 廣安, 蓬安, 武勝, 西充, 儀隴, 蒼溪, 閬中; 12. 遂寧專區：遂寧, 中江, 三台, 安岳, 蓬溪, 射洪, 潼南, 樂至, 鹽亭; 13. 雅安專區：雅安, 天全, 榮經, 漢源, 蘆山, 寶興, 石棉, 名山, 瀘定; 14. 西昌專區：西昌, 德昌, 晃寧, 會理, 鹽源, 鹽邊, 米易, 寧南; 15. 宜賓專區：宜賓, 江安, 長寧, 珙縣, 高縣, 慶符, 興文, 筠連, 南溪.

楊時逢, 四川方言聲調分佈, 國立中央研究院歷史語言研究所集刊外編第四種 359–88, 1960

第一區：成都, 華陽, 平武, 北川, 安縣, 綿竹, 廣漢, 金堂, 資陽, 資中, 江油, 彰明, 綿陽, 梓橦, 昭化, 劍閣, 安岳, 廣元, 蒼溪, 閬中, 蓬溪, 潼南, 大足, 南充, 岳池, 武勝, 合川, 銅梁, 璧山, 永川, 南江, 巴中, 達縣, 大竹, 廣安, 鄰水, 長壽, 江北, 巴縣, 通江, 萬源, 宣漢, 開江, 梁山, 墊江, 涪陵, 南川, 城口, 開縣, 忠縣, 酆都, 彭水, 酉陽, 秀山, 靖化, 懋功, 名山; 第二區：松潘, 理番, 茂縣, 汶川, 彭縣, 什邡, 灌縣, 新繁, 崇寧, 崇慶, 郫縣, 新都, 溫江, 大邑, 雙流, 邛崍, 新津, 蒲江, 彭山, 丹稜, 眉山, 洪雅, 青神, 夾江, 樂山, 峨嵋, 犍爲, 峨邊, 馬邊, 宜賓, 屏山, 雷山, 慶符, 南溪, 高縣, 江安, 長寧, 珙縣, 興文, 古宋, 瀘縣, 納谿, 敍永, 古藺, 合江, 江津, 綦江, 鹽亭, 南部, 射洪, 西充; 第三區：簡陽, 仁壽, 井研, 榮縣, 威遠, 富順, 內江, 隆昌, 榮昌, 筠連; 第四區：羅江, 德陽, 三台, 中江, 樂至, 遂寧, 儀隴, 營山, 蓬安, 萬縣, 石砫, 黔江, 雲陽, 巫溪, 奉節, 巫山.

1. 峨嵋 (O-mei)

陳紹齡, 郝錫烔, 峨嵋音系, 四川大學學報, 社會科學版, 1959.1. 1–66 (Ch'en & Hao, 1959).

2. 華陽涼水井 (Hua-yang Liang-shui-ching)

董同龢, 華陽涼水井客家話記音, 國立中央研究院歷史語言研究所集刊 19.81–201, 1948 (Tung, 1948)

9. 雲南 (Yünnan)

楊時逢, 雲南方言調查報告, 1969

第一區：昆明, 富民, 羅次, 呈貢, 安寧, 祿豐, 元謀, 廣通, 牟定, 鎮南, 彌渡, 楚雄, 雙柏, 易門新城, 昆陽, 晉寧清和鄉, 澂江代村, 嵩明, 宜良, 路南, 華寧, 江川, 玉溪新民村, 通海, 河西漢邑, 峨山, 新平, 元江, 墨江碧溪鎮, 寧洱, 思茅, 瀾滄募廼, 緬寧, 建水, 箇舊, 屏邊, 蒙自大屯, 開遠, 彌勒, 瀘西, 陸良靜寧鄉, 馬龍張安屯, 曲靖, 霑益文化鄉, 會澤, 巧家, 宣威, 平彝, 羅平, 師宗, 邱北, 文山, 馬關新華鎮, 西疇新街, 廣南, 富寧剝隘, 永勝, 華坪; 第二區：大理, 鳳儀上錦場, 蒙化, 漾濞, 永平, 雲龍石門井, 洱源龍門村, 劍川, 鶴慶, 鄧川中所, 賓川挖色, 祥雲, 鹽豐, 姚安, 大姚, 永仁仁和鎮, 鹽興黑井, 武定, 祿勸, 尋甸欵莊, 石屏, 維西葉子村; 第三區：保山, 昌寧達丙鎮, 順寧洛黨, 雲縣, 景東, 鎮沅, 景谷, 雙江, 耿馬, 鎮康明朗街, 龍陵, 潞西, 隴川, 騰衝, 蘭坪, 麗江七河; 第四區：昭通, 大關, 永善井檜, 綏江, 鹽津普洱渡, 鎮雄仁和鄉.

楊時逢, 雲南方言聲調分佈, 中央研究院歷史語言研究所集刊 30.119–42, 1959.

10. 湖北 (Hupeh)

趙元任等, 湖北方言調查報告, 1948

第一區北方派：武昌, 漢口, 漢陽參山, 漢川麻河渡, 沔陽仙桃鎮, 天門乾鎮, 京山永隆河, 荊門團林舖, 當陽城內與慈化寺之間, 江陵沙市, 枝江, 宜都古老背, 宜昌, 長陽都鎮灣, 興山, 秭歸金沙鎮, 巴東平陽河, 恩施, 宣恩長潭河, 來鳳, 利川忠路, 鄖西, 鄖縣, 均縣青山港, 光化, 房縣桃源, 保康, 南漳青泥村, 襄陽, 鍾祥, 棗陽清潭鎮, 隨縣; 第二區楚語方言下江話：竹谿塔兒灣, 竹山鄧家河, 應山平林, 安陸, 應城, 雲夢孝感花園, 禮山三里城, 黃陂祁家灣, 黃安桃花店, 黃岡楊羅, 鄂城段家店, 麻城宋埠, 羅田多云, 英山金家舖, 浠水太子廟, 黃梅李陵口, 廣濟武穴, 蘄春漕河; 第三區贛語方言：大冶, 嘉魚簰洲, 咸寧賀勝橋, 楊新三溪口, 通山山口, 崇陽白霓橋, 蒲圻羊樓洞, 通城十里市; 第四區湘語：監利, 石首, 公安淤泥湖, 松滋楊林市, 鶴峯五里坪.

1. 孝感, 安陸, 雲夢, 應山, 大悟, 應城, 黃陂, 漢陽, 漢川
    陳振亞, 湖北孝感專區 江北九縣方音 與 北京音的對應規律, 方言與普通話集刊 7.39–42, 1959 (Ch'en, 1959).

11. 湖南 (Hunan)

楊時逢, 湖南方言聲調分佈, 國立中央研究院歷史語言研究所集刊 29.31–57, 1957

1. 四聲調類：江華，藍山，臨武，宜章，嘉禾，道縣，寧遠，新田，桂陽，永興，郴縣，衡陽，龍山，永順，保靖，永綏，古丈，鳳凰，乾城，麻陽，芷江，晃縣，桑植，常德，零陵(？)，瀘溪，辰溪；2. 五聲調類 (有入聲，不分陰陽去)：瀏陽，湘潭，新化，東安，祁陽，耒陽，安仁，鄞縣，資興，桂東，永明，靖縣，沅陵，大庸，石門，常寧，武岡，澧陵；3. 五聲調類 (無入聲，分陰陽去)：慈利，臨澧，漢壽，沅江，湘陰，益陽，安化，叙浦，會同，綏寧，通道，汝城，茶陵，攸縣；4. 六聲調類：澧縣，安鄉，南縣，華容，岳陽，臨湘，平江，長沙，寧鄉，湘鄉，衡山，邵陽，新寧，城步，黔陽，桃源.

楊時逢，湖南方言調查報告，1975 (Yang, 1974)

長沙，湘潭，寧鄉，益陽，安化，桃源，慈利，臨澧，澧縣，安鄉，漢壽，沅江，南縣，華容，湘陰，岳陽，臨湘，平江，瀏陽，醴陵，黔陽，會同，綏寧，城步，通道，新寧，武岡，叙浦，新化，邵陽，祁陽，湘鄉，衡山，攸縣，茶陵，汝城，衡陽，常寧，寧遠，嘉禾，藍山，耒陽，安仁，永興，郴縣，常德，龍山，鄞縣，桂東，資興，桂陽，新田，臨武，宜章，東安，零陵，道縣，永明，江華，石門，桑植，大庸，永順，保靖，永綏，古文，沅陵，鳳凰，瀘溪，芷江，靖縣，晃縣，麻陽，乾城，辰溪.

張琨，讀湖南方言調查記錄劄記，1974 (未發表) (Chang, 1974a)

1. 長沙 (Ch'ang-sha)

楊時逢，長沙音系，國立中央研究院歷史語言研究所集刊 27.135–73, 1956 (Yang, 1956).

2. 洞口黃橋 (Tung-k'ou Huang-ch'iao)

唐作藩，湖南洞口縣黃橋鎮方言，語言學論叢 4.83–133, 1960 (T'ang, 1960).

3. 雙峯 (Shuang-feng)

向熹，湖南雙峯縣方言，語言學論叢 4.134–71, 1960.

12. 安徽 (Anhwei)

孟慶惠，安徽方音辨正，1961 (Meng, 1961)

1. 北方官話 (n≠l)：淮南市，懷遠，定遠，炳輝，懷寧，東流，至德，望江，太湖，潛山，岳西，宿松，馬鞍山，蚌埠，鳳陽，五河，泗縣，蕭縣，靈璧，濉溪，宿縣，碭山，阜陽，阜南，太和，亳縣，臨泉，界首，渦陽，蒙城，鳳台，壽縣，潁上，霍邱，金寨；2. 江淮話 (n=l)：合肥市，肥東，肥西，舒城，巢縣，和縣，含山，無為，廬江，六安，霍山，嘉山，滁縣，全椒，來安，安慶，桐城，樅陽，貴池，蕪湖市，蕪湖縣，南陵，宣城，廣德，郎溪，青陽，寧國；3. 吳語：繁昌，銅陵，石埭，涇縣，旌德，太平，當塗博望，湖陽；4. 徽州話：歙縣，績溪，屯溪，休寧，黟縣，祁門.

1. 蕪湖方村 (Wu-hu Fang-ts'un)

方進，蕪湖方村話記音，中國語文 141.137–46, 1966 (Fang, 1966).

2. 績溪嶺北 (Chi-ch'i Ling-pei)

趙元任，楊時逢，績溪嶺北方言，國立中央研究院歷史語言研究所集刊 36.11–113, 1965 (Chao & Yang, 1965).

3. 黟縣 (Yi-hsien)

魏建功等，黟縣方音調查錄，北京大學國學季刊 4.35–85, 1935 (Wei, 1935).

13. 江蘇 (Kiangsu)

江蘇省和上海市方言調查指導組，江蘇省和上海市方言概況，1960 (Kai-k'uang[2])

第一區：新海連，沐陽，灌雲，濱海，泗陽，淮陰，漣水，阜寧，射陽，泗洪，淮安，建湖，鹽城，洪澤，盱眙，寶應，高郵，儀徵，揚州，江都，鎮江，揚中，六合，江浦，南京，江寧，句容，溧水；　第二區：丹陽，金壇，溧陽，高淳，常州，宜興，江陰，靖江，無錫，常熟，蘇州，吳江，崑山，太倉，海門，啟東，上海市，上海縣，浦東，寶山，嘉定，川沙，崇明，南匯，青浦，松江，金山，奉賢；　第三區：大豐，興化，東台，泰州，海安，泰興，如皋，如東，南通市，南通縣；　第四區：沛縣，徐州，邳縣，睢寧，新沂，宿遷，贛榆.

趙元任，現代吳語研究，1928

1. 宜興，2. 溧陽，3. 金壇西岡，4. 丹陽，5. 丹陽永豐鄉，6. 靖江，7. 江陰，8. 常州，9. 無錫，10. 蘇州，11. 常熟，12. 崑山，13. 寶山霜草墩，14. 寶山羅店，15. 周浦，16. 上海，17. 松江，18. 吳江黎里，19. 吳江盛澤.

1. 丹陽 (Tan-yang)

呂湘，丹陽話裡的聯詞變調，中國文化研究所彙刊，7.225–38, 1947 (Lü, 1947).

2. 常州 (Ch'ang-chou)

Yuen-ren Chao, The Changchow dialect, Journal of the American Oriental Society, 90.45–56 1970.

3. 吳江 (Wu-chiang)

葉祥苓，吳江方言聲調，方言與普通話集刊 5.8–11, 1958 (Yeh, 1958).

4. 海門 (Hai-men)

江蘇省和上海市方言調查指導組，華東師範大學方言調查工作組，海門人崇明人啟東人學習普通話手册，1959.

5. 川沙 (Ch'uan-sha)

江蘇省和上海市方言調查指導組，華東師範大學方言調查工作組，川沙人學習普通話手册，1959.

14. 浙江 (Chekiang)

趙元任，現代吳語研究，1928

20. 嘉興, 21, 吳興雙林, 22. 杭州, 23. 紹興, 24. 諸暨王家井, 25. 嵊縣崇仁鎮, 26. 嵊縣太平市, 27. 餘姚, 28. 甯波, 29. 黃巖, 30. 溫州, 31. 衢州, 32. 金華, 33. 永康.

1. 紹興 (Shao-hsing)
   王福堂, 紹興話記音, 語言學論叢 3.73–126, 1959.

2. 溫州 (Wen-chou)
   鄭張尚芳, 溫州音系, 中國語文 128.28–60 & 75, 1964 (Cheng-chang, 1964).

4. 金華 (Chin-hua)
   約齊, 金華方音與北京語音的對照, 方言與普通話集刊 5.25–98, 1958 (Yüeh-chai, 1958).

4. 永康 (Yung-k'ang)
   袁家驊, 漢語方言概要, 1960 pp.80–7.

5. 武義 (Wu-yi)
   傅國通, 武義話裡的一些語法現象, 中國語文 108.30–1, 1961.

6. 海鹽通圓 (Hai-yen T'ung-yüan)
   胡明陽, 海鹽通圓方言中變調羣的語法意義, 中國語文 86.372–6, 1959.

7. 溫嶺 (Wen-ling)
   李榮, 溫嶺方言語音分析, 中國語文 140.1–9, 1966.

8. 義烏 (Yi-wu)
   金有景, 義烏語里咸山兩攝三四等字的分別, 中國語文 128.61, 1964.

9. 平陽 (P'ing-yang)
   袁家驊, 漢語方言概要 1960 pp. 266–88.
   溫端政, 浙南閩語里形容詞程度的表示方法, 中國語文 66.36, 1957.

15. 福建 (Fukien)

潘茂鼎, 李如龍, 梁玉璋, 張盛裕, 陳章太, 福建漢語方言分區略說, 中國語文 127.475–95, 1963 (Pan et. al. 1963)

(閩) 1. 閩東：福州, 長樂, 福清, 平潭, 永泰, 閩清, 連江, 羅源, 古田, 寧德, 屏南, 福安, 周寧, 壽寧, 霞浦, 福鼎; 2. 莆仙區：莆田, 仙游; 3. 閩南區：廈門, 同安, 金門, 泉州, 晉江, 惠安, 南安, 安溪, 永春, 德化, 漳州, 龍海, 長泰, 華安, 南靖, 平和, 漳浦, 雲霄, 詔安, 東山, 龍岩, 漳平, 大田, 龍溪; 4. 閩中區：永安, 三明市, 沙縣; 5. 閩北區：建甌, 松溪, 政和, 建陽, 崇安, 浦城. (客) 1. 邵武, 光澤, 泰寧, 建寧, 2.

將樂, 順昌, 三明縣; 3. 長汀, 寧化, 清流, 連城, 武平, 上杭, 永定 (官話) 南平市區, 長樂洋嶼.

1. 福州 (Foochow)
   藍亞秀,福州音系, 國立臺灣大學文史哲學報 5.241–331, 1953 (Lan, 1953).

2. 福鼎 (Fu-ting), 柘洋 (Che-yang), 福安 (Fu-an), 寧德 (Ning-teh).
   Jerry Norman, A preliminary report on the dialects of Mintung, Unicorn, 10.20–35, 1972 (Norman, 1972).

3. 莆田 (Pu-t'ien)
   黃景湖, 莆田話的兩字連讀音變, 中國語文 120.510–6, 1962 (Huang, 1962).

4. 仙游 (Hsien-yeu)
   戴慶厦, 閩語仙游的變調規律, 中國語文 76.485 & 487, 1958 (Tai, 1958).

5. 廈門 (Amoy)
   羅常培, 廈門音系, 1930, 再版 1956.

   廈門 (Amoy), 晉江 (Chin-chiang), 龍溪 (Lung-hsi) 揭陽 (Chieh-yang)
   董同龢, 四個閩南方言, 國立中央研究院歷史語言研究所集刊 30.729–1042, 1959 (Tung, 1959).

7. 漳州 (Chang-chou), 泉州 (Ch'üan-chou)
   朱兆祥, 廈語音韻的檢討, 南洋大學中文學報 2.63–77, 1963.

8. 永安 (Yung-an)
   Jerry Norman, Initials of Proto-Min, Journal of Chinese Linguistics, 2.1.27–36, 1974 (Norman 1974).

9. 建甌 (Chien-ou)
   黃典誠, 建甌方音初探, 廈門大學學報 1957, 255–97 (Huang, 1957).

10. 建甌 (Chien-ou), 建陽 (Chien-yang), 浦城 (P'u-ch'eng), 定安 (Ting-an), 邵武 (Shao-wu).

    Jerry Norman, The Kien-yang dialect of Fukien, Ph. D. dissertation, University, of California, Berkeley, California 1969 (Norman, 1969).

    Jerry Norman, Tonal development in Min, Journal of Chinese Linguistics 1.2.222–38, 1973 (Norman, 1973).

16. 臺灣 (Taiwan)

Frederic F. Weingartner, Tones in Taiwanese, 1970

1. 臺北 (Taipei)

   董同龢, 記臺灣的一種閩南話, 1967.

2. 臺中大雅鄉上楓村 (Tai-chung Ta-ya-hsiang Shang-feng-ts'un).

   Yu-hung Chang, Tone systems in Shang-feng, a Southern Min dialect, Unicorn 9.41-54, 1972.

3. 臺南 (Tai-nan)

   Robert L. Cheng, Tone sandhi in Taiwanese, Linguistic, 41.19–42, 1958.

4. 桃園 (T'ao-yüan) (四縣 Szu-hsien 及海陸 Hai-lu 兩種)

   楊時逢, 臺灣桃園客家方言, 1957 (Yang 1957).

5. 新竹饒平 (Hsin-chu Jao-p'ing)

   Paul Fu-mien Yang, A Preliminary study of the Jao-p'ing Hakka dialect as spoken in Hsin-chu, Taiwan, The Transactions of the International Conferences of Orientalists, 6.27–37, 1961 Yang 1961).

   Paul Fe-mien Yang, Elements of Hakka dialectology Monumenta Serica 26.-305-51, 1967 (Yang, 1967).

17. 江西 (Kiangsi)

楊時逢, 江西方言聲調的調類, 國立中央研究院歷史語言研究所集刊 43.403–32, 1971 (Yang, 1971)

1. 七個調：新喩, 奉新, 玉山, 弋陽, 臨川, 貴溪, 南康, 虔南; 2. 六個調：南昌, 新建, 修水, 靖安, 銅鼓, 都昌, 餘干, 南城, 南豐, 興國, 大庾, 會昌, 龍南, 尋鄔, 定南, 安遠, 鄱陽, 雩都, 高安, 上猶, 廣豐, 石城; 3. 五個調：宜春, 宜豐, 萬載, 瑞金, 崇義, 萬安, 贛縣, 信豐, 上饒, 峽江, 永新, 湖口; 4. 四個調：萍鄉, 樂平.

張琨, 讀江西方言調查記錄劄記, 1974, 未發表 (Chang, 1974b)

1. 臨川 (Lin-ch'uan)

   羅常培, 臨川音系, 1940, 再版 1958.

2. 南昌 (Nan-ch'ang)

   楊時逢, 南昌音系, 國立中央研究院歷史語言研究所集刊 39.125–204, 1969 (Yang, 1969).

3. 廣豐 (Kwang-feng)

   金有景, 江西廣豐效攝字的讀音, 中國語文 109.97, 1961 (Chin, 1961).

18.　廣東 (Kwangtung),　廣西 (Kwangsi) 及海南島 (Hainan)

Anne Yue Hashimoto, The Liang-yüe dialect materials, Unicorn 6.35–51, 1970
(Hashimoto, 1970)

　　1. 粵：東莞, 新會河村, 三水, 梧州, 蒼梧城, 蒼梧吉陽鄉, 桂平江口, 貴縣, 南寧平話, 南寧白話；2. 客：始興, 樂昌塘村, 梅縣, 五華, 廉州, 韶州城, 韶州灣頭村；3. 閩：揭陽, 潮安, 文昌；4. 官話：桂林.

1.　廣州 (Canton)
Oi-kan Yue Hashimoto, Studies in Yüe dialects: Phonology of Cantonese, 1972 (Hashimoto 1972).

2.　陽江 (Yang-chiang)
北京大學, 漢語方言詞滙, 1964.

3.　中山石岐 (Chung-shan Shih-ch'i)
趙元任, 中山方言, 國立中央研究院歷史語言研究所集刊 20.49–73, 1948 (Chao, 1948).

4.　台山 (T'ai-shan)
王力, 錢淞生, 臺山方音, 嶺南學報 10.2.67–104, 1950 (Wang, 1950).
趙元任, 台山語料, 國立中央研究院歷史語言研究所集刊 23.25–76, 1951 (Chao, 1951).

James Poy Wong, A Study of the T'ai-shan (Hoi-shan) dialect, unpublished, 1970 (Wong, 1970).

5.　東莞 (Tung-kuan)
王力, 錢淞生, 東莞方音, 嶺南學報 10.119–50, 1949 (Wang, 1949).

6.　香港船戶 (Hong Kong boat people)
John McCoy, the dialect of Hong Kong boat people: Kausai, Journal of the Royal Asiatic Society, Hong Kong Branch, 5.46–64, 1965.

7.　博白 (Po-pai)
Li Wang, Une prononciation chinoise de Popei, 1932 (Wang, 1932).

8.　梅縣 (Mei-hsien)
Paul Yang, Elements of Hakka dialectology, Monumenta Serica 26.305–51, 1967.

1.　臺北 (Taipei)
董同龢, 記臺灣的一種閩南話, 1967.

2.　臺中大雅鄉上楓村 (Tai-chung Ta-ya-hsiang Shang-feng-ts'un).
Yu-hung Chang, Tone systems in Shang-feng, a Southern Min dialect, Unicorn 9.41-54, 1972.

3.　臺南 (Tai-nan)
Robert L. Cheng, Tone sandhi in Taiwanese, Linguistic, 41.19–42, 1958.

4.　桃園 (T'ao-yüan) (四縣 Szu-hsien 及海陸 Hai-lu 兩種)
楊時逢, 臺灣桃園客家方言, 1957 (Yang 1957).

5.　新竹饒平 (Hsin-chu Jao-p'ing)
Paul Fu-mien Yang, A Preliminary study of the Jao-p'ing Hakka dialect as spoken in Hsin-chu, Taiwan, The Transactions of the International Conferences of Orientalists, 6.27–37, 1961 Yang 1961).

Paul Fe-mien Yang, Elements of Hakka dialectology Monumenta Serica 26.-305-51, 1967 (Yang, 1967).

17.　江西 (Kiangsi)

楊時逢, 江西方言聲調的調類, 國立中央研究院歷史語言研究所集刊 43.403–32, 1971 (Yang, 1971)

1. 七個調：新喻, 奉新, 玉山, 弋陽, 臨川, 貴溪, 南康, 虔南; 2. 六個調：南昌, 新建, 修水, 靖安, 銅鼓, 都昌, 餘干, 南城, 南豐, 興國, 大庾, 會昌, 龍南, 尋鄔, 定南, 安遠, 鄱陽, 雩都, 高安, 上猶, 廣豐, 石城; 3. 五個調：宜春, 宜豐, 萬載, 瑞金, 崇義, 萬安, 贛縣, 信豐, 上饒, 峽江, 永新, 湖口; 4. 四個調：萍鄉, 樂平.

張琨, 讀江西方言調查記錄劄記, 1974, 未發表 (Chang, 1974b)

1.　臨川 (Lin-ch'uan)
羅常培, 臨川音系, 1940, 再版 1958.

2.　南昌 (Nan-ch'ang)
楊時逢, 南昌音系, 國立中央研究院歷史語言研究所集刊 39.125–204, 1969(Yang, 1969).

3.　廣豐 (Kwang-feng)
金有景, 江西廣豐效攝字的讀音, 中國語文 109.97, 1961 (Chin, 1961).

18. 廣東 (Kwangtung), 廣西 (Kwangsi) 及海南島 (Hainan)

Anne Yue Hashimoto, The Liang-yüe dialect materials, Unicorn 6.35–51, 1970 (Hashimoto, 1970)

1. 粵：東莞，新會河村，三水，梧州，蒼梧城，蒼梧吉陽鄉，桂平江口，貴縣，南寧平話，南寧白話；2. 客：始興，樂昌塘村，梅縣，五華，廉州，韶州城，韶州灣頭村；3. 閩：揭陽，潮安，文昌；4. 官話：桂林.

1. 廣州 (Canton)
Oi-kan Yue Hashimoto, Studies in Yüe dialects: Phonology of Cantonese, 1972 (Hashimoto 1972).

2. 陽江 (Yang-chiang)
北京大學，漢語方言詞彙，1964.

3. 中山石岐 (Chung-shan Shih-ch'i)
趙元任，中山方言，國立中央研究院歷史語言研究所集刊 20.49–73, 1948 (Chao, 1948).

4. 台山 (T'ai-shan)
王力，錢淞生，臺山方音，嶺南學報 10.2.67–104, 1950 (Wang, 1950).
趙元任，台山語料，國立中央研究院歷史語言研究所集刊 23.25–76, 1951 (Chao, 1951).

James Poy Wong, A Study of the T'ai-shan (Hoi-shan) dialect, unpublished, 1970 (Wong, 1970).

5. 東莞 (Tung-kuan)
王力，錢淞生，東莞方音，嶺南學報 10.119–50, 1949 (Wang, 1949).

6. 香港船戶 (Hong Kong boat people)
John McCoy, the dialect of Hong Kong boat people: Kausai, Journal of the Royal Asiatic Society, Hong Kong Branch, 5.46–64, 1965.

7. 博白 (Po-pai)
Li Wang, Une prononciation chinoise de Popei, 1932 (Wang, 1932).

8. 梅縣 (Mei-hsien)
Paul Yang, Elements of Hakka dialectology, Monumenta Serica 26.305–51, 1967.

Sue Glover, Three types of tonal development among rising tone words in the Hakka dialect, Unpublished, 1973.

Mantaro J. Hashimoto, The Hakka dialect, 1973.

王力, 漢語音韻學, 1955, 654-67.

何炳, 以梅縣方言爲代表的客家話與北京語音的應規律, 方言與普通話集刊 4.73-85, 1958.

李作南, 北京語音和廣東東北部客家方言在聲韻調上的比較, 方言與普通話集刊 4.87-90, 1958.

李作南, 客家方言的代詞, 中國語文 136.224-31 & 205, 1965.

J. H. Vömel, Der Hakkadialekt, T'oung Pao 14.597-696, 1913.

9. 海陸豐 (Hai-lu-feng)
橋本萬太郎, 客家（海陸）方言其の音素の分析, 中國語學 83.3-10 & 18, 1959.

10. 中山第五區 (Chung-shan the 5th Ch'ü)
Søren Egerod, A Sampling of Chungshan Hakka, Studia Serica Bernhard Karlgren Dedicata, 1959, 36-54.

11. 寶安沙頭角 (Pao-an Sathewkok)
Henry Henne, Sathewkok Hakka Phonology, Norsk Tidskrift for Sprogviden-skap 20.1-53, 1964.

12. 桃源 (T'ao-yüan)
李富才, 桃源話的特殊變調規律, 中國語文 86.377-9, 1959.

13. 潮州 (Ch'ao-chou)
李永明, 潮州方言, 1959 (Li, 1959).

詹伯慧, 潮州方言, 方言和普通話叢刊 2.41-120, 1959 (Chan, 1959).

14. 揭陽 (Chieh-yang)
董同龢, 四個閩南方言, 國立中央研究院歷史語言研究所集刊 30.729-1042, 1959 (Tung, 1959).

15. 隆都 (Lung-tu)
Søren Egerod, The Lungtu dialect, 1956 (Egerod 1956).

16. 萬寧 (Wan-ning)
詹伯慧, 萬寧方音概述, 武漢大學學報 1958, 1.89-107 (Chan, 1958).

17. 文昌 (Wen-ch'ang)

Mantaro J. Hashimoto, The Bon-shio dialect of Hainan I. Initials, 言語研究 38.106–35, 1960.

橋本萬太郎, 海南語の聲調體系, 東京支那學報, 7.35–52,1961.

18. 桂林 (Kwei-lin)

楊煥典, 桂林語音, 中國語文 133.454–62 & 444, 1964.

19. 海南島 "軍語" (Soldier's language in Hainan)

詹伯慧, 海南島 "軍話" 語音概述, 論言學論叢 3.127–49, 1959.

漢語方言中的幾種音韻現象

　　自從中國社會科學院完成了中國方言地圖集以後，漢語方言的分區應該算是告了一個段落。方言區的界限不會是絕對的，總有一些方言在劃分類別上是模棱兩可的。方言分類與政治區劃有密切的關係。方言分類的基礎是從某些地域相連的方言中找出一些音韻上共同的特徵。為某種方言下定義要靠多種音韻特徵的結合，不能只用一個音韻特徵。保存古濁塞音塞擦音並不只限於吳語方言；古濁塞音塞擦音不論平仄都讀吐氣也並不只限於贛客方言。研究現代方言的目的一向着重在方言分類和比較構擬上，現在不妨轉換一個方向擴大眼界看看那些分佈寬泛並不集中在一個地區的一些音韻現象，比較詳盡的材料，深入分析，把這些音韻現象在各個方言中的歷史背景演變過程考察清楚，同時利用文獻材料像族譜方志等，看看這些分佈很廣的音韻現象是否反映過去人口遷徙的痕跡。現在討論三種音韻現象，雖然不能用以幫助方言分類。這裡所說的早期音韻系統（聲母、韻母、攝、韻等，以及聲調）是根據切韻王韻廣韻一系的韻書。下面是一些切韻聲母附擬音是本文討論的對象：端 *t 透 *th 定 *d 知 *t 或 *ȶ 徹 *ȶh 或 *ȶh 澄 *ɖ 或 *ȡ 精 *ts 清 *tsh 從邪 *dz/z 心 *s 莊 *tʂ 初 *tʂh 崇 *dʐ 生 *ʂ 章 *tš 昌 *tšh 船禪 *dž/ž 書 *š 見 *k 溪 *kh 群 *g 疑 *ŋ 曉 *h 匣 *ɦ 影 *ʔ 喻 *j 日 nž 。

(一)　知徹澄母

　　知組字和章組字在早期漢語音韻史上聲母有不同的讀音，在三等韻前面，知組聲母讀舌面塞音 *ȶ 等，章組聲母讀舌面塞擦音擦音 *tš 等。今音知組聲母讀舌尖塞音，章組聲母讀舌尖塞擦音擦音，這種分別在現代方言中表現最清楚的是閩方言。例如廈門方言（周長楫 1991）中有下面對比的例字，知猪 ˍti：支脂之 ˍtsi’ 追 ˍtui：錐ˍtsui˺ 挂 ˋtu：煮主 ˋtsu，晝 tiu’：咒 tsiu’，張 ˍtiũ：章 ˍtsiu，呈 ˍtiã：成 ˍtsiã， 砧 ˍtim：針 tsim，珍 ˍtin：眞 ˍtsin，長腸 ˍtŋ：嘗 ˍtsŋ，中意 tiŋ’：種米 tsiŋ’，

張中ₜtioŋ：章終鐘ₜtsioŋ，恥ᶜthi：齒ᶜtshi，儲ᶜthu：鼠ᶜtshu，程ₜthiã：成ₜtshiã。閩方言中知組聲母字讀舌尖塞音的字多少不一。（知組聲母在二等韻前可能讀捲舌塞音，在有些方言中知組聲母在二等韻前和在三等韻前讀音可能不同。）

浙江省的平陽泰順兩縣和福建省的福鼎縣壽寧縣交界，這兩縣中的方言有吳語也有閩語，平陽蠻話和泰順蠻講是介乎吳閩之間的方言。平陽南鄉腔錢庫蠻話中有三十九個知組聲母字仍然讀舌尖塞音聲母，例如豬箸厨苧晝抽張長ₓ腸丈虫等，平陽北鄉腔白沙蠻話只有十個知組聲母字仍然讀舌尖塞音聲母，例如苧晝長ₓ虫等。（顏逸明1981，傅佐元1984，鄭張尚芳1984）。

浙江南部麗衢片吳語方言（麗水縉雲松陽遂昌宣平雲和景寧青田龍泉慶元泰順衢州龍游開化常山江山）中有少數知組聲母字（豬張長ₓ腸帳中虫等）在有的這些方言中聲母讀舌尖塞音 t 或 d 聲母，此外江西省玉山廣豐兩個吳語方言中也有少數知組聲母字讀舌尖塞音聲母（豬中等）（傅國通等1985）。浙江武義與麗水縉雲交界，武義方言（傅國通1984）中有些知組聲母字讀的和端組聲母字相同，ʔl 聲母接開尾韻，ʔn 或 ʔȵ 母接鼻尾韻，例如豬ₜʔli 蜘ₜʔli 蛛ʔlu 拄ᶜʔlu 轉ᶜʔȵye 帳ʔȵiaŋ˒ 等。

湖南沅陵以及漵浦辰谿瀘溪古丈永順大庸與沅陵交界的地方面積約六千平方里人口約四十萬人，這個地區的土話或鄉話（鮑厚星伍云姬1985)中許多知組聲母字讀舌尖塞音聲母或 ℓ，例如豬蛛株ₜtiəw，轉 tui˒，張ₜtioŋ，綢ₜtia，抽ₜthia，柱ᶜthia，丈ᶜthioŋ，池ₜdi，陳米ₜdiɛ，厨ₜdiəw，長ₓ場ₜdioŋ，重疊ₜdiaɔ，遲ₜℓi，虫ₜℓiaɔ，腸ₜℓioŋ 等。瀘溪瓦鄉話（王輔世1982,1985）中知母字聲母或讀ƭ（豬ƭəw⁵⁵ 中ƭəʔ⁵⁵ 生長ƭoŋ⁵³ 帳ƭoŋ³³ 摘ƭeʔ⁵³）或讀 t（蜘蛛 ty³³ 着穿 ty⁵³ 桌 tɔ²⁴），徹母字聲母讀ƭh（抽ƭha⁵⁵），澄母字聲母有讀ƭ的（綢ƭa²⁴ 橡ƭe²⁴ 打伏ƭoŋ²⁴），有讀ƭh 的（柱ƭha⁵³ 丈ƭhoŋ⁵³ 輕重ƭhə⁵³ 直ƭhəw⁵⁵），有讀ʥ的（長工ʥa⁵⁵ 場ʥoŋ²⁴ 擇ʥa⁵⁵），有讀ȵ的（腸ȵoŋ⁵⁵），有讀 d 的（沉 dɛ⁵³）。

有幾個知母常用字在許多現代方言中仍然讀舌尖塞音聲母。爹知母麻韻三等字，是普通稱呼父親的親屬詞，在現代大多數言語中像北京話讀ₜtie。豬知母魚韻三等字，除了閩語方言讀舌尖塞音聲母外，浙江吳語方言中麗水縉雲宣平雲和景寧青田泰順諸方言中讀ₜti，松陽方言中讀ₜtuʌ，龍游方言中讀ₜtuɑ，常山方言中讀ₜta，

衢州開化江山方言中讀 ˌtɑ，遂昌龍泉方言中讀 ˌtɔ。慶元方言中讀 ˌto，武義方言中讀 ʔℓi，江西玉山吳語方言中讀 ˌta，廣豐吳語方言中讀 ˌtɑ。（傅國通等1984，1985）知知母支韻開口字在客家方言（字滙 1989，李玉 1984，1985，1986， 詹 張 1987）中讀 ˌti。在許多湖南方言（楊時逢 1974）中像綏寧衡陽嘉禾來陽安仁永興桂陽新田宜章（有 ˌtši ˌtsl 兩讀）東安零陵永明等方言中，知支韻開口知母字讀 tši，聲母讀舌面塞擦音，韻母讀 i，與之韻開口章母字之 ˌtsl，聲母讀舌尖塞擦音，韻母讀舌尖元音不同。臨武方言知之兩個字聲母都讀舌尖塞擦音，知字韻母讀 i，之字韻母讀舌尖元音 l。（衡陽的青年一輩發音人知之兩個字都讀 ˌtsl〔李永明 1986〕。來陽方言中知讀 ˌtsl〔鍾隆林 1987〕。臨武方言中知之都讀 ˌtši〔李永明1988〕）。山東東區方言中東萊片的榮成（陳燊政 1974）烟臺（錢曾怡 1982）兩個方言和東濰片的莒縣方言（石明遠 1987．1990）以及江蘇北部贛榆方言（劉斌 1990）中在止攝三等韻開口字中知組聲母字（知蜘）和章組聲母字（支脂之）有分別。

榮成　烟台　莒縣　贛榆

	榮成	烟台	莒縣	贛榆
知蜘	ˌtʃi	ˌtši	ˌtθl	ˌtʃi
支脂之	ˌtʂʅ	ˌtsl	ˌtsʅ	ˌtsʅ

　　知組聲母和章組聲母的另立是早期漢語音韻史上的一個事實，因爲後來音韻的演變在現代大多數的方言中知組聲母和章組聲母的分別都消失掉了，只有在閩方言中還有很多的例字清清楚楚的表現知章兩組聲母的分別，知組聲母字讀舌尖塞音聲母；在山東榮成烟台莒縣蘇北贛榆方言中在止攝三等開口字中知組聲母字和章組聲母字讀音不同。在許多其他方言中多多少少也還有些痕跡，像浙南的吳語方言以及江西的玉山廣豐兩個吳語方言中還有幾個知組聲母字讀舌尖塞音聲母的。有些方言中雖然只有一個知字像客家方言中讀 ˌti 和有些湖南方言中讀 ˌtši 或 ˌtsi，倒也是本來知組聲母和章組聲母分立的證據。

(二) 舌尖元音 (apical vowel)

止攝三等韻（支脂之微）開口字和蟹攝三四等韻（祭齊）開口字合流，韻母都讀成 *i。這個 *i 在舌尖塞擦音擦音精組聲母後面讀成舌尖元音，像資祭濟讀 ts1，斯私司絲思西讀 s1。在捲舌塞擦音擦音莊組聲母後面，聲母讀成舌尖塞擦音擦音，韻母讀成舌尖元音，像師獅讀 s1。在舌面塞擦音擦音章組聲母後面，聲母讀成舌尖塞擦音擦音，韻母讀成舌尖元音，像支脂之讀 ts1，施尸詩讀 s1。在舌面塞音知組聲母後面，聲母讀成舌尖塞擦音，韻母讀成舌尖元音，像知讀 ts1。在舌根塞音喉音聲母見溪群曉匣母後面，聲母顎化讀成舌面塞擦音擦音，再讀成舌尖塞擦音擦音，韻母讀成舌尖元音，像基雞讀 ts1，希系讀 s1。在疑喻影母後面聲母消失，韻母讀舌尖元音，像宜移衣讀 1。舌尖元音普遍的應用在其他聲母後面。端母字低 *ti 讀成 ts1′。透母字梯 *thi 讀成 tsh1，並母字皮 *bi 讀成 kh1。這些字的演變形成一串 *ki > *ţi > *tsi > *tṣi > *tsi > ts1，最後都讀成 ts1，所有的 *i 都讀成舌尖元音。這個音韻現象分佈很廣，山西祁縣（楊述祖 1984）壽陽（趙秉璇 1984）文水（胡雙寶 1984）三縣方言有這種現象。安徽合肥方言（字滙 1989）和績溪縣華陽鎮方言（趙日新 1989）。也有這種現象。雲南師宗江川兩縣方言（楊時逢 1969）也有這種現象，師宗江川兩縣方言中尼犁兩字韻母不讀舌尖元音。

有些方言中有圓唇的舌尖元音 ɥ，這個韻母只出現在舌尖塞擦音擦音聲母的後面。展唇的 ts1 tsh1 s1 等是從 *tsi *tshi *si 等演化出來的，圓唇的 tsɥ tshɥ sɥ 等是從 *tsy *tshy *sy 等演化出來的。山西文水方言有 ts1 tsh1 s1 1，也有 tsɥ tshɥ sɥ ɥ。ts1 tsh1 s1 1 包括止攝三等韻開口字和蟹攝三四等韻開口字。文水方言中展唇的舌尖元音應用較廣，不僅限於舌尖塞擦音擦音聲母的後面。圓唇的舌尖元音只出現在舌尖塞擦音擦音聲母後面。tsɥ tshɥ sɥ ɥ 包括遇攝三等韻精組聲母字（取聚）見溪群曉母字（居區巨具許）和喻母字（雨）。止攝三等韻合口精母字嘴讀ʾtsu，蟹攝三等祭韻心母字歲讀ꞈsɥ。浙江麗水方言（詞滙表油印稿）有展唇的舌尖元音，ts1 tsh1 dz1 sz1 s1(j)1 包括止攝三等韻開口字，有精組聲母字（子字），有莊組

聲母字（師獅士事），有知組聲母字（知癡遲），有章組聲母字（枝脂芝），有見溪曉母字（飢氣喜戲），有喻母字（姨），有影響母字（衣醫）。蟹攝三四等韻開口字也讀 tsʅ tshʅ sʅ，有精組聲母字（穄濟洗細），有章組聲母（世），有見溪母字（鷄契）。另外有幾個遇攝三等魚韻字，鼠讀ʻtshʅ，箸讀 dzʅ²，梳讀ˍsʅ，似乎表示魚虞有別。麗水方言中的 tsᴙ tshᴙ dzᴙ szᴙ sᴙ ᴙ 包括遇攝三等韻字，有精組聲母字（取聚），有知組聲母字（株柱厨）（知母蛛字讀ˍty）有章組聲母字（珠主樹書），有莊組聲母字（處）（初母初字讀ˍtshu，生母疏字讀ˍsu），有見組聲母字（苣），有喻母字（雨）。另外有些止攝三等合口韻字，止攝三等韻合口*wi 和遇攝三等韻*ju 都可能讀成 y，例字有精組聲母字（〔尿〕歲隨），有知組聲母字（追槌鎚鎚），有章組聲母字（吹水），有見組聲母字（龜貴櫃）。浙江鄞縣方言（陳忠敏 1990 ） 有 tsʅ tshʅ dzʅ zʅ sʅ，也有 tsᴙ tshᴙ dzᴙ zᴙ sᴙ。展唇的舌尖元音字包括止攝三等韻開口字，有精組聲母字（資子），有莊組聲母字（師士史事），有章組聲母字（支脂之），蟹攝三等祭韻禪母字（誓逝）讀 zʅ¹²。 另外有幾個遇攝三等魚韻字，煮讀ʻtsʅ，梳讀ˍsʅˊ，沒有虞韻字。圓唇的舌尖元音字包括遇攝三等韻字 ，有精組聲母字（取聚），有知組聲母字（猪柱厨），有章組聲母字（諸主），有莊組聲母字（初楚處），有日母字（乳如）。止攝三等開口字和蟹攝三等祭韻開口字也有讀圓唇舌尖元音韻的，讀 tsᴙ 的字有知蜘智制，讀 tshᴙ 的字有侈癡恥，讀 dzᴙ 的字有治，讀 sᴙ 的有世勢。止攝三等韻合口水字白讀讀ʻsᴙ，蟹攝三等祭韻合口歲字白讀讀 sᴙˊ。安徽黟縣方言（魏建功 1935)有展唇的舌尖元音，tsʅ tshʅ sʅ 包括止攝三等韻開口字，有精組聲母字（資雌子字絲），有莊組聲母字（輜師士事史），有知組聲母字（知癡遲），有章組聲母字（支脂之尸詩示市），蟹攝三等祭韻開口字制讀 tsʅ，滯讀 tshʅ。圓唇的舌尖元音 tsᴙ tshᴙ sᴙ 包括遇攝一等模韻精組聲母字，租讀 tsᴙ，粗讀 tshᴙ，蘇讀 sᴙ。遇攝三等韻字也讀圓唇舌尖元音韻母，有莊組聲母字（阻楚助梳），有知組聲母字（猪厨柱），有章組聲母字（朱杵鼠書）。遇攝三等韻精組聲母字見溪群曉母字讀 tšyai，tšhyai 和 suai。止攝三等韻合口章組聲母字吹讀 tshᴙ，水瑞 睡垂陲讀 sᴙ。止攝三等韻合口精母嘴字讀ʻtšyai ，蟹攝三等祭韻心母歲字讀 suaiˊ。下面表中表示文水麗水鄞縣黟縣四個方言的異同。

	文水	麗水	鄞縣	黟縣
主章	ʿtsu	ʿtsʮ	ʿtsʮ	ʿtsʮ
處初	ʿtshuᵓ	tshʮᵓ	꜀tshʮ	tshʮᵓ
書書	꜀su	꜀sʮ	꜀sʮ	꜀sʮ
水書		ʿsʮ	ʿsʮ白	ʿsʮ
樹禪	suᵓ	szʮ²	zʮ²	sʮ²
嘴精	ʿtsʮ白	ʿtsʮ	ʿtsʮ	ʿtšyai
取清	ʿtshʮ	ʿtshʮ	ʿtshʮ	ʿtšhyai
鬚心	꜀sʮ	꜀sʮ	sʮᵓ須	꜀suai
歲心	꜀sʮ白	sʮᵓ	sʮᵓ白	suaiᵓ
苣群	꜀tsʮ	꜀tsʮ	꜀tšy矩	꜀tšyai
雨喻	ʿʮ	ʿʮ	꜀hy	ʿyai

廣東恩平牛江方言（詹張 1987）沒有展唇舌尖元音字，有圓唇舌尖元音字。恩平牛江方言的 tsʮ tshʮ sʮ 有兩個來源，一個來源是遇攝一等模韻字，租讀 ꜀tsʮ，粗讀 ꜀tshʮ，蘇讀 ꜀sʮ，另外一個來源是止攝三等韻開口精組聲母和莊組聲母字。止攝三等開口精母字讀 tsʮ（姊讀 ʿtsi），清母字雌讀 ꜀tshʮ，其他讀 sʮ，心母平聲字讀 sʮ，壐徙讀 ʿsai，死讀 ʿsi，四讀 ꜀si，從母平聲字讀 sʮ，仄聲字讀 tsʮ，邪母平聲字讀 sʮ，仄聲字讀 tsʮ。止攝三等開口初母生母崇母字讀 sʮ，生母駛字讀 ʿsuai，崇母俟字讀 tsʮᵓ。

(三) 龜鬼貴跪櫃

止攝三等韻合口見組聲母字像 *kwi 龜鬼貴和 *gwi 跪櫃等在現代方言中有兩種

讀法，一種讀法是讀合口韻，是現代方言中最普通的讀法，另外一種讀法是經過 *wi/*ju 的調換讀成 *kju 和 *gju，在現代方言中讀 ky gy，有些方言中聲母顎化讀成 tšy džy，這種讀法出現在許多吳語方言中，像江蘇省蘇州市無錫市上海市嘉定松江海門（讀 tži dži）（概況 1960），浙江省嘉興（俞光中 1988）金華（約齋 1958）溫州（字滙 1989）鄞縣（陳忠敏 1990）平陽（陳承融 1979）樂清臨海天台仙居黃岩德清（讀 tši dži）等地（傅國通等 1985）。安徽省休寧（平田昌司 1982a,b）屯溪（伍巍 1985）祁門（沈同 1989）等地的徽州方言和閩北浦城順昌建陽建甌松溪等地的方言（對比手冊 1982）中也有 ky/tšy gy/džy 的讀法。湖南沅陵鄉話（鮑厚星伍云姬1985）中鬼讀ʿtšy，跪讀 tšhy。瀘溪瓦鄉話（王輔世 1982, 1985）中龜讀 tšye⁵⁵，鬼讀 tšy⁵³，貴讀 tšy³³，跪櫃讀 tšhy⁵³。平江方言（張勝男 1985）中櫃讀 tʃhy²。下面是幾個例字。

	蘇　州	溫　州	休　寧	瀘　溪	建　甌
鬼	ʿkuE 文 ʿtšy 白	ʿtšy	ʿtšy	tšy⁵³	ʿky
貴	kuE⁾ 文 tšy⁾ 白	tšy⁾	tšy⁾	tšy³³	ky⁾
跪	guE² 文 džy² 白	ᶜdžy	ʿtšhy	tšhy⁵³	ky²

　　遇攝三等韻見組聲母字像居 *ₖkju 字在粵語方言（詹張 1987）中有兩種讀法。一種讀法讀 *ₖkju，在現代粵語方言中有讀 ₖky 的，像香港新界錦田等方言，有讀 ₖkœy 的，像廣州市區等方言，增城縣城方言中這類字文讀讀 œy，白讀讀 œ，居字讀 ₖkœ。另外一種讀法，經過 *ju/*wi 調換讀成 *ₖkwi 或讀 *ₖkui，開平赤坎恩平牛江兩個方言中居 *ₖkju 和龜 *ₖkwi 都讀 ₖkui，鶴山雅瑤方言中居 *ₖkju/*ₖkui 讀 ₖkui，龜 *ₖkwi 讀 ₖkvi，江門白沙臺山臺城新會會城東莞莞城四個方言中居 *ₖkju/*ₖkui 都讀 ₖkui，龜 *ₖkwi 字白沙方言讀 ₖkuei，臺城方言讀 ₖkei，會城方言讀 ₖkwei，莞城方言讀 ₖkuɔi，花縣花山方言中居 *ₖkju/*ₖkui 讀 ₖkoi，龜 *ₖkwi 字讀 ₖkuei。

結　論

　　這是一個新的嘗試，究竟能否做出一點成績來，現在還很難說。在國外不但豐富的方言材料難得，完備的文獻材料也感缺乏。希望這篇短文能夠引起國內青年學者的興趣繼續探討人口移動的歷史和方言分佈的關係。秦漢時代人口遷徙的記載很難和現代方言搭配起來，唐宋時代人口移動的史料還可能在現代方言中找到一些痕跡。例如湖南新化縣城關鎮方言（顏清徽劉麗華 1987）中有些贛語方言的特色，像古濁塞音塞擦音聲母（並定澄從崇船群母）現在只出現在陽平陽去次陽去調的字裡，在中年人的口語中濁塞濁流很明顯，青年壯年人的口語中已有程度不等的濁音清化的趨勢，這些濁音清化之後，大部另讀成相應部位的吐氣音。古濁塞音塞擦音聲母讀成吐氣音是贛語方言的特色。新化縣城關鎮方言有這種特色是宋以來大規模的江西移民留下來的痕跡。新化縣位於湖南中部資水中游雪峰山東麓，宋以前未曾建縣，爲苗族瑤族聚居之地。宋熙寧元豐年間（ 1073～1085 ）從江西吉州的泰和安福兩縣遷來大批漢人定居建縣，名曰新化，謂王化之一新也。

　　上文討論到湖南沅陵鄉話中知徹澄母字聲母讀舌尖塞音 t 或邊音 ℓ，瀘溪瓦鄉話中知徹澄母字聲母或讀舌面塞音 ȶ ȶh ȡ 或讀舌尖塞音 t d。 湘西沅陵瀘溪的（瓦）鄉話在知徹澄母的讀音上和現在閩語方言浙南江西的吳語方言相似。湘西的（瓦）鄉話中保存着知組聲母的特殊讀音並不表示（瓦）鄉話是閩語方言，因爲在早期知組聲母讀塞音的方言一定分佈得很廣，後來知章兩組聲母漸漸的在許多地方合流了，沅陵瀘溪（瓦）鄉話的來源並不一定是現在的福建一帶地方。據當地民間傳說（瓦）鄉人有從陝甘遷來的有從江西遷來的。（瓦）鄉話的聲韻調很難和古音或者別的漢語方言做規則的比較音韻研究。（瓦）鄉話中方言混合的現象非常明顯，不但有不同的漢語方言的成份，甚至於有漢語和非漢語的糾纏，湘西一帶正是苗族聚居之區。（瓦）鄉話不是官話，沅陵瀘溪城區的漢語方言屬於官話系統（楊時逢1974，周振鶴、游汝杰1985）。（瓦）鄉話是在官話沒有進展到這個地區之前的土語。

參考書目

江蘇省和上海市方言概況（簡稱概況） 1960

浙江麗水詞滙表（油印稿）（簡稱詞滙表）

漢語方音字滙（第二版）（簡稱字滙） 1989

閩北方言詞滙對比手册（油印稿）（簡稱對比手册） 1982

丁邦新　漢語方言區分的條件　清華學報新十四卷 1/2 期 257-273

王輔世　湖南瀘溪瓦鄉話語音語言研究 2.135-147，1982

　　　　再論湖南瀘溪瓦鄉話是漢語方言　方言 1985，171-177

石明遠　山東莒縣方言音系方言 1987，179-189

　　　　古莊章知三組聲母在莒縣方言的演變方言 1990，81-86

平田昌司　休寧音系簡介方言 1982，276-284

　　　　徽州方言古全濁聲母的演變　均社論叢 12.33-51 1982

伍　巍　徽州方言的音系特點（油印稿） 1985

沈　同　祁門方言語音特點　方言 1989，30-39

李　玉　原始客家話的聲調和聲母系統（油印稿） 1984

　　　　原始客家話的聲調發展史　廣西師範學院學報 1985 年第四期（未見）

　　　　原始客家話的聲母系統語音研究 10.114-128 1986

李永明　衡陽方言 1986

　　　　臨武方言 1988

周長楫　廈門方言同音字滙方言 1991,99-118

周振鶴　游汝杰　湖南省方言區劃及其歷史背景方言 1985,257-272

胡雙寶　文水方言志 1984

兪光中　嘉興方言同音字滙方言 1988,195-208

約　齋　金華方音與北京語音的對照　方言與普通話集刊 5.25-98 1958

陳忠敏　鄞縣方言同音字滙方言 1990,32-41

陳承融　平陽方言記略　方言 1979,47-74

陳舜政　榮成方言音系 1974

張勝男　平江方言音系及其歸屬問題　湘潭大學學報 1983 年增刊 122-130

傅佐之　平陽蠻話的性質　方言 1984,95-100

傅國通　武義方言的連讀變調　方言 1984,109-127

傅國通　方松熹　蔡飛勇　鮑士杰　傅佐之　浙江吳語分區 1985

楊述祖　王艾錄　祁縣方言志 1984

楊時逢　雲南方言調查報告 1969

　　　　湖南方言調查報告 1974

詹伯慧　張日昇　珠江三角洲方言字音對照 1987

劉　斌　江北贛榆（劉溝）方言　方言 1990,11-20

趙日新　安徽績溪方言系特點　方言 1989,125-130

趙秉璇　壽陽方言志 1984

鄭張尚芳　平陽蠻話的性質　方言 1984,100-101

鮑厚星　伍云姬　沅陵鄉話記略　湖南師大學報 1985 年增刊 40-66

錢曾怡　烟台方言報告 1982

鍾隆林　湖南耒陽方言記略　方言 1987,215-231

魏建功　黟縣方言調查錄　北京大學國學季刊 4.35-58 1935

顏清徽　劉麗華　新化城關鎮方言的語音系統（油印稿）1987

顏逸明　平陽和泰順縣的方言情況　方言 1981,67-72

國立中央圖書館出版品預行編目資料

漢語方音／張　琨著--初版.---臺北市：臺灣學生，
　民82
　　面；　　公分.--（中國語文叢刊；15）
　ISBN 957-15-0566-8（精裝）.--ISBN 957-15
-0567-6（平裝）

　1.中國語言-方言　論文,講詞等　2.中國語言　聲韻
-論文,講詞等

802.507　　　　　　　　　　　　　　82006645

漢　語　方　音（全一冊）

著　作　者：張　　　　　　　　　　琨
出　版　者：臺　灣　學　生　書　局
本書局登
記證字號：行政院新聞局局版臺業字第一一〇〇號
發　行　人：丁　　　文　　　治
發　行　所：臺　灣　學　生　書　局
　　　　　　臺北市和平東路一段一九八號
　　　　　　郵政劃撥帳號00024668
　　　　　　電　話：3634156
　　　　　　FAX：(0 2) 3 6 3 6 3 3 4
印　刷　所：常　新　印　刷　有　限　公　司
　　　　　　地　址：板橋市翠華街8巷13號
　　　　　　電　話：9524219・9531688
香港總經銷：藝　文　圖　書　公　司
　　　　　　地址：九龍偉業街99號連順大廈五字
　　　　　　樓及七字樓　電話：7959595
定價 精裝新台幣二九〇元
　　　平裝新台幣二二〇元
中華民國八十二年九月初版

ISBN 957-15-0566-8（精裝）
ISBN 957-15-0567-6（平裝）

臺灣 **學生書局** 出版

中國語文叢刊